Diogenes Taschenbuch 22865

de
te
be

W0208425

Walter Nigg

Große Unheilige

Diogenes

Die Erstausgabe erschien 1980
im Walter-Verlag, Olten
Umschlagillustration:
Rembrandt, ›David spielt Harfe vor Saul‹,
1657 (Ausschnitt)

40/96/36/1
ISBN 3 257 22865 1

«Ach wehe und aber wehe allen unseren Lehrern und Buchschreibern, die also sicher daherfahren und speien heraus alles, was ihnen ins Maul fällt, und sehen nicht zuvor einen Gedanken zehnmal an, ob er auch recht sei vor Gott!»

Martin Luther

«Die Bedrohung kommt nicht von den unschuldigen Dingen. Was euch bedroht, ist in euch, in eurer Brust, meine Freunde, steckt in eurer Haut. Mein Gott, wie soll ich es euch sagen, damit ihr es versteht? Daß es unter euch Sünder gibt, sehr große Sünder, das hat keine besonderen Folgen, denn jede Gemeinde hat ihre Sünder. Solange aber die Gemeinde zusammenhält, bilden die Sünder und die andern einen einzigen Leib, den das Mitleid, ja vielleicht die Gnade Gottes durchrinnt wie der Saft einen Baum.»

Georges Bernanos

Inhalt

Einleitung

Das Bild des Menschen

«Wie kann das Bild des Menschen in dem Herzen unserer Mitbürger wieder hergestellt werden?»[1] Die Frage bewegte Helmut von Moltke in seinem Kreisauer-Kreis, der sich mit dem Wiederaufbau Deutschlands nach dem zu erwartenden Zusammenbruch beschäftigte. Bedrängend war die Frage nach der Wiederherstellung des Menschenbildes, nachdem eine verbrecherische Gewaltherrschaft es mit beispiellosem Zynismus in den Boden gestampft hatte. Nicht nur damals hat sich diese brennende Frage den verantwortungsbewußten Menschen auf die Seele gelegt, sie steht in allen Zeiten im Vordergrund. Auch heute ist sie aktueller denn je, zumal der Wert des Menschenlebens auf einem Tiefpunkt angelangt ist.

Das Bild des Menschen war früher und ist heute noch gefährdet. In Vergangenheit und Gegenwart wurde es oft mit Füßen getreten. Der geschichtlichen Beispiele sind Legion. Die europäischen Völker haben es in ihren früheren Kolonien manchmal derart furchtbar geschändet, daß es einem Faustschlag ins Antlitz Jesu Christi gleichkam. Die nationalsozialistischen Schergen in den Konzentrationslagern und die Kommunisten in den Arbeitslagern vernichteten brutal das Menschenbild. Die Geschichte mit ihren zahllosen Kriegen, Verfolgungen und Revolutionen gleicht einem riesigen, nicht auszuradierenden Schandfleck.

Im Ersten Weltkrieg brach der Expressionismus mit seiner Anklage auf und protestierte gegen die Menschen-

Schändung, aber die Ironie des Schicksals wollte es, daß gerade er das Menschenbild zur häßlichen Fratze verzerrte. Die abstrakte Malerei nahm vom Menschenbild überhaupt keine Notiz mehr und dokumentierte damit ungewollt die gegenwärtige Inhaltslosigkeit, die für die Zeit der Unmenschlichkeit charakteristisch ist.

Die Wiederherstellung des Menschenbildes ist keine theoretische Angelegenheit. Es geht in den nachfolgenden Ausführungen weder um eine theologische, noch um eine philosophische Frage, sondern um ein höchst aktuelles Sein des Menschen, das gegen die heutige Ratlosigkeit ausgerichtet ist. Nie darf man aufhören, über die Frage nach dem wahren Menschenbild nachzudenken, selbst wenn es keine endgültige Lösung gibt, solange wir uns auf der Wanderschaft befinden. Die Antwort muß stets aufs neue gefunden werden, denn nur dann bleibt der Mensch lebendig. Doch hat es wenig Sinn, von Menschenrechten zu reden, wenn das Bild des Menschen verschwommen wird und verdämmert.

Das christliche Menschenbild stützt sich auf das biblische Wort: «Und Gott schuf den Menschen ihm zum Bilde, zum Bilde Gottes schuf er ihn.»[2] Aus der Gottebenbildlichkeit leitet sich die Würde des Menschen ab. Keinem anderen Wesen hat der Ewige seinen Atem eingehaucht und es dadurch zur lebendigen Seele gemacht. Diese Tat unterscheidet den Menschen vom Tier, zu dessen Spezies man heute vielfach den Menschen zählen will, ohne sich Rechenschaft zu geben, daß auf diesem Weg die Bestimmung des Menschen noch vollends untergraben wird.

Die Würde des Menschen ist kein leeres Wort, sondern ein unabdingbarer Wert. Dafür gibt es ein kleines Beispiel. Unscheinbare Begebenheiten sind oft lichtvoller als lärmende Ereignisse. Immanuel Kant war in den letzten Tagen seines Lebens krank, und der Arzt besuchte ihn.

Der achtzigjährige Philosoph bemühte sich sofort, sich von seinem Stuhl zu erheben und ihn zu begrüßen. Der Arzt bat hierauf den geschwächten Mann, doch sitzen zu bleiben, worauf Kant verlegen zauderte und mit erzwungener Stärke sagte: «Das Gefühl für Humanität hat mich noch nicht verlassen.» Diese Äußerung rührte den Arzt fast zu Tränen.[3] Die wenig beachtete Szene bringt in aller Schlichtheit die menschliche Würde bildhaft zum Ausdruck. Das Zeugnis des todkranken Kant ist so bedeutsam wie seine Überzeugung, nach der man im Krieg nie Handlungen begehen dürfte, die eine Versöhnung unmöglich machen. Dermaßen hoch wurde einst das christliche Menschenbild eingestuft. Matthias Claudius schrieb ganz schlicht: «Der Mensch ist der erste und wichtigste Buchstabe von allen.»[4] Dies scheint eine einfache Erkenntnis zu sein und doch wird sie selten in ihrer Bedeutung erkannt. Alles ist verwerflich, was die Gottebenbildlichkeit des Menschen verwüstet, mag es sich noch so raffiniert drapieren. Wer den Menschen schändet, der schändet Gott. Viele gegenwärtige Strömungen müssen trotz aller Modernität abgelehnt werden, weil ihnen das notwendige Verantwortungsgefühl fehlt.
Der Heilige verkörpert am anschaulichsten die Gottebenbildlichkeit des Menschen. Freilich bedarf das Heiligenbild einer tiefgreifenden Revision. Es muß mit neuen Augen angeschaut werden, da es dem Heiligen um ein Geheimnis geht, dessen man nie ganz habhaft wird. Nach der traditionellen Auffassung hat der Heilige die Tugenden im heroischem Maße geübt und sich durch Wundertaten bezeugt. Das Ideal des Heroischen geht auf die Renaissance zurück, die es von der Antike übernommen und dem Barockzeitalter weitergegeben hat. Dies ist jedoch eine verkrustete Heiligenvorstellung. Bedeutsamer ist das andere, von der spanischen Mystik herkom-

mende Heiligenverständnis, nach dem der Heilige durch eine besondere Gottnähe gekennzeichnet ist und als Licht in der menschlichen Finsternis erscheint. Heilige verwirklichen «das hohe Bild einer christlichen Größe in Lumpengestalt», wie sich Fürstin Gallitzin ausdrückte, als Johann Georg Hamann im Münsterkreis weilte.[5] Diese Auffassung vom Heiligen gibt seinem Bild eine intensivere Färbung. Heilige sind Menschen mit einer Antwort. Sie sind das Salz der Erde und gehören zu den sechsunddreißig Gerechten, um deretwillen nach einer jüdischen Legende Gott die Welt erhält. Der gottgewollte Mensch ist das ewige Thema, denn er allein weiß um die Antwort auf die Frage nach der Wiederherstellung des Menschenbildes. Der Heilige zählt zu den geistig Großen der Weltgeschichte, wobei man allerdings die Bemerkung des Wandsbecker Boten nicht überhören darf: «Nichts ist groß, was nicht gut ist». Mit der Behauptung, «die großen Menschen sind nicht als Vorbilder, sondern als Ausnahmen in die Welt gestellt worden» (Jakob Burckhardt), verbleibt man im Unverbindlichen, ja, sie werden unwirksam gemacht. Heilige sind echte Leitbilder, weil sie eine geistige Vollmacht besitzen und den Menschen den Weg zu finden helfen. Die Heiligen vertreten kein System, keine Ideologie, keine Dogmatik – das alles hilft uns wenig. Sie veranschaulichen beinahe wortlos eine neue Lebensweise, nach der wir stets suchen und die wir noch nicht gefunden haben. Es ist schwer, von ihnen nur annähernd in der ihnen entsprechenden Sprache zu reden. Es gehört Ehrfurcht, Begeisterung und vor allem Liebe dazu. Wir müssen für sie ganz neue Worte finden, Gedanken, die uns noch nicht zur Verfügung stehen. Zwar ist auch der Heilige ein Mensch mit Fehlern; es wäre uneinsichtig, dies zu vertuschen. Die Heiligen selbst besaßen ein beinahe überscharfes Gefühl für ihr Versagen. Aber trotz aller menschlichen Schwachheit bewegten sie sich auf einer viel höheren Ebene als der Durchschnittsmensch. Der Heilige verlangt nach Maßstäben, die wir noch nicht kennen, und darum bleibt alles, was wir über ihn schreiben, hinter ihm zurück. Keine noch so wohlgemeinte Darstellung erreicht seine wirkliche Höhe. Alle Hagiographie ist immer nur ein Versuch der Annäherung, und nie glückt das Wagnis endgültig. Der Heilige steht als zukünftiges Menschenbild vor uns. Er ruft uns zu einem neuen Sein auf, schreitet uns voran und stürmt uns davon. Wir aber sitzen untätig da und können uns aus unserer Lethargie nicht aufraffen.

Warum verhalten wir uns hierin so passiv? Wohl nur deshalb, weil das Thema der Heiligen durch schwere Vorurteile belastet und durch konfessionelle Voreingenommenheit getrübt ist. Die Katholiken haben zwar die Heiligen immer hochgehalten, haben sie aber im neunzehnten Jahrhundert in ein allzu enges Schema gepreßt, das oft einer Mumifizierung gleichkam. Die Protestanten nahmen von den Heiligen keine Notiz und brachten in ihrer Ablehnung weder die Reinheit des Instinktes noch die historische Gerechtigkeit zu einer Würdigung auf. Schon dem Wort allein verschließen sie sich und vermauern sich jeden Zugang zu diesen einzigartigen Gestalten. Dies hat sich auch im Zeitalter der Ökumene nicht geändert. Beide Einstellungen trugen zur Nichtbeachtung der Heiligenbücher bei. Viele Menschen nehmen alles andere in die Hände, nur kein Heiligenbuch. Sie verbinden damit sofort die Vorstellung von einer unausstehlichen Langeweile, statt in ihm eine Wegleitung zu sehen. Dabei gibt es keine Wiederaufrichtung des Menschenbildes, ohne eine neue Besinnung auf die Heiligen. Sie wissen um das Unbedingte und um den Ursprung.

Wegen des Verrufes der Heiligenbücher ist es geboten, das Thema einmal radikal umzudrehen und es von einer ganz anderen Seite anzugehen, indem man die Aufmerksamkeit auf die Unheiligen richtet. Der unheilige Mensch ist der Gegenspieler der Heiligen. Bei ihm wird die Gottferne sichtbar, und weil er sich selbst in den Mittelpunkt stellt, ist er zum Scheitern verurteilt. Bei ihm ist das Bild des Menschen in Unordnung geraten, er ist die Negation in greifbarer Gestalt, und deshalb vermag er nur ein mißratenes, verzerrtes Bild des Menschen zu zeigen. Sonderbarerweise ist der Mensch oft dermaßen verdreht eingestellt, daß ihn eine absinkende Persönlichkeit mehr interessiert als eine positive Figur, die man in der gegenwärtigen Literatur ohnehin vergeblich sucht. Das Böse ist von stärkerer Anziehung auf ihn als das Gute, besonders noch, wenn das Gute so schwächlich vertreten wird wie in unserer Zeit. Vielleicht greifen etliche Menschen zu einem Buch über Unheilige, und dann könnte ihnen eine Ahnung aufgehen, daß über Heiligkeit und Unheiligkeit nachzudenken wichtiger ist, als das Resultat vom letzten Golfspiel zu erfahren.

Keineswegs wird dadurch die Heiligen-Thematik abgeschwächt, im Gegenteil, sie wird aktualisiert. Die Konturen des Heiligen treten schärfer hervor, wenn er vom Gegenpol aus betrachtet wird. Der Antipode macht oft vieles klarer, und so treten auch die katastrophalen Folgen der Unheiligkeit deutlicher hervor, wenn man sie mit der Heiligkeit konfrontiert. Ohne sie bleibt die tiefere Sinndeutung des Lebens unverständlich. Die Dimension wird erweitert durch die Einsicht, daß auch die gestrandeten Menschen auf eine unerklärliche Weise in den Plan Gottes einbezogen sind. Viele Christen scheinen nicht den Gott zu kennen, der seine Sonne über Gerechte und Ungerechte scheinen läßt. Nach ihrer kleinlichen Auffas-

sung dürfte die Sonne nicht über die Bösen scheinen. Die meisten Christen besitzen nicht den geistigen Mut, sich dem Negativen in der Geschichte zu stellen, was freilich zu den schwersten Aufgaben gehört. Sie fürchten sich vor dem destruktiven Anblick und flüchten ängstlich, anstatt sich ihm unerschrocken zum Kampfe zu stellen. Gewiß sind die Unheiligen Sünder, aber, will uns denn gar keine Ahnung aufgehen über die geheimnisvollen Bande zwischen den großen Sündern und den großen Heiligen? Auch die Unheiligen besaßen die Anlage zum göttlichen Ebenbild, wahrscheinlich noch stärker als viele lauwarmen Namenschristen, die weder Wärme noch Kälte kennen. Aber sie haben sich im Leben oft in böse Schuld verstrickt, haben in einer verhängnisvollen Stunde die Weichen falsch gestellt und sind deshalb unter die Räder gekommen. Tatsächlich liegt die Frage nach dem unheiligen Menschen innerhalb des religiösen Bereiches, den wir ohnehin zu stark einschränken, wenn wir solche Menschen zum voraus ausklammern. Allen frommen Einwänden zum Trotz gehören die Unheiligen zur Christenheit, denn außerhalb ihrer unsichtbaren Wände können sie gar nicht richtig erfaßt werden. Im christlichen Raum dagegen bewirken sie Schmerz und Anfechtung, die vom religiösen Denken nicht ablösbar sind, weil sie nach einer unerbittlichen Auseinandersetzung rufen. Zum mindesten bewahrt das Dasein der Unheiligen den Christen vor Selbstsicherheit, die immer den geistigen Tod zur Folge hat.
Zwischen den Heiligen und den Unheiligen besteht freilich ein tiefgreifender Unterschied. Der Heilige ist klar und durchsichtig; trotz aller Fehler wird er von den göttlichen Strahlen bis in die letzte Tiefe erhellt. Bei ihm ist, näher besehen, alles einfach und schlicht. Der Unheilige dagegen ist undurchdringlich; sein Seelengewebe ist

verworren und von dämonischer Verschlossenheit. Man schaut ihm nie auf den Grund, mag man noch so viele Schichten abtragen.
Wenn eine Interpretation der Unheiligen zum wahren Menschenbild zurückführen soll, muß sie sich vor zwei Gefahren hüten, von denen die eine das Gegenteil der andern ist.
Zunächst wäre es sträflicher Leichtsinn, mit diesem Thema pikante Anekdoten zu verbinden. Ebensowenig denken wir daran, uns mit einem unterhaltungssüchtigen Publikum anzubiedern und schon gar nicht ist es uns darum zu tun, die ganze Unheiligkeit nochmals durchzuexerzieren. Dies ist in der Welt genug und übergenug geschehen, und es braucht wahrhaftig nicht nochmals versucht zu werden. Die heutige Lage ist dafür viel zu ernst. Auch eine bloß ironische Betrachtung weisen wir zurück. Ironie hat ihre Berechtigung in gewissen Situationen, aber sie ist kein durchgängig zu verwendendes Stilmittel. Sie weiß viel zu wenig Bescheid um das, was im Innern eines Menschen vorgeht, sieht oft nur das Lächerliche und erschöpft sich in der Verspottung. Völlig verfehlt wäre auch nur die geringste Verherrlichung des unheiligen Menschen. Es ist zwar heute Mode geworden, das Unheilige auf saloppe Art zu lobpreisen, und viele Menschen fühlen sich dadurch in ihren dunklen Trieben bestätigt. Die moderne Literatur ist größtenteils in diesen Bann geraten und hat deswegen Verrat an der echten Poesie geübt. Wer hierin gewissenlos handelt, gerät unweigerlich auf eine abschüssige Bahn, mag sie auch dem gegenwärtigen Zeitgeist noch so entgegen kommen und von verantwortungslosen Kritikern hochgejubelt werden. Denn unheilig bleibt unheilig und darf nicht spielerisch zu einer halben Heiligkeit zurechtgebogen werden. Dies kommt einer zwar verbreiteten, aber

nichtsdestoweniger einer geistigen Falschmünzerei gleich, die in der modernen Zerfallszeit ihr Unwesen treibt.
Zum andern wird das Wort «Unheilige» in den nachfolgenden Ausführungen nicht in einem moralistischen Sinn gebraucht. Wohin kämen wir, wollten wir die Geschichte mit einem moralischen Maßstab messen? Wir würden in der ersten Viertelstunde zuschanden werden und unvermeidlich in einem widerlichen Pharisäismus endigen. Es geht uns nicht um eine Verurteilung des unheiligen Menschen. Wir stoßen auch kein Triumphgeschrei aus wie die Sänger über den bestraften Bösewicht im letzten Akt von Mozarts Oper «Don Juan». Es kann nicht das Amt des Historikers sein, eine Verdammung auszusprechen. Es geht auch nicht um eine Gerichtssitzung, nicht einmal um eine Entrüstung, zumal die Empörung weit eher ein Gradmesser der Unsittlichkeit als der Sittlichkeit des Herzens ist. Die Verurteilung einer Persönlichkeit entspricht nicht dem Evangelium, das doch die Menschen eindringlich warnt: «Richtet nicht!» Wir empfinden mit diesen namenlos unglücklichen Menschen eher eine erbarmende Solidarität, nicht eine Identifizierung, wohl aber eine Verbundenheit, wie sie uns Christus mit den Zöllnern und Sündern vorgelebt hat. Statt uns ganz schlicht neben und nicht über sie zu stellen, zeigen wir uns kühl und distanziert. Dabei können wir uns des Gewissensvorwurfes nicht erwehren: Wir haben diese unheiligen Menschen oft in ihrer grenzenlosen Seelennot und Verzweiflung im Stich gelassen und haben uns ob ihren bösen Worten und Taten abschrecken lassen. Wir sind nicht über alle Mauern hinweg zu ihnen vorgedrungen und sind ihnen in ihrer seelischen Finsternis nicht beigestanden.
Nur wenn wir sowohl Verherrlichung als Verurteilung

vermeiden, zeigt der Kompaß die wahre Richtung an. Alles andere führt zu einer Begriffsverwirrung, die unter das Gericht des Prophetenwortes fällt: «Wehe denen, die Böses gut und Gutes böse heißen, die aus Finsternis Licht und aus Licht Finsternis machen» (Jes. 5,20). Die heutige Spielerei mit dem Unheiligen schafft nur verwirrte Urteile. In den nachfolgenden Ausführungen wird ganz bewußt das Unheilige vom Standpunkt des Heiligen aus betrachtet. Eine vermittelnde Haltung würde zu einem Fallstrick für den Menschen werden, und ebenso führt jedes dialektische Denken auf diesem Gebiet zu einer Verunsicherung. Man darf sich nicht der Erkenntnis verschließen, daß der Heilige dem Menschen eine heile Sicht vermittelt und der Unheilige dem Moloche gleicht, der die eigenen Kinder verschlingt.
Beim Nachdenken über das Leben der Unheiligen stellt sich gerne die Situation ein: Während der Mensch einen andern richtet, tut er dasselbe, was er verurteilt. Wenn wir diesen Gedanken ernst zu Ende denken, führt er uns, ob wir wollen oder nicht, zum Geständnis: Wir sind mitbeteiligt an den unheiligen Gestalten, ja, wir gehören, ungeachtet des inneren Sträubens, auch dazu. Die großen Heiligen, besonders eindrucksvoll Katharina von Siena, haben nie von der Verderbnis der Welt geredet, ohne sich ihrer Mitschuld zu bezichtigen. Wie sollten wir nicht unheilig sein, wir mit unserem gleichgültigen Christentum, das sich so bereitwillig dem Zeitgeist anpaßt und nicht die geringste Leidenschaft des Glaubens mehr kennt? Bereiten wir mit unseren konfusen, aus allen Eimern zusammengelesenen Ideen nicht der Unheiligkeit den Weg? Wurde nicht auch durch unsere bequeme Indifferenz das Unheilige in der Welt verbreitet? Das Eingeständnis der eigenen Verantwortungslosigkeit muß ehrlich empfunden sein. Ein gedankenloses Lippenbekennt-

nis ist wertlos und wirkt sich niemals als eine umgestaltende Kraft im Leben aus.
Wäre es nicht besser, statt von Unheiligen zu reden, ein Bild vom tragischen Menschen zu zeichnen? Die Frage ist nicht zum voraus abzuweisen. Tragik ist ein gewichtsschwerer Begriff, schließt er doch Schicksal und Charakter in sich. Die Tragödie läßt den Menschen in letzte Abgründe hinabblicken, vor denen er schaudernd zurückbebt. Wer die Tragik bestreitet, weiß nichts von der Transzendenz der menschlichen Existenz. Dem Wort «tragisch» haftet allerdings der Mangel an, gegenwärtig zu oft gebraucht zu werden, weshalb es manchmal sinnverändernd wirkt und auf eine Entschuldigung hinausläuft. Nicht alles ist tragisch, was diese Benennung beansprucht. Um der echten Tragik willen, müßte man eine Zeitlang Zurückhaltung üben im Gebrauch des Wortes «tragisch», bis dieser Begriff wieder seine ursprüngliche Kraft zurückgewonnen hat. Im übrigen sind Unheilige und tragische Gestalten nicht ein und dasselbe.
Mit der Tragik ist der Schicksalsgedanke verbunden. Allzugerne sagt der Mensch, ihm sei nun einmal dieses Schicksal beschieden. Meistens ist dies zwar eine gedankenlose Ausflucht und nichts anderes. Die Schicksalsidee stammt aus der griechischen Welt, in der sie erdrückend auf dem Menschen lastet. Die Bibel weiß nichts von Schicksal; sie kennt das Wort «Schicksal» so wenig wie den Begriff «Glück». Dem Schicksalsgedanken haftet eine Blindheit an, die alles noch finsterer macht, als es ohnehin ist. Wohl kann man sich dem Schicksal ergeben, aber dies ist letztlich nur eine Resignation, die kaum der Weisheit letzter Schluß sein dürfte, weil sie einer Kapitulation gleichkommt. Wir resignieren niemals, sondern kämpfen mit der Unheiligkeit, solange Atem in uns ist, und meinen dabei nie, das Problem lösen zu können.

Wer über die Unheiligkeit nachzudenken beginnt, stößt zunächst einmal auf die Rätselnatur des Menschen. Der Lebenslauf der meisten Menschen ist selten verständlich, jedenfalls kann er nicht mit einem klaren Bach verglichen werden. Bewegten Herzens seufzt Augustinus: «Mir selbst ward ich zum großen Rätsel.»[6] Warum ziehen wir aus Augustinus' Einsicht vom Rätselwesen des Menschen, «halb zu wollen und halb nicht zu wollen», was er als eine Seelenkrankheit diagnostiziert hat, gar keine Konsequenzen?[7] Was nützt alle Seelenkunde, wenn ihre echten Aussagen uns nicht dazu anleiten, darüber zu reflektieren, wie das Bild des Menschen in den Herzen unserer Mitbürger wieder hergestellt werden kann? Wie viele Möglichkeiten schließt der Mensch in sich! Es ist oft nicht zu fassen, was alles im gleichen Menschen Platz hat. Aus Widersprüchen zusammengesetzt, hat er oft keine Ahnung, welche Gegensätze in ihm schlummern, mit welcher Selbsttäuschung er herumläuft und welcher Ausbrüche er fähig ist. Es ist ungeheuerlich schwer, dem Menschen in die Seele zu schauen und den letzten Grund auszuloten. Bernanos schrieb in seinem «Haus der Lebenden und der Toten»: «Ich glaube nicht mehr an die Betrüger, seit ich ‹l'Imposture› geschieben habe, oder ich habe doch wenigstens eine ganz andere Vorstellung von ihnen ... Nachdem die letzte Zeile geschrieben war, wußte ich noch nicht, ob der Abbé Cénabre in der Tat ein betrügerischer Heuchler war oder nicht, ich weiß es immer noch nicht, ich habe aufgehört, mich danach zu fragen.»[8] Wenn der Dichter eine Figur, die er monatelang in sich getragen hat, bevor er sie Gestalt werden ließ, nicht einmal richtig in ihrem Wesen erkennt, wie sollen wir denn aus der Rätselnatur des Menschen klug werden? Trotzdem dürfen wir nicht aufhören, das Leben der Unheiligen zu umkreisen und zu fragen, wo die Verstrikkung begann und wann die verhängnisvolle Wendung in ihrem Dasein erfolgte. Die Pfade der Menschen sind verschlungen und oft unentwirrbar. Mit der Psychologie kommt man im besten Fall ein kleines Stück weit, nicht aber zum Ziel. Sie erhellt höchstens einen Teil, und doch darf sie nicht einfach ausgeschaltet werden. Alles, was uns ein Menschenleben besser zu verstehen hilft, ist uns willkommen. Darum gehört die verstehende Psychologie dazu, wenn man auch nicht bei ihr stehen bleiben darf. Man würde die Tiefe verfehlen, wollte man die metaphysische Betrachtung nicht einbeziehen. Biographische Darstellung ist ein überaus schweres Unterfangen, weil man von keinem Menschen alles weiß und vieles unbekannt bleibt. Einiges ist dem Verfasser verständlich, anderes ist ihm fremd und gar vieles erkennt er beim besten Willen nicht. Ein jedes Leben ist ein nicht zu erhellendes Geheimnis und wir tun gut daran, das Unerklärliche des Daseins zu respektieren. Der Christ hat vor dem Leben der Unheiligen stille zu stehen und zu verstummen. Schweigen ist immer besser, als vorlaut zu räsonieren.

Aus der großen Zahl der Unheiligen habe ich eine kleine Auswahl getroffen, der lediglich paradigmatischer Wert zukommt. Bewußt habe ich verbrecherische Naturen ausgeschlossen, weil bösartige und zynische, machtsüchtige und teuflisch gesinnte Menschen der Erwähnung unwürdig sind. Auch von kleinen Figuren sah ich ab, denn damit hätte ich mir das Problem unerlaubt leicht gemacht. Den ausgewählten Gegenspielern kann ich, trotz ihrer Unheiligkeit, einen gewissen Respekt nicht versagen. Die Schwierigkeit besteht darin, ihnen ihre Größe zu belassen und sie nicht verächtlich zu behandeln. Die Unheiligen bergen eine Reihe von Problemen in sich, die in diesem Zusammenhang nicht alle erwähnt werden können. Man muß sich jedoch einige Fragen vorlegen, damit das Menschenbild im Herzen unserer Mitbürger wieder hergestellt werde. Dabei vergesse ich keinen Augenblick, daß man das Thema «Unheilige» nur unter dem Aspekt des Erbarmens darstellen kann. Anders darf man vom wahren und verzerrten Bild des Menschen gar nicht reden.

Das Problem des Bösen tritt einem bei den Unheiligen in erschreckender Form entgegen. Jedes akademische Gebaren ist fehl am Platze. Das auf dem Katheder kühl und unbeteiligt dozierte Böse ist nicht das Böse, sondern nur eine bloße Idee vom Bösen, was etwas grundsätzlich Verschiedenes ist. Die Dichter haben hierin einen Vorsprung vor den Wissenschaftlern, man halte nur Jeremias Gotthelfs mit elementarer Wucht geschriebene «Schwarze Spinne» neben eine gelehrte Abhandlung über das Böse. Die Zeit der wissenschaftlichen Traktate über diese Thematik ist vorbei. Das Böse ist mit dem Unheiligen unablösbar verknüpft und versetzt den innerlich beteiligten Leser in eine wahre Bestürzung. Der Diabolus ist am Werk und bringt alles durcheinander. Was ist das Böse? Diese Frage warf schon Jesus Sirach auf: «O Trieb zum Bösen! Warum bist du geschaffen, den Erdkreis mit Bosheit zu erfüllen?»[9] Wir wissen nicht, woher die Schlange im Paradies gekommen ist, die das erste Menschenpaar verführt hat. Diese Frage übersteigt unsere Verständnismöglichkeit. Wenn man nur eine kleine Ahnung von der Wucht des Dämonischen besitzt, weiß man, daß das Böse unerklärlich ist. Jedenfalls ist das Böse nicht nur die Abwesenheit des Guten. Diese neuplatonische Anschauung wirkt verharmlosend. Das Böse ist keineswegs bloßer Mangel, sondern stets äußerster Angriff, ist unheimliche Macht und nicht nur ein bloßes Wort wie andere Worte auch. Wer den Griff an die Kehle nicht spürt, gehört zu den Ahnungslosen, die meinen, mit einem religionsgeschichtlichen Nachweis dem Problem beizukommen. Man kann nur erschrockenen Gemütes über das Böse nachdenken, weil es in und außer dem Menschen ist. Es ist eine sich selbst zerfleischende Kraft, die Mensch, Welt und Leben zerstört. Immer hat der Mensch mit ihm zu tun, und selbst der gute Mensch wird von ihm versucht. Nie wird er damit fertig. Im unheiligen Menschen hat das Böse über ihn Gewalt gewonnen. Er ist ihm hörig geworden. Der Mensch vermag bloß den Kampf mit dem Bösen aufzunehmen und dann noch ist er ihm nicht gewachsen, es sei denn, die Gnade Gottes komme ihm zu Hilfe. Christus hat den Menschen zu beten gelehrt: «Erlöse uns vom Bösen.»

Darf man die Unheiligen mit der Prädestinationslehre in Zusammenhang bringen? Die Vorherbestimmungslehre ist nicht dem Schicksalsgedanken gleichzusetzen, da Gott hinter der Erwählung und der Verwerfung steht. Daraus ergibt sich ein anderer Klang. Der moderne Mensch übersieht geflissentlich diesen Fragenkomplex, und wenn er es ausnahmsweise nicht tut, gerät er in Harnisch. Prädestinationsgedanken bedeuten für ihn lediglich eine krasse Ungerechtigkeit, gegen die er sich auflehnt. Damit aber drückt er sich vor einem der schwersten Probleme. Ernst Troeltsch, den sicher niemand der Engstirnigkeit bezichtigen kann und der sich so viel mit dem Problem des Historismus beschäftigte, schrieb einmal: «Es ist schon so: Erwählung, Gnade, Prädestination, Auslese ist alles ... Die religiösen Genies, ein Jesus und Buddha, ein Paulus und Augustin, ein Luther und Calvin, die mit dem religiösen Blick am tiefsten, wenn auch sehr partikular und einseitig in das Wesen der Dinge zu dringen pflegen, haben schon recht. Gnade und Erwählung sind das Geheimnis und Wesen der Geschichte. Das meinen ja auch die Philosophen mit ihrer Lehre vom intelligibeln Charakter und meint Goethe in seinen orphischen Urworten.»[10] Mag die Vorausbestimmung noch so gegen die menschliche Vernunft verstoßen und sie zur Aufhebung förmlich reizen, so ist sie im Leben doch immer wieder wahrzunehmen. Es klingt zwar so schön zu hören, «der Mensch ist frei und wenn er in Ketten geboren wäre», doch entspricht dieses idealistische Pathos nicht der Wirklichkeit. Die Grundwasser fließen unterirdischer. Die Prädestination ist keine Lehre, sondern ein Seezeichen, das eine unverkennbare Tiefe signalisiert. Zu einer unbeweglichen Doktrin ausgedehnt, wie dies der Genfer Reformator großartig getan hat, wirkt sie sich versteinernd aus. Der von Schwermut überschwemmte Prophet Jeremias gesteht: «Ich weiß, Herr, daß des Menschen Tun steht nicht in seiner Gewalt, es steht in niemandes Macht, wie er wandle oder seinen Gang richte.»[11] Ein ungeheuerliches Wort, das den Menschen zu Boden streckt, und doch, wer will ihm ernsthaft widersprechen? Begreiflich, daß Michelangelo diesen Propheten in Gedanken versunken dargestellt hat. Das prophetische Wort fällt keineswegs aus dem Rahmen des Alten Testamentes. An seiner Seite steht der hintergründige Prediger Salomo, der das Leben vom Standpunkt einer tiefsinnigen religiösen Philosophie aus zu erfassen versuchte und dabei zum Resultat gelangte: «Auch weiß der Mensch seine Zeit nicht; sondern, wie die Fische gefangen werden mit einem verderblichen Hamen, und wie die Vögel mit einem Strick gefangen werden, so werden auch die Menschen bedrückt zur bösen Zeit, wenn sie plötzlich über sie fällt.»[12] Man kann diese unmeßbaren Worte nicht lesen, ohne eine namenlose Trauer im Herzen zu empfinden, weil sie uns mit ihrer Wucht beinahe zermalmen. Man vermag sie kaum anzunehmen und noch viel weniger kurzerhand abzuweisen. Es sind Tiefenworte, die wie Stacheln in unserem Fleisch sitzen und letzte Geheimnisse andeuten. Zuweilen legen sie sich auf unsere Seele; wir denken unwillkürlich an sie, wenn ein Mensch freiwillig oder unfreiwillig aus dem Leben scheidet und wir in unserer Betroffenheit nicht wissen, was wir sagen sollen. Jedenfalls sind wir unfähig, sie zu bewältigen, weil sie zu mächtig sind und unser Verstehen übersteigen. Luther schrieb «Vom unfreien Willen», ein in seiner religiösen Gewalt beinahe unmenschliches Buch, das doch alle Einwände vor sich her bläst. Trotzdem löst es das Problem der Verantwortung des Menschen für seine Taten nicht. Man kann und darf sie ihm auch nicht abnehmen. Wenn man Erasmus von Rotterdams sanfte Lehre vom freien Willen gegenüberstellt und der Meinung ist, der Mensch könne in allen Dingen frei entscheiden, so ist dies eines der fragwürdigsten Geschenke, die er erhalten hat, weil er ihm in den meisten Fällen nicht gewachsen ist. Jedenfalls ist ihm nur ein geringer Spielraum von Freiheit gewährt, werden doch die bedeutsamen Wendungen von Gott bestimmt. Die Streitfrage zwischen Luther und Erasmus ist gedanklich nicht zu lösen; man muß den Gegensatz in seiner ganzen Härte stehen lassen. Das Leben der Unheiligen drängt dem Betrachter Prädestinationsgedanken auf, deren er sich nicht erwehren kann. Wir verstehen das Leben der Menschen nicht, schon gar nicht in zukünftiger Perspektive und, rückwärts gesehen, höchstens stückweise. Erst in der Ewigkeit wird es uns klar werden, hier aber bleibt es ins Dunkel gehüllt; das Evangelium allein ist das Licht, das in die Finsternis scheint.

Es ist unmöglich, in das Innere der Unheiligen vorzudringen, ohne auf das Problem der Schuld zu stoßen, die das Bild des Menschen nochmals dunkler färbt. Auch die

Schuldfrage gilt heute als ein unmodernes Problem, das der Mensch gerne mit einer leichten Handbewegung von sich schiebt und dadurch unter das Urteil fällt: Werde ein Schwätzer und siehe, alle Schwierigkeiten sind gelöst. Vielen Menschen ist das Wort «Schuld» geradezu verhaßt, auf jeden Fall versuchen sie mit allen Mitteln, sich von ihr zu befreien. Darum der Kreislauf der Geschichte: es wird immer neue Schuld auf die alte gehäuft, und nie ist ein Ende abzusehen. Wenn heutzutage schon einmal von Schuld die Rede ist, dann ist natürlich stets die Gesellschaft und nie der Einzelne schuldig. Dies ist die leichtfertige Lösung der Schuldfrage im marxistischen Denken. Der heutige Mensch spricht in seinen psychologischen Überlegungen im besten Fall noch von Schuldgefühlen, von denen er durch den Psychiater befreit zu werden hofft. Dies alles ist zu oberflächlich gedacht und läßt ein Unbehagen zurück. Ebenso uneinsichtig ist die Aussage: die andern sind auch schuld. Dies ist ein mißglückter Rechtfertigungsversuch. Wirkliche Schuld läßt sich im Unterschied zu bloßen Schuldgefühlen niemals abwälzen. Vielmehr lautet das richtige Wort: «Durch meine Schuld, durch meine große Schuld ist das Verhängnis entstanden.» Sie gehört zum Dasein des Menschen und läßt sich nicht aus dem Leben ausklammern. Man kann nicht leben, ohne schuldig zu werden. Was Schuld ist, ahnt man, wenn man Dostojewskijs «Rodion Raskolnikoff» liest. Der Dichter schildert den Mörder, der seine Schuld mit messerscharfer Dialektik vor sich selbst bestreitet. Unheimlich sind die Argumente, die der Verstand hiefür ins Feld führt. Mit der Vernunft läßt sich alles rechtfertigen – das ist das Erschreckende am Intellekt. Aber dem dialektisch geschulten Verstand steht das Gewissen Raskolnikoffs gegenüber, das er mit allen logischen Spitzfindigkeiten nicht zum Schweigen bringt. Es ist ein atemberaubendes Ringen zwischen Intellekt und Gewissen, das erst ein Ende findet, da Raskolnikoff, von einem inneren Zwang getrieben, zum Heumarkt in Petersburg geht, mitten auf dem Platz niederkniet, sich bis zur schmutzigen Erde verneigt, sie küßt und laut seine Schuld bekennt. Wer Dostojewskijs Buch liest, es nicht zur Unterhaltung liest, sondern es so liest, wie es gelesen sein will, mit brennenden Augen und pochendem Herzen, dem wird es zu einem seelischen Ereignis, dem gegenüber alles literarische Gerede sich in nichts auflöst. Warum wird es zu einer persönlichen Sache, während das Buch doch vor mehr als hundert Jahren geschrieben worden ist? Gewiß nur deshalb, weil das Schuldbewußtsein mit einer erdrückenden Wucht dem Leser nahegebracht wird, so intensiv, bis sich der Vorgang in seinem Innern und nicht nur im Buch abspielt und er nicht mehr ausweichen kann. Die Unheiligen befinden sich oft in einem Teufelskreis. Sie bringen es nicht fertig, das unselige Räderwerk anzuhalten, weil die Sühne in ihren Gedanken keinen Platz hat. Von der Schuld ist die Sühne nicht ablösbar. Schuld und Sühne sind die beiden Pole, zwischen denen sich das menschliche Leben bewegt. Es geht nicht an, das eine auf Kosten des andern preiszugeben.

Was geschah mit den Unheiligen nach ihrem Tode? Auch diese Frage, die namentlich Péguy stark beschäftigte, drängt sich auf, so unzeitgemäß sie auch klingen mag. Wir können sie ganz unmöglich beantworten, wenn wir nicht dem Urteil Gottes vorgreifen wollen, was dem Menschen in keiner Weise gestattet ist. Als Christen aber glauben wir an die Barmherzigkeit Gottes, die alles Bitten und Verstehen übersteigt. Ohne sie können weder Heilige noch Unheilige bestehen. Es ist ein Kennzeichen des Christen, daß er nie die Hoffnung preisgibt und zwar für alle, alle. Dabei ist nicht das intellektuelle Gerede über das Prinzip der Hoffnung gemeint, von dem in den letzten Jahren viel zu hören war. Die lebendige Hoffnung gründet sich auf das Evangelium und nicht auf Prinzipien. Das Evangelium aber enthält die Botschaft: «Bei den Menschen ist es unmöglich, aber bei Gott sind alle Dinge möglich.» Ohne Hoffnung ist das Leben nicht zu bestehen; wir hoffen bis zum letzten Höllenkreis hinab. Der dauernd betrunkene Vater von Sonja sagt in einer armseligen Spelunke zu Rodion Raskolnikoff: «Er wird der Richter sein allen und wird vergeben, wie den Guten so auch den Bösen, wie den Weisen so auch den Einfältigen ... Und wenn er mit allen schon fertig sein wird, dann wird er auch zu uns sprechen: ‹Kommt, ihr Betrunkenen, kommt, ihr Schwächlinge, kommt ihr Schandkerle!› Und wir alle werden vortreten, ohne uns zu schämen, und werden dastehen. Er aber wird sagen: ‹Ihr Schweine! Ihr Ebenbilder des Tieres und vom Tiere Gestempelten; aber kommet auch ihr!› Und die Weisen und die Klugen werden ausrufen: ‹Herr! Warum nimmst du denn diese auf?› Und er wird sagen: ‹Ich nehme sie auf, ihr Weisen, ich nehme sie auf, ihr Klugen, weil kein einziger von ihnen sich dessen für würdig gehalten hat ...› Und er wird seine Hände uns entgegenstrecken, und wir werden niedersinken ... und werden weinen ... und alles verstehen! Dann werden wir alles verstehen! ... Herr, dein Reich komme!»[13]

König Saul

(ca. 1025-1000 v. Chr.)

Vorgeschichte

Jedes geschichtliche Geschehen hat seine Vorgeschichte, die im Keim schon die Nachgeschichte in sich enthält. Bei Saul ist die Vorgeschichte mit dem Namen Samuel verbunden. Er steht am Anfang des Dramas.
Der Knabe Samuel wurde dem Priester Eli zur Erziehung anvertraut, zumal in jenen Tagen «Offenbarungen des Herrn selten waren».[1] Immerhin war die Lampe Gottes noch nicht erloschen. Da erlebte der junge Samuel in einer Nacht seine geheimnisvolle Berufungsstunde. Die Stimme rief ihn. Das Geschehen ist mit lapidarer Kürze erzählt, frei von jeglichem psychologischen Detail und doch voll plastischer Wucht. Nichts ist im Dasein eines Menschen bedeutsamer, als die rufende Stimme zu vernehmen. Der Mensch kann eine Berufungsstunde nicht gestalten, sondern sie nur zitternd über sich ergehen lassen. Samuel begriff sie zuerst nicht, auch Eli wußte sie nicht zu deuten und erst beim dritten Ruf der Stimme sprach der Jüngling erschrocken: «Rede, dein Knecht hört». Dann sprach der Ewige zu ihm: «Siehe, ich will in Israel etwas tun, daß jedem, der es hört, beide Ohren gellen werden.»[2] Geschichte besteht immer aus ohrenbetäubenden Ereignissen; sie mag noch so träge dahinfließen, unterirdisch grollt es stets unheimlich, und nur die geschäftigen Menschen überhören in unbegreiflicher Taubheit die blitzartigen Anzeichen. Erst wenn die Kata-

strophen eingetreten sind, greifen sie verzweifelt an den Kopf und lernen trotzdem nichts aus ihnen. Das Gerichtswort Gottes erfüllte sich mit bestürzender Eile. Die Israeliten wurden von den Philistern geschlagen, die Bundeslade geriet in die Hände der Feinde, die lasterhaften Priestersöhne Hophni und Pinehas kamen im Kampf ums Leben, und der alte Eli fiel beim Anhören der unheilvollen Nachricht tot vom Stuhl. Schlag auf Schlag folgten die Unglücksnachrichten. Es blieb kaum Zeit zum Atem schöpfen übrig. Das Ende mit Schrecken bestand darin, daß das Haus Eli endgültig ausgelöscht wurde.

Fortan war Samuel ein Gerufener. Obwohl er etwas Zwielichtartiges an sich hatte, hatte er nach der Niederlage eine priesterliche Funktion. Samuel zählte zu den heldenhaften Richtergestalten des Alten Bundes, von denen Deborah und Gideon, Jephta und Simson schon vor ihm berühmt geworden waren. Er war der letzte von ihnen und rückte zum Seher auf, dem man später den Namen ‹Prophet› gab, obwohl er nicht einfach ein frommer Mann war, wie ihn die Bibelleser gewöhnlich sehen. Samuel war auch politisch tätig, und gerade dieses Tun war zweideutig an ihm. Nach Jesus Sirach rief er noch auf dem Sterbebett seine Umgebung zusammen, um vor Zeugen auszusagen: «Von wem habe ich Geld oder auch nur ein Paar Schuhe angenommen?»[3] Man darf die alttestamentlichen Männer nicht theologisch betrachten, weil diese Sicht ihrer archaischen Wildheit nicht gerecht wird. Samuel lebte in einer ungeordneten Zeit voll gewaltiger Umbrüche. Während seines Lebens vollzog sich eine entscheidende Umwälzung in der Geschichte Israels, an der er als ein politisch handelnder Mensch maßgebend beteiligt war. Diese politische Priestergestalt hat tief in die Geschichte eingegriffen. Als ein in die Zukunft blikkender Seher klammerte sich Samuel nicht an die Vergangenheit. Er dachte ernsthaft über die Haltbarkeit der israelitischen Theokratie nach und zweifelte an ihrem Fortbestand. In seinen Gedanken über die weitere Entwicklung seines Landes schreckte Samuel nicht vor kühnen, allzu kühnen Plänen zurück.

Die Berichterstattung über Samuels Entscheidung ist nicht einheitlich. Nach der älteren, dem Seher verbundenen Überlieferung sah Gott in seinem Heilsplan vor, daß das Volk inskünftig durch einen König regiert werden soll, eine Anweisung, die Samuel ausführte. Die jüngere Berichterstattung redet von einem Volksbegehren, was wahrscheinlich der Wahrheit näher kommt. Nach ihm wollte das Volk nicht mehr der unmittelbaren Leitung Gottes unterstellt sein. Es hat damit nicht nur Samuels Richteramt, sondern Gott selbst verworfen, nachdem es, «wie die andern Völker», einen König wünschte. Ein Israel, das den übrigen Nationen gleich sein möchte, ist nicht mehr Israel; es ist vom auserwählten Volk zu einem bloßen Staat herabgesunken, ein tragischer Vorgang, der sich in anderer Weise in unserer Gegenwart erneut wiederholt.

Welche von den beiden Überlieferungen den wirklichen Sachverhalt widergibt, läßt sich nicht mit Sicherheit sagen. Die zwei verschiedenen Berichte stehen im Widerspruch zueinander und dürfen nicht harmonistisch miteinander vereinigt werden. Das Alte Testament ist ein Buch von mythischer Größe, das die stärksten Gegensätze aushält. Es kann einem dabei der Atem ausgehen. Gegen die innere Gewalt der alttestamentlichen Geschichtsschreibung mit modernen Quellenscheidungstheorien, Streichungen und Einschüben vorzugehen, heißt einen tosenden Bergbach mit einer Streichholzschachtel aufhalten zu wollen. Man kann nicht, wie die

Philologen es tun, hinter den Text zurückgehen, denn ein solches Unternehmen bliebe in subjektiven Hypothesen stecken. Vielmehr müssen wir dem Text mit dem Mut zur Entscheidung begegnen, müssen uns von ihm persönlich erschüttern lassen, alles andere ist kein ebenbürtiges Verhalten. Es ist überheblich, den Text vor ein modernes Tribunal zu zitieren, um ihn rationalistisch zu zerpflücken. Das gebotene Verhalten ist umgekehrt: Der Mensch ist vor die Schranken des Textes gerufen. Die Frage lautet eher dahin, ob wir seinem mächtigen Andrang standhalten, oder ob wir uns hinter die Exegeten verstecken, von denen Matthias Claudius sagt: «Sie suchen viele Künste und kommen weiter von dem Ziel». Wie der geschichtliche Vorgang sich auch vollzogen haben mag, sicher ist, daß Samuel sich mit seiner politischen Wendigkeit an der Umwälzung aktiv beteiligt hat, denn nur eine Gestalt von seiner Stärke konnte sie vollbringen. Jedenfalls stemmte er sich nicht dem fragwürdigen Volksbegehren mit der ganzen Wucht seiner Persönlichkeit entgegen. Er war bereit, dem Volke zu willfahren, wie dies, nach ihm, die Priester oft getan haben. Darob wurde er zum eigentlichen Königsmacher. Samuels Name bleibt für immer mit der Einführung des Königtums in Israel verbunden, denn er gab dem Lande seinen ersten König, ein Tun, das einem Abfall von der direkten Leitung Gottes gleichkam. Von dieser zweideutigen Tat kann Samuel nicht freigesprochen werden. Deutlich schimmert durch die Berichterstattung die politische Geschicklichkeit des ungewöhnlichen Mannes hindurch. Er hatte etwas Unheimliches an sich, und man hat allen Grund, Samuel als eine furchterregende Gestalt zu bezeichnen. Sein königstiftendes Tun ist schwer mit der Berufung in seiner Jugend zu vereinbaren; das politische Element hat sie getrübt. Man mag sich bei Israels enttäuschenden Erfahrungen mit den verschiedenen Königen fragen, ob Samuels Tun dem Willen Jahwes entsprochen, oder ob politischer Kalkül den Ausschlag gegeben hat.

Der Gesalbte des Herrn

Die Geschichte von Saul beginnt ganz alltäglich, geht aber rasch ins Außerordentliche über. In allem Gewöhnlichen ist immer ein Ungewöhnliches verborgen. Sauls Weg weist zunächst empor, denn er trat schon als junger Mann ins grelle Rampenlicht der Öffentlichkeit.

Saul war der Sohn des wohlhabenden Bauers Kis, «stattlich und schön; es war kein schönerer Mann in Israel als er».[4] Vor allem wird seine Körpergröße hervorgehoben, überragte er doch um Haupteslänge seine Volksgenossen. Männliche Schönheit und Stärke beeindrucken viele Menschen, beweisen aber noch lange nicht deren Geisteskraft.

Es begab sich einmal, daß sich die Eselinnen von Sauls väterlichem Heimwesen verliefen und unauffindbar zu sein schienen. Der Vater befahl seinem Sohne, sie zusammen mit einem Knecht im Gebirge zu suchen. Saul kam dem Befehl nach und befand sich alsbald mit einem Knecht auf dem Weg. Bei der Suche nach den Eselinnen widerfuhr ihm ein unerwartetes Erlebnis, das seinem Leben eine ganz neue Wendung gab. Am Abend nach der ergebnislosen Suche ging Saul mit seinem Knecht nach Rama zu Samuel dem Seher, um ihn nach dem Verbleib der Tiere zu befragen. Samuel empfing ihn freundlich und beruhigte ihn mit der Nachricht, die Tiere seien wieder gefunden worden. Hierauf bat Samuel ihn zu Tische. Auf diese unerwartete Ehre antwortete Saul überrascht: «Ich bin ja nur ein Benjaminit, aus dem

kleinsten der Stämme Israels, und mein Geschlecht ist das geringste unter allen Geschlechtern des Stammes Benjamin!»[5] Was Samuel mit Saul nach dem Essen auf dem Dach des Hauses geredet hat, wird nicht überliefert.
Am andern Morgen begleitete Samuel seinen Gast bis vor die Tore der Stadt, hieß den Knecht vorangehen und sagte dann zu Saul: «Du aber stehe jetzt stille, daß ich dir kundtue, was Gott gesagt hat.»[6] Nun beginnt das Geschehen unerwartet geheimnisvoll zu werden, da Samuel im Namen Gottes redet und nicht seine eigene Meinung vorbringt. Von einem übereilten Vorgehen kann nicht die Rede sein, da das eindrucksvolle Stillestehen nicht zu übersehen ist. Dann nahm Samuel ein Ölgefäß aus der Tasche, goß den Inhalt über Sauls Haupt, küßte ihn und sprach: «Hat dich nicht der Herr zum Fürsten über sein Volk Israel gesalbt? Du sollst herrschen über das Volk des Herrn, und du sollst es erretten aus der Hand seiner Feinde ringsumher.»[7] Überraschend ist die Szene zwischen den beiden Männern, ungewöhnlich in jeder Beziehung und zugleich von weitreichender Bedeutung. Zweimal sagte Samuel: «Du sollst», und Saul konnte sich vor Überraschung kaum fassen. Eine zweifache Aufgabe wurde ihm übertragen: Du sollst herrschen, und du sollst retten. Eines nicht ohne das andere – dies kam dem Gesalbten des Herrn zu. Aber Samuel befahl der ersten Herrschergestalt in Israel zugleich «stille zu stehen». Wer sich ununterbrochen in Bewegung befindet, vernimmt keine höhere Stimme. Saul wurde nicht der größte, wohl aber der erste König in Israel. Noch stand alles im Frühlingslicht da. Neben dem jugendlichen Saul befand sich der politisch begabte Seher, der ihn zu diesem Amt bestellt hatte. Saul hatte nicht nach dem Königtum gelechzt. Er war kein ehrgeiziger Mann, der nach einer führenden Machtstellung

strebte. Das hohe Amt wurde ihm ohne sein Zutun übertragen. Von nun an war er eine außerordentliche Gestalt. Die Bemerkung, «er überragte alle seine Volksgenossen um Haupteslänge», geht von seiner körperlichen Größe in eine geistige Vormachtstellung über. Saul war der Mann, der auszog, um zwei Eselinnen zu suchen, und dabei ein Königreich fand. Wem ist je etwas Ähnliches widerfahren?
Der Seher Samuel sagte Saul auch voraus, was er auf dem Heimweg Unerwartetes erleben werde. «Alsdann wird der Geist des Herrn über dich kommen, und du wirst mit ihnen in Verzückung geraten und wirst dich in einen andern Menschen verwandeln.»[8] Größeres kann einem Menschen nicht mehr prophezeit werden. Es deutet ein Erlebnis an, das wir nicht aus eigener Erfahrung kennen. Saul widerfuhr das Unbeschreibliche, das wir lediglich postulieren und kaum erreichen: Der Geist des Herrn hielt Einzug bei ihm. Auf dem Heimweg «wandelte ihm Gott das Herz».[9] Das war das entscheidende Ereignis, mindestens so wichtig wie die heimliche Salbung zum König. Auf das gewandelte Herz kommt es an, denn ohne dieses innere Erleben wäre Saul nicht über sich selbst hinaus gewachsen und er wäre auch nicht ein vom Göttlichen ergriffener Mann geworden. «Der Geist Gottes kam über ihn, und er geriet in Verzückung», heißt es wörtlich.[10] Fortan war Gott mit Saul. Aus dem erdverbundenen Bauernsohn war plötzlich ein lichtvoller Ekstatiker geworden. Er hatte ein Charisma empfangen und war darob zu einem Mann der Entrückungen geworden. Er war nicht einem vorderasiatischen Scheich zu vergleichen, dem es lediglich um den Ölpreis zu tun ist. Saul war ein König im wahren Sinn des Wortes. Wenn ein König nichts Tieferes erlebt hat, als Krethi und Plethi erfahren haben, so ist er nicht der Gesalbte des Herrn.

Erst das durch den Geist verwandelte Herz erhebt ihn zum wirklichen König. Auch Verzückungen gehören dazu. Wo liest man von Heinrich VIII., vom Sonnenkönig oder vom alten Fritz etwas Ähnliches? Sie bleiben alle weit hinter Saul zurück. Er kannte den Enthusiasmus im ursprünglichen Sinn des Wortes. Saul erlebte ekstatische Zustände. Ein Schaudern ging von ihm aus. Auch andere Leute bezeugten dies. Um ihres Unverständnisses willen kam die Frage auf: «Ist Saul auch unter den Propheten?»[11] Dieses mystische Erleben hob Saul aus den Reihen der übrigen Menschen hinaus. Der erste König von Israel war eine Ehrfurcht heischende, sakrale Gestalt. Was eine sakrale Persönlichkeit ist, ist dem heutigen, nur noch in demokratischen Begriffen denkenden Menschen schwer verständlich. Er hat den Sinn dafür verloren. Demokratie ist lediglich eine Möglichkeit unter anderen Möglichkeiten. Gegenwärtig ist sie zu einem allzu strapazierten Schlagwort geworden. Wer kein Sensorium für Auserwählung hat, wird nie ein sakrales Königtum verstehen. Mit bloß royalistischer Gesinnung ist es nicht getan, reicht es doch in höhere, gottgeweihte Sphären hinauf. Das Saul aufgetragene Amt wurde bald darnach vom Volk öffentlich bestätigt, und damit war für ganz Israel die sakrale Sendung Sauls offenbar geworden. Einzig einige Nichtswürdige verachteten ihn und fragten argwohnisch: «Was kann er uns helfen?»

Doch darin sollten sich die Spötter bald widerlegt sehen. Zunächst führte Saul auch als König sein früheres Bauernleben weiter. Er ging seiner Feldarbeit nach und bei seiner Heimkehr stieg ihm einmal die Frage auf: «Was hat das Volk, daß es weint?»[12] Dies spricht für ein feines Gespür und eine seltene Formulierung für eine gar nicht zu leugnende Tatsache. Das einfache, arbeitende Volk hatte zu allen Zeiten Schweres zu ertragen. Es gibt ein kaum hörbares Schluchzen in der Tiefe des Volkes, und es hat allen Grund zum Weinen. Dies überhören in der Regel die Politiker, und darum wursteln sie drauf los; einen religiösen Menschen aber dürfen die Tränen des Volkes nicht gleichgültig lassen. Sauls gewandeltes Herz erkannte die Verzweiflung des Volkes und schaute ihr nicht tatenlos zu, war er doch dazu bestimmt, zu herrschen und zu retten. Der über ihn gekommene Geist Gottes hieß ihn einige Rinder schlachten und jedem der umstehenden Männer ein Stück blutigen Fleisches in die Hände drücken. Saul sandte sie damit in alle Gegenden Israels und beauftragte sie, dem Volk zu sagen: «Wer nicht mit Saul auszieht gegen die Philister, dessen Rinder sollen vom Feind ebenso zerstückt werden.» Das war eine anschauliche und unmißverständliche Symbolhandlung, die auch der einfachste Mann in Israel begriff. In solch' bildlicher Sprache muß man zum Volk sprechen, denn mit dem bloßen Händeschütteln ist es nicht getan. Bald hatte Saul ein Heer von mehreren tausend Mann um sich. Der vom Geist erfüllte Bauernsohn erwies sich als ein tüchtiger Feldherr, der seine Schlachten siegreich gewann. Saul war ein kriegerischer König, nicht aus eigener Lust, mußte er doch so sein, um die nackte Existenz seines Volkes vor der Philistergefahr auch wirklich retten zu können.

Von Gott verworfen

Von den mannigfachen Kriegszügen Sauls ist im vorliegenden Zusammenhang nur die Schlacht gegen die Amalekiter zu erwähnen. Er vollzog sie im Auftrag Samuels, der immer noch als graue Eminenz im Hintergrund stand. Samuel gebot ihm bei dieser Gelegenheit, am

Feind den Bann zu vollziehen, wie dies die Israeliten schon in früheren Kriegen getan hatten. War der Vollzug des Bannes eine persönliche Ansicht Samuels, oder stützte er sich bei diesem Gebot auf das Gesetz Moses'? Wohl kaum, denn dieses Gebot kommt nur im 5. Buch Moses vor, das damals noch nicht zusammengestellt war und das mit dieser Anordnung vor allem die Zerstörung der heidnischen Kultstätten meinte.[13] Der Vollzug des Bannes war eine besonders mörderische Kriegsführung, indem alles Feindliche radikal dem Erdboden gleichgemacht wurde, seien es nun Frauen oder Säuglinge, Tiere oder Bäume. Modern ausgedrückt, war es die Taktik der verbrannten Erde. Man wendet sich mit Grauen von dieser unbarmherzigen Kriegsführung ab. Jedenfalls kann sie den Anspruch auf Menschlichkeit nicht erheben. Samuel verlangte ein dermaßen mörderischen Vorgehen im Namen des Herrn! Nicht erst wir schaudern davor zurück, auch die alten Rabbiner fragten: «Wohl hat der Herr geboten, Amalek auszurotten; aber, wenn auch die Männer schuldig sind, was haben die Frauen gesündigt? Was haben die Kinder verbrochen? Und Rind und Esel und Schaf – was haben sie Übles getan?» So fragten sie und «da erscholl eine Stimme vom Himmel, die sprach: ‹Sei nicht gerechter, als dein Schöpfer ist!›»[14] Die Skrupellosigkeit dieser Kriegsführung liegt offen zutage. Sie geschah aus religiösen Gründen, weil die Amalekiter fremden Göttern dienten, von denen nichts angenommen werden durfte. Saul kam dem Auftrag des alten Sehers nach, schlug die Schlacht und siegte auch, aber er vollzog den Bann nicht. Konnte er die barbarische Zerstörung mit seinem Gewissen nicht vereinbaren? Wir wissen es nicht. Er nahm den feindlichen König Agag gefangen, suchte sich die besten Schafe und Rinder aus und bannte nur die geringeren Tiere.

In diesem Moment fiel die zweite Entscheidung im Leben Sauls, diesmal zu seinen Ungunsten. Es war genau die Stelle, da sein Weg abbog und seine Position in eine Negation umschlug. Saul war vom ungeheuren Konflikt zwischen Ethik und Religion zerrieben; er war dem schweren Gegensatz nicht gewachsen. Nun begann die Tragödie seines Lebens, die ihn zum Unheiligen erniedrigte. Man hört geradezu den metallenen Klang des Alten Testamentes und verfolgt das weitere Leben Sauls mit angehaltenem Atem. Ungewollt krampft sich das Herz zusammen.

Samuel sah in Sauls Umgehung des Bannes nur Ungehorsam und vernahm zugleich des Herrn Wort: «Es reut mich, daß ich Saul zum König gemacht habe».[15] Das ist anthropomorph formuliert, denn Gott kennt das menschliche Gefühl der Reue nicht. Samuels Aussage umschreibt Sauls Verwerfung. Es kam zu einem erregten Gespräch zwischen dem Seher und dem König, in dem Samuel ihn des Ungehorsams bezichtigte und Saul zur plumpen Lüge griff und behauptete, den Bann vollstreckt zu haben. Der Seher ließ sich jedoch nicht täuschen und fragte kurzerhand: «Was ist denn das für ein Blöken von Schafen, das zu meinen Ohren dringt, und ein Brüllen von Rindern, das ich höre?»[16] Saul, in die Enge getrieben, versuchte die Schuld von sich abzuwälzen und das Volk dafür verantwortlich zu machen, das die Beute haben wollte, um Gott Brandopfer darzubringen. In diesem erregten Zusammenstoß holte der Seher zu einer großen Rede aus: «Hat der Herr Wohlgefallen an Brandopfern und Schlachtopfern gleichwie am Gehorsam gegen den Herrn? Siehe, Gehorsam ist besser als Opfer, Aufmerken besser als Fett von Widdern. Denn Ungehorsam ist gerade so Sünde wie Wahrsagerei, und Widerspenstigkeit ist gerade so Frevel wie Abgötterei. Weil du das Wort des

Herrn verworfen, hat er dich verworfen als König.»[17] Damit war das inhaltsschwere Wort ausgesprochen: Der Gesalbte des Herrn ist fortan ein Verworfener. Steil war sein Aufstieg, und ebenso steil stürzte er ab. Der gleiche Mund, der Saul einst zum König erhoben hatte, sprach nun die Verwerfung aus.

Samuels Rede über den Gehorsam nimmt die spätere Ablehnung des Opfers durch die Schrift-Propheten vorweg. Das Opfer von Tieren steht nicht mehr an erster Stelle, es wird dem Gehorsam gegenüber dem göttlichen Wort untergeordnet. Primär gilt es, dem Willen Gottes zu gehorchen. Die Menschen schütten mit ihrem Ritualismus diese ewig gültige Wahrheit immer wieder zu. Nie wurde der Wert des Gehorsams tiefer erkannt. Nicht umsonst haben die Heiligen den Gehorsam so hoch eingeschätzt, gehört er doch zu den religiösen Urworten. Das Wesen des Unheiligen besteht im Ungehorsam: damit ist er am zutreffendsten erfaßt. Die Sünde von Adam und Eva bestand schon in ihrem Ungehorsam. Das Wort Samuels traf denn auch den König wie ein Donnerschlag.

Die Vorbildlichkeit von Samuels Rede wurde durch seine unmittelbar darauffolgende Tat getrübt. «Er verlangte, der König der Amalekiter solle vor ihn gebracht werden, und als der unglückliche Agag getrost und voller Vertrauen waffenlos vor ihm stand, hieb der grausige Alte ihn mit eigener Hand in Stücke», schrieb Duff Cooper.[18] Das Blut Agags floß über die Arme des Sehers und damit entdeckt man sein anderes Gesicht, das man meistens beim schnellen Lesen übersieht. Samuel handelte dem Bann entsprechend, während das menschliche Verhalten Sauls diesem zum Verhängnis wurde. Dieses unverständliche Geschehen ist selbst aus dem archaischen Zeitalter nicht zu erklären. Dermaßen unmittelbar nebeneinander findet man im Alten Testament die tiefste Wahrheitserkenntnis und das grauenhafteste Tun. Sie lassen sich nicht säuberlich auseinanderhalten, sondern greifen ineinander über und machen einen Strich durch unser Denken. Der Mensch vermag kaum in Reinheit zu denken, denn allezeit wird sein Denken und Handeln unheilvoll von niederträchtigen Mächten durchkreuzt. Selbst die größten, religiösen Gedanken stürzen in Abgründe, die wir nicht verstehen.

Es gibt über das Thema «Samuel und Agag» ansprechende Ausführungen in Martin Bubers autobiographischem Fragment «Begegnung». Der verehrungswürdige Martin Buber sagte zu einem strenggläubigen Juden: «Ich kann nicht glauben, daß Saul gestraft wurde, weil er sich weigerte, seinen Feind zu töten».[19] Bubers Auffassung, Samuel habe Gott mißverstanden, ist dem modernen Verständnis angepaßt; man begreift sie auch gut aus Bubers Sicht, vertrat er doch höchst eindrucksvoll einen «biblischen Humanismus». Der gesetzestreue Jude stimmte Buber zu. Alles ist überaus sympathisch zu lesen und spricht für beide Gesprächspartner. Aber trotz aller Hochachtung für den verdienstlichen Künder des Chassidismus ist sein Wort, «ich kann nicht glauben» ... kein überzeugendes Argument. Martin Buber konnte diese Aussage nicht glauben, aber, es kommt nicht darauf an, ob er es kann oder nicht. Lehnt man die Bestrafung des Königs ab, fällt auch seine Verwerfung wegen seines Ungehorsams dahin und damit wäre sein weiteres Schicksal ein übles Machwerk Samuels, ja, eine Komödie der Irrungen, die nicht verdient in der Bibel vermerkt zu werden. Offensichtlich wird eine humanistische Gesinnung der Hintergründigkeit von Gottes Erwählung und Verwerfung nicht gerecht.

Man muß den Text lesen wie er dasteht. Es ist des Lesers

Privatsache, wenn er glaubt, Samuel habe Gott mißverstanden. Der Gott des Alten Testamentes läßt sich ohnehin nicht mit einer modernen Gottesvorstellung in Einklang bringen. Die Gottesauffassung der Neuzeit ist bei allem Verständnis eine fragwürdige Sache, die eher nach Konstruktion riecht. Ob heutige oder alttestamentliche Auffassung, jedenfalls entspricht Gott nie der menschlichen Vorstellung. Er bleibt der in jeder Beziehung Unbegreifliche und ist in seinem Walten jenseits von dem, was wir für richtig oder unrichtig halten. Ein begreifbarer Gott ist kein Gott. Deswegen schrieb Pascal in seinem Memorial: «Gott Abrahams, Gott Isaaks, Gott Jakobs. Nicht der Philosophen und der Gelehrten»[20]. Es ist der Gott, der aus dem brennenden Dornbusch spricht: «Ich bin, der ich bin!» Gottes Tun streckt den Menschen zu Boden, und gegen ihn kommt kein Einwand auf. Wer das noch nie verspürt hat, der wurde noch nie vom versengenden Hauch des lebendigen Gottes angeweht.

Über die Vorausbestimmung im Leben Sauls darf nur in leisem Ton geredet werden. Es gibt keine Erwählung, die unwandelbar wäre. Sie ist Gottes freie Tat, über die er souverän verfügt. Es gibt keine Erwählung, die nicht in Verwerfung übergehen, und keine Verwerfung, die nicht wiederum in Erwählung umschlagen kann. Nichts ist endgültig, alles bleibt Gottes freier Entscheidung vorbehalten. Die Prädestination ist das Beweglichste in der Welt; sie richtet immer eine Frage an den Menschen, die auf eine Antwort wartet. Bei Saul geschah es nicht ohne eigenes Verschulden – sein Ungehorsam machte ihn zum Unheiligen. Doch wollte er den Worten Samuels nicht glauben und versuchte, die Meinungsverschiedenheit mit dem Seher wieder in Ordnung zu bringen. Samuel aber weigerte sich, mit ihm den weiteren Weg gemeinsam zu gehen. Nicht einmal vor dem Volk wollte er den Streit verhüllen. Da ergriff Saul ihn beim Mantel, aber der Prophet ließ sich nicht halten, riß sich los, so daß der König nur ein kleines Stück des Stoffes vom Mantel in den Händen behielt – wieder ein Beispiel einer Symbolhandlung, die in der Bibel anschaulich und mächtig erzählt wird. Man mag sich fragen, ob Samuel nicht an der Verwerfung Sauls mitschuldig war. Er stieß den Unheiligen sofort von sich und half ihm nicht im geringsten, sich selbst wieder zu finden. Barmherzigkeit war offenbar nicht seine Stärke. Dies hatte er schon gegen den König Agag bewiesen. Zwar führt der Geschichtsschreiber aus, es sei Samuel nicht leicht gefallen, sich von dem von ihm zum Gesalbten des Herrn Erkorenen zu trennen. Jedenfalls «trug er Leid um Saul»[21]. Wirklich? Wenn dem so ist, dann sollte der Bibelleser den Schmerz über diese Fügung mittragen. Man darf nicht an Saul denken, ohne Leid zu fühlen, und zwar abgrundtiefes Leid, ein Leid, für das es weder Namen noch Heilung gibt.

Schwermut

Nach der dramatischen Auseinandersetzung zwischen Samuel und Saul berichtet die Bibel: «Als nun der Geist des Herrn von Saul gewichen war, quälte ihn ein böser Geist, vom Herrn gesandt.»[22] Das ist eine der dunkelsten Bibelaussagen. Sie wirft unsere schon durch Samuel stark strapazierte Gottesvorstellung noch vollends über den Haufen. Gott entspricht in keiner Weise unseren Anschauungen. Wie soll man es nur fassen, daß ein böser Geist Saul beherrscht, und daß dieser böse Geist vom Herrn gesandt ist? Alle frisierte Zulassungstheologie über das Böse verflattert angesichts dieser abgründigen Aussage. Von Gott geht der böse Geist aus, von ihm kommt

Lichtvolles und Finsteres, ein Gedanke, der uns unbegreiflich ist, weil es unserem einlinigen Gottesverständnis widerspricht. Beim bösen Geist, vom Herrn gesandt, ist die Vernunft an ihrer Grenze angelangt. Wir begreifen von Gott nichts, höchstens ein kleines Stücklein der Offenbarungsgeschichte. Der von Gott ausgehende böse Geist wird nicht nur in den Samuelsbüchern vermerkt, auch der Prophet Jesaja verkündet die gleiche unfaßliche Botschaft: «Ich, der Herr und keiner sonst, der ich das Licht bilde und die Finsternis schaffe, der ich das Heil wirke und Unheil schaffe, ich bin der Herr, der dies alles wirkt.»[23] Solcher Aussagen wegen gehört der Unheilige in den religiösen Bereich, selbst wenn er auch mit seinem Dasein den üblichen Gottesbegriff sprengt. Genau an der Stelle jedoch, wo die menschliche Gottesvorstellung zerbricht, genau da beginnt der wahre Gott zu reden. Erschüttert darüber klagte Jesaja: «Fürwahr, du bist ein verborgener Gott.»[24] Die Bibel verkündet den lebendigen Gott, der ein verzehrendes Feuer, und in dessen Hände zu fallen schrecklich ist. Sie verkündet nicht einen abstrakten, dogmatisch polierten Gottesbegriff.

In der Art und Weise wie er nach seiner Erwählung von der enthusiastischen Verzückung ergriffen worden war, fiel er nun nach der Verwerfung der Schwermut anheim. Das Wort: «quälte ihn ein böser Geist» sagt nichts anderes aus. Was Schwermut ist, kann der davon freie Mensch kaum erfassen. Sie läßt sich nur mit dem Begriff «dunkle Qual» umschreiben, eine Qual, die schwerer zu ertragen ist als körperlicher Schmerz. Nur der Schwermütige empfindet, was tiefstes Menschenleid ist, weil er in seinem qualvollen Selbst eingemauert und ihm die Kraft zur inneren Befreiung versagt ist. Schwermut ist eine erdrückende Last des Gemütes. Der Kranke vermag sein Dasein nicht mehr zu bewältigen, weil er zu tief in

seinem Personkern beinahe unheilbar verwundet ist. Das beste darüber schrieb Margarete Susman in ihrer vorbildlichen Studie über «Saul und David»: «Schwermut ist etwas grundsätzlich anderes als auch das tiefste Leid und die tiefste Trauer; im Leid, in der Trauer um etwas ist niemals jenes böse Geisten, das der Schwermut eigentümlich ist ... Schwermut ist nicht Strafe für ein einzelnes bestimmtes Vergehen, sondern die Anzeige einer Totalschuld, eines Totalabfalls der Existenz ... Trauer um Menschliches ist nicht Schwermut. Schwermut ist immer Trauer um Göttliches. ‹Die Schechina wohnt nicht in der Schwermut›, sagt in chassidischer Deutung ein talmudisches Wort.»[25] Schwermut steigt aus unergründlicher Tiefe auf, überflutet unerklärlich das Gemüt eines Menschen, verdüstert seinen Geist und läßt ihn nicht mehr richtig bei sich selbst sein. Sie vermag die eigene Person und die andern Menschen nicht mehr im wahren Licht zu sehen. Melancholie ist eine unauslotbare Krankheit, deren Ursachen unbekannt sind. Sie verleiht dem Bilde Sauls den ergreifend schmerzlichen Ausdruck, den Hans Fronius in seinen «Imaginären Porträts» festgehalten hat: Der König starrt vor sich hin, er ist in sein ihm fremd gewordenes Selbst versunken und weiß sich nicht zu helfen. Die Leere hat ihn überschwemmt und wendet sich mit ihrer eigenen Zerstörungsgewalt gegen ihn.
In dieser seelischen Notlage kamen die Angehörigen des Königs auf den Gedanken, nach einem Manne zu suchen, der Saul mit Saitenspiel erheitere. Musik erhellt, was man von Worten oft nicht sagen kann. Die harmonischen Klänge sind Balsam für die verdüsterte Seele und heben sie über sich hinaus. Sauls Angehörige hofften, daß Musik das verwundete Gemüt Sauls erfreue, suchten und fanden schließlich einen Jüngling, der die Kunst des Harfenspieles beherrschte: David. Wenn er sich im glei-

chen Raum mit Saul befand und zart über die Saiten strich, dann lauschte der König, und seine kranke Seele begann sich aufzuhellen. Es erging ihm wie Lorenzo in Shakespeares «Der Kaufmann von Venedig»:

> Hier sitzen wir, und lassen die Musik
> Zum Ohre schlüpfen; sanfte Still' und Nacht,
> Sie werden Tasten süßer Harmonie.[26]

Rembrandt hat den schwermütigen Saul und David, der ihn mit seiner Harfe aufzuheitern versuchte, in einem unvergeßlichen Gemälde gestaltet. In diesem Bilde sagte Rembrandt mit künstlerischer Kraft das aus, was in keinem theologischen Kommentar auch nur angedeutet ist. Nur ein durch schwere Erlebnisse hindurchgegangener Maler vermochte Sauls Schwermut so intuitiv zu erfassen; der alte Rembrandt hat denn auch alles, alles verstanden. Saul sitzt, um zwei Stufen erhöht, vor David, man spürt geradezu, daß Welten zwischen beiden liegen und sie unmöglich zueinander finden können. Saul ist der in seiner Vereinsamung eingemauerte König, der den Speer fest in der Hand hält. Auch die heimlichen Tränen, die der König mit dem Vorhang abzuwischen versucht, deuten die unendliche Trauer über sein verwirktes Leben an. Ach, hätte er nur richtig geweint, hätte er sich einmal völlig ausgeweint, es wäre ihm darob gewiß leichter geworden. Es gibt ein Weinen, das dem Gebet nahe kommt. Pracht und Unglück sind in diesem ergreifenden Gemälde Rembrandts enthalten, Pracht, wenn man an die kostbaren Gewänder denkt, in die der König gekleidet ist, und Unglück, das zu verhüllen er nicht vermag. Sie bilden einen seltsamen Kontrast. Doch vermochte auch Davids bewegendes Saitenspiel nicht Sauls bösen Geist zu vertreiben.

Nachdem der Hirtenjunge David am Hofe wohlgelitten war, nahm er auch am Kriegsgeschehen teil, das sich erneut zwischen Israel und den Philistern abspielte. Damals verhöhnte der baumlange Goliath mit schändlichen Worten Israel, bis der kleine David mit einem gezielten Kieselstein den großmäuligen Mann zum Taumeln brachte und ihm dann blitzschnell das Haupt vom Leibe trennte. Die Einzelheiten brauchen nicht erwähnt zu werden, weil sie allgemein bekannt sind. David und Goliath sind zum unmißverständlichen Symbol dafür geworden, daß selbst das Kleine über das Große zu siegen vermag. Für den alternden König Saul aber war der Ausgang der mutigen Tat Davids folgenschwer. Das Volk, über alle Maßen von seinem Sieg begeistert, tanzte und sang:

> Saul hat seine Tausende geschlagen,
> David aber seine Zehntausende.

Der Ausbruch des Freudentaumels erweckte den Argwohn Sauls; er ergrimmte in seinem Geiste, daß David mehr gerühmt wurde als er. Zu allem Unglück wurde er über Davids Erfolge eifersüchtig. Wie bei Othello entwickelte sich aus dieser hündischen Eigenschaft eine dämonische Leidenschaft, die Saul noch vollends dem Untergang entgegen trieb. Die wie ein Flämmlein züngelnde Eifersucht vergiftet die Seele und stößt den Menschen an den Abgund seiner Existenz. Sie schleicht sich unbemerkt als kleines Fünklein ein, knistert heimlich im seelischen Bereich, schwelt wie Feuer unter der Asche, lodert schließlich gleich einer Flamme auf und verzehrt den ganzen Menschen. Die Eifersucht steigerte Sauls Schwermut ins Teuflische. «So wurde Saul Davids Feind für alle Zeiten», notierte der alttestamentliche Berichterstatter und deutete damit das weitere Drama an.[28] Nicht nur Sauls Verhältnis zu Samuel war zerstört, auch die Beziehung zu David wurde durch die Eifersucht zur namenlosen Qual. Zwar gab Saul in einer ersten Aufwallung des Gemütes seine Tochter Michal David zum Weibe, und auch sein selbstloser Sohn Jonathan wurde der vertraute Freund Davids, mit dem er sogar die Kleider tauschte. Dies alles vermochte das Verhängnis nicht aufzuhalten, das sich über Saul gleich dunklen Gewitterwolken zusammenzog. In seinem absinkenden Dasein trachtete er fortan David nach dem Leben, denn er sah in ihm nur noch den gefährlichen Nebenbuhler für seinen Thron. Mit unauslöschlichem Haß und finsteren Gemüts sann er einzig auf die Beseitigung Davids. Sein dumpfes Brüten entlud sich zuweilen in elementaren, ganz unberechenbaren Wutausbrüchen, vor denen jedermann entsetzt aus dem Raume floh. Mitten im wohlklingenden Saitenspiel warf Saul plötzlich seinen Speer nach David und versuchte, ihn an die Wand zu spießen. Dieses schreckliche Verhalten ist nur aus dem verdunkelten, bösen Geist zu verstehen, der seit seiner Verwerfung unablässig in ihm sein Unwesen trieb. Saul ließ sich zu unmenschlichen Taten hinreißen. Es geschah, daß er alle Priester der Stadt hinschlachten ließ, nur weil er glaubte, sie hätten David auf seiner Flucht unterstützt. Die niederträchtige Einstellung Sauls und die großmütige Haltung Davids stehen im Verhältnis des Kontrapunktes zueinander. Im ersten Samuelbuch wird die Auseinandersetzung zwischen den beiden Männern von einem unbekannten, vorzüglichen Historiker ausführlich erzählt, einem Mann, der Geschichte mit ihrem grausigen Gefälle zu sehen vermochte.

Weder die Wut Sauls gegen den aufsteigenden David noch die seelische Überlegenheit Davids änderten den

Gang der Ereignisse. David sah keine andere Möglichkeit mehr, als außer Landes zu gehen, um sich vor den hinterlistigen Nachstellungen Sauls zu retten. Damit aber beraubte sich Saul eines seiner besten Kämpfer, was er bald zu spüren bekam.

Bei der Hexe von Endor

Die Auseinandersetzungen mit dem Erbfeind Philistea waren noch im Gange, als der Krieg erneut ausbrach. Saul mußte wiederum sein Heer zusammenrufen und gegen den Feind ziehen. Dunkle Ahnungen beschlichen ihn, dies umsomehr, als ihn diesmal alle Kampfesfreudigkeit verlassen hatte. «Als Saul das Heer der Philister sah, fürchtete er sich, und sein Herz zitterte sehr», heißt es wörtlich.[29] Ein Zittern entspricht nicht der Gemütslage eines siegesbewußten Feldherrn. Er ließ durch das Orakel den Herrn befragen, aber er erhielt keine Antwort. Es blieb stumm und gab ihm keinen Rat. Seit seiner Verwerfung stand der Unheilige in keinem Verhältnis mehr zu Gott. Die Verbindung war abgerissen. Trostlos und verlassen wie er war, wußte er nicht mehr, was er tun sollte. In seiner Einsamkeit war auch das Rufen aus der Tiefe sinnlos geworden. Kein Laut aus dem göttlichen Bereich drang zu ihm, dem einstigen sakralen Menschen. In dieser Ratlosigkeit kam ihm ein verzweifelter Gedanke. Als er zum König gesalbt worden war, bestand eine seiner ersten Handlungen darin, alle Wahrsager und Totenbeschwörer des Landes zu verweisen. Israel sollte ein von allem Aberglauben gereinigtes Land sein, das nur dem einen Gott dienen würde. Saul suchte nun in seiner verdunkelten Lage seine Zuflucht bei den verbotenen Totenbeschwörern, und besiegelte damit selbst seine

Verwerfung. Es erging ihm, wie es vielen glaubenslosen Menschen der Neuzeit ergeht: in einer verzweifelten, auswegslosen Situation suchen sie Rettung bei dunklen Machenschaften, die von einer unheimlichen Atmosphäre umwittert sind. Totenbeschwörung ist eine magische Vergegenwärtigung der Toten. Man zaubert ihre Schatten aus der Unterwelt empor.
Saul zog sein königliches Gewand aus, hüllte sich in andere Kleider und ritt mit zwei Männern nachts zu einem Weibe in Endor, von dem man munkelte, es beschwöre heimlicherweise immer noch die Toten. Die Frau – ihr Name ist nicht überliefert – lehnte die Zumutung mit dem Hinweis auf Sauls Verbot ab. Saul aber verstellte seine Stimme und versicherte ihr, es werde ihr von seiten des Königs nichts geschehen. Da fragte das Weib: Wen soll ich dir heraufbringen? Saul wünschte Samuel heraufbeschworen. In diesem Moment erkannte das Weib plötzlich den verkleideten König und schrie laut auf: «Warum hast du mich getäuscht? Du bist Saul!»[30] Der überführte König beschwichtigte sie und wünschte die unheimliche Szene bis zum bitteren Ende durchzuhalten. Warum begehrte Saul ausgerechnet Samuel, der ihm doch feindlich gesinnt gewesen war? Man kann es sich nicht anders erklären, als daß Samuel und Saul voneinander nicht losgekommen waren. Das Weib sprach unheimliche Beschwörungsformeln, und dann stieg tatsächlich in geisterhafter Atmosphäre die Gestalt des toten Samuel herauf, vor der der König ehrfurchtsvoll sein Angesicht zur Erde neigte.
«Samuel aber sprach zu Saul: Warum störst du meine Ruhe und lässest mich heraufkommen? Saul sprach: Ich bin in großer Not, die Philister streiten wider mich. Gott aber ist von mir gewichen und gibt mir keine Antwort mehr, weder durch Propheten noch durch Träume;

darum habe ich dich rufen lassen, daß du mir zeigst, was ich tun soll. Samuel sprach: Warum fragst du mich denn, da doch der Herr von dir gewichen und dein Feind geworden ist? Der Herr hat dir getan, wie er durch mich geredet hat: der Herr hat dir das Königtum entrissen und es dem andern gegeben, dem David.»[31] Saul war durch die unheilverkündende Rede des aus dem Totenreich heraufbeschworenen Samuel im Innersten getroffen und fiel kraftlos zu Boden. Ein geschlagener Mann lag auf der nackten Erde, von unaussprechlicher Angst gepackt und verstört ob der schlechten Prophezeiung. Das Weib mußte ihn beruhigen und gab ihm auch zu essen, damit er sich wieder ein wenig erhole.

Man hat dieser berüchtigten Begebenheit schon die Überschrift gegeben: «Saul bei der Hexe von Endor.» Spricht man nur vom Weib zu Endor, sagt dies zu wenig, weil sie keine gewöhnliche Frau war, sondern über magische Kräfte verfügte. Es ging bei ihr nicht mit rechten Dingen zu, stand sie doch mit den dunklen Mächten in Verbindung. Mag man sie Zauberweib oder Totenbeschwörerin nennen, am besten bleibt man doch bei dem Namen: die Hexe von Endor. Natürlich drängen sich dem modernen Menschen viele Fragen auf, wenn er diesen Bericht liest: Ist Saul einem okkultistischen Schwindel zum Opfer gefallen? Sind Totenbeschwörungen überhaupt möglich? Läßt Gott zu, daß die Ruhe der Verstorbenen gestört wird? Gehören Hexen nicht zum Volksaberglauben? So darf man fragen, und es gibt kein Recht, diese Fragen zu unterdrücken. Die modernen Zweifel umgehen das Problem. Sie sind so unbefriedigend wie die Ausführungen der Parapsychologie, die nur merkwürdige Vorkommnisse beschreibt, ohne dem Leser eine Deutung zu vermitteln. Da sind die alten «Sagen der Juden» noch erhellender zu lesen: «Dreifach ist die Art, wie sich ein Toter denen gibt, die seinen Schatten heraufbeschwören. Der ihn kommen läßt, der sieht die Gestalt, hört aber nicht die Stimme, der seiner Hilfe bedarf, hört die Stimme, sieht aber nicht die Gestalt; die aber, die sonst zugegen sind, sehen und hören nichts.»[32] Zu den Letzteren gehören auch wir. Wir sehen und hören nichts, stehen mit offenem Mund da und begreifen vom ganzen Vorgang auch nicht ein Jota. Ja, ahnen wir denn gar nicht, daß das Wort ‹Hexe› eine Metapher für die unheimlichsten Mächte ist? Als Bild verstanden ließ Shakespeare die drei Hexen in «Macbeth» auftreten, und Johann Heinrich Füssli und J.S. Ensor haben sie mehrfach gemalt. Auch in der heutigen Zeit ist schon mehr als ein Mann von «Hexen» umgarnt und in die Tiefe gezogen worden. Frauen können sowohl Heilige als Hexen für ihre Männer sein. Saul ist nicht das erste und nicht das letzte Opfer der dunklen Mächte. Er veranschaulicht eindrücklich, wie der gnadenlose Mensch von ihnen in den Abgrund hinabgerissen wird.

Verlassen von Gott und Menschen

Saul ritt, in düstere Gedanken versunken, noch in der gleichen Nacht zu seinem Heer zurück. Durch das Erlebnis war er völlig aus dem Gleichgewicht gekommen und war nun zu einem tief gespaltenen Mensch geworden: einst von Gott berührt und jetzt von Gott verlassen. Bevor er nur seine Schlachtreihen geordnet hatte, griffen die Philister in der Morgenfrühe an. Die Mutlosigkeit des Königs teilte sich den Kriegern mit; sie spürten sein Zittern und flohen schon zu Beginn der Schlacht. Viele der Fliehenden wurden niedergemacht. Die Philister hatten es auf den König und seine Söhne abgesehen, die dem

Kampf zum Opfer fielen, unter ihnen der heldenhafte Jonathan. Auch in der unmittelbaren Umgebung Sauls wütete der Streit heftig und es dauerte nicht lange, bis der Pfeil eines Bogenschützen den König traf.
Saul schleppte sich mit seinen Waffenträgern an einen abseitsgelegenen Ort. Er sah, daß er verloren war. Um nicht in die Hände der Philister zu fallen, die ohnehin nur ihr Gespött mit dem verhaßten Gegner treiben würden, sprach Saul seine letzten Worte zu seinem Waffenträger: «Ziehe dein Schwert und durchbohre mich!»[33] Der aber fürchtete sich, Hand an den Gesalbten des Herrn zu legen und verweigerte Saul den Gehorsam. Er wollte nicht zum Königsmörder werden. Auch sein letzter Getreuer stand ihm in der schwersten Situation nicht bei und überließ ihn seinem Schicksal. Die Gegner kamen näher und näher, so daß der schwer verwundete König keinen Ausweg mehr sah. In seiner grenzenlosen Not blieb ihm nichts anderes mehr übrig, als mit der ihm noch verbliebenen Kraft sein eigenes Schwert umzudrehen und sich hineinzustürzen. König Saul starb durch eigene Hand.
Am andern Morgen kamen die Philister auf das Schlachtfeld und beraubten die Gefallenen ihrer Rüstungen. Dabei fanden sie den toten Saul in seinem Blute liegend. Respektlos und rachsüchtig hieben sie dem Toten den Kopf ab, «seinen Leichnam aber spießten sie an die Mauer von Bethsan. Als die Bewohner von Jabes in Gilead hörten, was die Philister Saul getan hatten, machten sich alle streitbaren Männer auf, gingen die ganze Nacht hindurch, nahmen den Leichnam Sauls und die Leichen seiner Söhne von der Mauer von Bethsan weg, brachten sie nach Jabes und verbrannten sie dort. Dann nahmen sie ihre Gebeine und begruben sie unter der Tamariske in Jabes und fasteten sieben Tage lang.»[34] Das von einem Priester geschriebene «Buch der Chronik»

schließt das Ende Sauls mit den unpriesterlichen Worten ab: «Also starb Saul um seiner Treulosigkeit willen, die er an dem Herrn begangen hatte, wegen des Wortes des Herrn, das er nicht gehalten hatte, und ferner weil er einen Totengeist befragt hatte, um eine Offenbarung zu bekommen, beim Herrn aber nicht Rat geholt hatte, darum ließ er ihn umkommen.»[35]

Totenklage

Wer den dunklen Lebenslauf Sauls mit seinem Aufstieg und seinem Niedergang überblickt, spürt die elementare Kraft alttestamentlicher Geschichtserzählung. Der Leser wird dabei unwillkürlich an die Worte I.F. Görres erinnert: «Es ist immer wieder erstaunlich, was der Ausfall des Alten Testamentes im christlichen Bewußtsein für Lücken gerissen hat.»[36] Durch die ungenügende Beachtung des Alten Testamentes lockerte das Christentum auch seine Verbindung mit der Wurzel, aus der es hervorgegangen ist. Auf die Dauer wirkte sich dies nachteilig aus. Der Christ sollte den sozialen Charakter der alttestamentlichen Gesetzgebung, den Prophetismus, die Psalmen, das Buch Hiob und das salomonische Schrifttum kennen. Auch das nachbiblische Judentum mit seinem Talmud ist bedeutsam, ebenso die Kabbala, der Chassidismus und die neuzeitliche jüdische Dichtung. Die Unkenntnis bringt ihn um das Erlebnis von etwas vom Größten, was die religiöse Geistesgeschichte hervorgebracht hat. Was hat er dafür eingetauscht? Technik, Sport und Mode? Heißt das nicht, für ein Linsengericht das Erstgeburtsrecht verkaufen?

Doch in diesem Zusammenhang geht es darum, ein abschließendes Wort über König Saul zu finden. Im späteren Israel wurde seiner immer weniger gedacht. Jesus Sirach, der die Väter der Vorzeit gepriesen hat, erwähnte Saul mit keinem Wort. Die Frommen wollten von ihm wegen seines unrühmlichen Endes nichts mehr wissen. Es ist so viel leichter, sich über den glänzenden König David mit der Harfe zu verbreiten, obwohl auch sein Bild dunkle Flecken aufweist. Man denke nur daran, wie ruchlos er den treuen Uria beseitigen ließ, nur deshalb, weil er zu dessen Weibe Bethseda eingehen wollte. Wer vermag und ist willens, Saul würdig darzustellen? Auf drei Versuche sei zum Abschluß hingewiesen:

Gerhard von Rad erwähnt Saul in seiner «Theologie des Alten Testamentes» nur kurz, doch nennt er dessen Erwählung und Verwerfung «eine Tragödie von griechischem Ausmaß».[37] Damit hat Gerhard von Rad einen möglichen Aspekt angedeutet, unter dem Saul betrachtet werden kann. Die Tragödie ist die Dichtung von Götterzorn und Menschenangst. Sie bedeutet Zerschmetterung durch die Gottheit, ein Tun, das der Mensch nie versteht. Die alttestamentliche Tragödie ist noch furchtbarer als die griechische. Die Griechen haben das Geschehen in ein dichterisches Gewand eingekleidet und haben die Tragik durch die hohe Poesie annehmbarer gemacht. Die dichterische Gestaltung fehlt bei Saul. Seine nackte Tragödie läßt den Leser fassungslos stehen. Nicht Übermut brachte Saul zu Fall – er versagte und zerbrach an einer Anordnung Gottes. Auch die alttestamentliche Tragödie läutert den Betrachter und zwingt ihn, stille zu stehen und über die im irdischen Leben mögliche Heiligkeit und Unheiligkeit nachzudenken.

Georg Friedrich Händel hat sich in seinem Oratorium «Saul» ausführlicher des ersten Königs in Israel angenommen. Seine majestätische Musik kommt auch Saul zugute. Der Komponist läßt sie im erwähnten Oratorium

überschäumend und beinahe wild ertönen, jedenfalls voller Kraft. Der Chor übernimmt die Aufgabe, die Idee des Geschehens hervorzuheben. Ein Künstler und kein Theologe hat das Ungeheuerliche von Sauls religiösem Schicksal mit seiner unergründlichen Trauer dem hörenden Menschen nahegebracht. Nicht umsonst hat Romain Rolland Händel einen «gebändigten Beethoven» genannt. Hinter Händels Musik und Rembrandts Gemälde darf man nicht zurückgehen, wenn man über Saul redet. Nach Händels Erfassung war Saul eine große Gestalt, groß in seinem Aufstieg und groß in seinem Untergang. Händels musikalische Sprache bleibt ein Richtmaß für jede Darstellung Sauls.
Das Schönste aber über den ersten König von Israel sagte sein unmittelbarer Nachfolger auf dem Thron. Für David war und blieb Saul, trotz seines Sturzes, der Gesalbte des Herrn. David ließ den lügnerischen Überbringer von Sauls Diadem, der sich nicht scheute, sich als Mörder des Königs zu rühmen, hinrichten. Daraufhin stimmte der Sänger der Psalmen ein ergreifendes Trauerlied auf Saul und seinen Sohn Jonathan an:

> Wehe, du Zierde Israels, auf deinen Höhen erschlagen!
> Wie sind die Helden gefallen! ...
> Saul und Jonathan, die Geliebten und Holden,
> im Leben und im Tode ungetrennt:
> sie waren schneller als die Adler, waren stärker als die Löwen![38]

Das Alte Testament sagt über Davids Totenklage, «man soll sie die Söhne Judas lehren; sie steht ja aufgezeichnet im Buche des Wackern». Wir stimmen mit leiser Stimme in Davids Klage ein, denn wir können den verworfenen

König Saul nicht vergessen und können ihn gerade in seinem Elend nicht übergehen. David dichtete seine tiefempfundene Totenklage nicht nur über seinen Freund Jonathan, sondern ausdrücklich auch über Saul, der sich selbst mit seinem Schwert richtete. Der Dichter der Psalmen wagte es, den ungehorsamen Saul als «Zierde Israels» zu besingen. Obwohl ich ermesse, was es heißt, ein Unheiliger zu sein, tönen die Klänge von Davids Harfe über den schwermütigen Saul und seinen Sohn Jonathan in meinen Ohren weiter; sie hören nicht auf zu klingen, «die Geliebten und Holden ...»

Judas Ischarioth

(ca. 1. – 33 n. Chr.)

Erlebnis eines Kindes

Die französische Dichterin Marie Noël erzählt in ihrem Tagebuch ein Erlebnis aus ihrer Kindheit: «Mit zehn oder elf Jahren, erinnere ich mich, wurde ich plötzlich durch die entsetzliche Ungerechtigkeit im Schicksal des Judas in Schrecken versetzt ... Judas, gezwungen, zu verraten, um die Schrift zu erfüllen. ‹Es ist notwendig, daß das Ärgernis kommt, aber wehe dem ...› Wir waren in der Familie beim Mittagessen, als das Wort des Evangeliums mir wie ein schwarzer Blitz durch den Kopf schoß. Ich schob meinen Teller zurück. Ich sehe noch, was darauf war: Fisch mit Kaperntunke, das war gut. Aber ich habe an jenem Tage nicht weiteressen können. Ich bin sofort mit meiner großen Schwierigkeit zur Großmutter gelaufen – meinem Theologen von damals: Judas zum Bösen gezwungen, Judas notwendig, Gott ungerecht ... Ich konnte damit nicht leben.»[1] Bezeichnenderweise war Marie ein aufgeschlossenes, empfängliches Kind, dem in aller Unbefangenheit plötzlich das Judasproblem in seiner ganzen Schwere aufging. Es fiel mit Wucht auf das Mädchen, dessen kindliche Seele unmöglich der schweren Frage gewachsen sein konnte. Der Bissen blieb der kleinen Marie im Halse stecken. Unerwartet stand sie vom Tische auf und lief hilflos zu ihrer Großmutter, die ihr schon oft in Glaubensschwierigkeiten geholfen hatte. Diesmal aber hatte die gute Großmutter versagt, denn solche Probleme waren ihr noch nie aufgestiegen. Unberührt davon, antwortete sie kurz und bündig: «Laß das doch, das sind nicht unsere Angelegenheiten.» So schlicht und erstaunlich die großmütterliche Erwiderung war, so kann sich doch ein denkender Mensch mit ihr nicht zufrieden geben. Wohl war die Antwort wahrscheinlich auch richtig für das kindliche Gemüt, aber der erwachsene Christ muß der Frage standhalten und darf ihr nicht ausweichen. Darum greifen wir die Frage Marie Noëls auf, weil es auch unsere Frage ist, und lassen uns mit keiner Scheinlösung abspeisen. Denken wir doch über diesen unheiligen, faszinierenden Menschen ein wenig länger nach, ohne uns in Judasphantasien oder gar Judasverfremdungen zu verlieren, die mehr Schaden als Nutzen stiften.

Judas wird in den Evangelien einige Male in betonter Weise erwähnt. Sie sind die einzige Quelle, die es gibt; auch Paulus nennt nie den Namen Judas. Die Kirchenväter wiederholen die Aussagen der Evangelien. Die Berichte sind ungleich, gibt es doch Nuancen zwischen ihnen. Johannes urteilt wesentlich schärfer als Markus. Meinrad Limbach stellt dies in seinem sorgfältigen Aufsatz «Das Judasbild im Neuen Testament» fest. Trotz den sichtlichen Differenzen dürfen wir auch im Blick auf Judas die Evangelien zusammenfassend anführen, ohne dadurch seine Gestalt zu vereinfachen. Dabei sind wir verpflichtet, die Aussagen der Evangelien genau anzusehen und darüber zu reflektieren, denn es war für die Evangelisten wahrscheinlich unmöglich, objektiv und unbeteiligt über Judas zu schreiben. Allzu schwerwiegende Ereignisse waren zwischen ihnen vorgefallen. Es ist schwer, sachlich, affektlos und überlegen über den Verräter zu urteilen. Das Judasproblem ist für jeden Christen ein bedrückendes, quälendes und kaum lösbares

Rätsel. Sicher ist es unrichtig, wenn wohlbestallte Exegeten von der «merkwürdigen Ruhe» reden, in der das Neue Testament von Judas berichtet. Dies tut es gerade nicht; das spürt jeder, der das Johannesevangelium mit wachem Sinn und nicht mit der Brille einer «kirchlichen Dogmatik» liest. Nach dem johannäischen Bericht war Jesus erschüttert, als er den Verräter bezeichnete.[2] Wenn aber der Herr begreiflicherweise im Geiste überaus erregt worden war, dann war höchstens der Dozent «merkwürdig ruhig», weil es sich nur um ein harmloses Kolleg handelte. Ganz anders verhielt es sich bei Jesus inmitten seiner bedrückenden Situation. Auch wir sind vom Judasproblem in unserer Tiefe aufgewühlt und lassen uns von keinen theologischen Ausführungen einlullen. Fragen bleiben für uns brennende Fragen, die uns angehen, solange sie keine höheren Antworten erfahren.

Eine neue Lesung des Apostelverzeichnisses

Es wird in den Evangelien nicht erzählt, wie es zu Judas' Berufung gekommen war. Weder ist vom Zoll die Rede, von dem Matthäus weggeholt worden war, noch vom Feigenbaum, unter dem der Herr den jungen Philippus erblickte.

Zum ersten Mal wird Judas bei Jesu Aussendungsrede erwähnt. Der durchschnittliche Bibelleser übergeht gewöhnlich rasch die Aufzählung der Namen der zwölf Jünger, weil die meisten von ihnen für uns kein Gesicht haben, mit Ausnahme von Petrus, Johannes und eben Judas. Dieses schnelle Übergehen ist nicht richtig, da nun einmal die Namen der zwölf Männer erwähnt sind, die Christus zu seinen Jüngern erwählt hat. Ein Apostel zu sein, ist eine besondere Auszeichnung. Auch Judas gehörte zu den Erwählten. Christus erachtete ihn für würdig, dem engeren Jüngerkreis anzugehören und gab ihm die Macht, unreine Geister auszutreiben und Kranke zu heilen. Judas weilte beständig in seiner Nähe und hörte mit den andern Jüngern die vertraulichen Reden Christi an.

Über das Apostel-Verzeichnis gibt es einen ausgezeichneten Kommentar, der sich diametral von den theologischen Kommentaren unterscheidet. Er stammt aus der Feder des Dichters Julien Green. In seinem Roman «Jeder Mensch in seiner Nacht» liest der unsympathisch geschilderte James Knight dem Hauptthelden Wilfred aus der Bibel vor, da sie ja beide mit denselben Evangelien aufgezogen worden waren. «Er schlug die Heilige Schrift auf und las: ‹Dieses aber sind die Namen der zwölf Apostel: als erster Simon, der genannt ist Petrus, und Andreas, sein Bruder; Jakobus, Sohn des Zebedäus, und Johannes, sein Bruder; Philippus und Bartholomäus; Thomas und Matthäus, der Zöllner; Jakobus, Sohn des Alphäus, und Thaddäus; Simon, der Kanaaniter ... und James Knight, der ihn verriet›.

Wilfred erbebte.

‹Warum sagen Sie das?› fragte er.

‹Kommt es Ihnen unwahrscheinlich vor, daß James Knight Jesus verraten hat?› fragte der Lesende und ließ sein Buch sinken. ‹Wir können ja statt seiner einen andern Namen einfügen: – Und der zwölfte hieß Wilfred, und er verriet ihn.› Wilfred stand auf und öffnete den Mund, fand jedoch nicht die Kraft, etwas zu sagen.

‹Merken Sie sich›, sagte Knight, ‹daß wir alle, wie wir sind, unsern Namen statt des Judas Namen einfügen könnten. Haben Sie sich darüber nie Gedanken gemacht?›»[3]

Ich gestehe, daß ich bei der Lektüre dieser Stelle innerlich zusammenzuckte, wie dies mir nur ganz selten bei einem Roman und noch viel weniger beim Anhören einer Predigt widerfahren ist. Warum erschrak ich so heftig, als ob mir eine unsichtbare Hand einen Schlag versetzt hätte? Gewiß nur deshelb, weil ich beim Lesen dieser Romanseite zum ersten Male in meinem Leben ganz elementar erfaßt habe, daß Judas etwas mit mir zu tun hat. Was mir früher nie im Traume eingefallen wäre, spürte ich in diesem Augenblick durch alle Fasern meines Herzens zucken: Wenn von Judas die Rede ist, dann ist von mir und dir die Rede, eindringlich und unmittelbar. Es geht nicht um ein objektives Problem, das man aus Distanz betrachten kann, etwa wie die Goldschmiedekunst im Mittelalter. Eine reservierte und kühle Einstellung ist in diesem Moment ausgeschlossen. Wir sind getroffen und zwar an einer empfindlichen Stelle getroffen, weil es uns unheimlich zum Bewußtsein gekommen ist, daß das höchst unangenehme Geschehen etwas mit uns zu tun hat, mit mir und mit dir. Wer über Judas schreibt, der schreibt über sich selbst, ob es ihm nun bewußt ist oder nicht. Der Verrat geht unheimliche Wege; er streift fühlbar unsere Person. Es wird furchtbar viel verraten; wir sind immer wieder in Gefahr, unsere Überzeugungen, unsere Mitmenschen und auch uns selbst zu verraten. Diese schreckliche Wahrnehmung können wir nicht widerlegen. Manchmal werden wir zu Verrätern, ohne es zu wollen. Kierkegaard schrieb in seinem Buche «Krankheit zum Tode»: «Daher ist es wahr und gewiß, daß derjenige, der zuerst darauf verfiel, das Christentum zu verteidigen in der Christenheit, tatsächlich (de facto) ein Judas No. 2 ist.»[4] Dieses Wort versetzt aller so eifrig gepflegten Apologetik den Todesstoß. Nach der Auffassung des scharfsichtigen Dänen verrät der Mensch Christus, wenn er ihn mit gewandten Worten verteidigt. Der

Herr bedarf unserer schwächlichen Apologetik nicht, weil seine Botschaft uns in Frage stellt. Doch ist dieser Gedanke im vorliegenden Zusammenhang nicht weiter zu verfolgen. Aber die Gefahr bleibt signalisiert: Der Verrat geistert allezeit durch unsere Reihen, und niemand ist ein für allemal gegen ihn gefeit.

Psychologische Deutung

Zum zweiten Male wird Judas in den Evangelien bei der Salbung in Bethanien erwähnt. Es ist eine ergreifende Szene von religiöser Schönheit. Jesus saß beim Abendbrot, als Maria Magdalena ein Pfund Salbe von ungefälschter köstlicher Narde nahm und sie über das Haupt und die Füße des Herrn goß. «Das Haus aber ward voll Duft der Salbe», heißt es. Wer diesen Duft beim Lesen des Evangeliums nicht einatmet, hat es wahrscheinlich noch nie richtig gelesen. Die Jünger verstanden die Symbolhandlung nicht und begannen ob der Vergeudung unwillig zu werden. Wieder einmal haben die Männer das tiefere Wesen der Frau nicht begriffen. Jesus stellte sich schützend vor Maria Magdalena, und sagte: «Was betrübt ihr die Frau? Sie hat ein gutes Werk an mir getan. Ihr habt allezeit Arme bei euch.»[5] Nach Bernanos «ist dies das traurigste Wort des Evangeliums, das am meisten mit Trauer geladene».[6] Unsere jungen Revolutionäre und unsere Wohlfahrtsgesellschaft wollen beweisen, daß der Herr mit den immer vorhandenen Armen nicht Recht hatte! Sie werden jedoch an diesem Herrenwort zerschellen. Jesus verstand die ihm zugetane Seele Maria Magdalenas und sah in ihrer einmaligen Handlung einen Hinweis auf sein bevorstehendes Begräbnis. So berichten es Markus und Matthäus.

Nach Johannes aber war es nur Judas, der sich darüber aufhielt und meinte: «Warum wurde diese Salbe nicht für dreihundert Denare verkauft und der Erlös den Armen gegeben? Er sagte dies aber nicht, weil ihm die Armen am Herzen lagen, sondern weil er ein Dieb war und die Kasse hatte und das Eingelegte beiseitebrachte.»[7] Nach der Meinung des Lieblingsjüngers Johannes war Judas von einer schnöden Habsucht beherrscht. Er führte das Rechnungswesen für die Jünger, und vielleicht war seine Buchführung nicht ganz in Ordnung. Johannes bezichtigte Judas der Geldgier. Daß er ihr verfallen war, bestätigt Leonardo da Vincis Abendmahlsgemälde, auf dem Judas den Beutel fest umklammert. War Judas wirklich ein Dieb? Ist diese Vermutung berechtigt? Hat ihn der Geiz zu dieser Tat verführt? Aus dem weiteren Verlauf der Geschehnisse geht tatsächlich hervor, daß Judas sich mit dem Geld beschäftigte. Fast täglich kann man in jeder Zeitung von der magischen Macht des Geldes lesen und davon, wie leicht der Mensch ihr verfällt und auf krumme Wege gerät. Auch Judas befand sich im Bann einer geheimnisvollen Anziehungskraft des Geldes und kam deswegen unter die Räder.

Abgesehen von der Meinung, er habe aus geldlichen Motiven gehandelt, legt sich noch eine andere Deutung nahe. Es ist sicher keine aus der Luft gegriffene Annahme, daß auch Judas aus voller Überzeugung in die Nachfolge Christi getreten ist, genau wie die andern Jünger auch. Er war ein Bewunderer Jesu. Dies meinte auch Hebbel, als er sagte: «Judas war der Allergläubigste.» Er war vom Herrn begeistert. Nun ist Begeisterung eine große und erfreuliche Sache. Welch' armselige Jugend, die durch nichts mehr zu begeistern ist! Bei aller Schätzung der enthusiastischen Einstellung ist Begeisterung zugleich auch eine gefährliche Haltung. Das überse-

hen gewöhnlich die begeisterten Menschen und kommen dadurch zu Fall. Bewunderung ist eine Gefühlssache; gewiß ist das Gefühl hoch einzustufen, und doch gibt es auch eine Verwirrung der Gefühle. Das Gefühl ist oft starken Schwankungen ausgesetzt, sind doch oft junge Leute heute von einer Person oder einer Sache hell begeistert, und morgen ist die ganze Hochstimmung verflogen. Die Begeisterung schlägt allzuleicht ins Gegenteil um, wenn das nicht eintrifft, was man glühend erwartet hat. Das bittere Enttäuschungserlebnis bleibt nicht aus. Zählt nun Judas zu den Enttäuschten? Für diese Auffassung setzt sich M. Malinski in seinem Buch «Ecce homo» ein, das eine dichterische Erzählung von vier Augenzeugen enthält. Danach glaubte Judas an den Messias irdischer Prägung, der das alte Davidsreich mit aller Machtentfaltung wieder aufrichten werde. Er glaubte dies mit großer Begeisterung, zumal er, nach einer Vermutung, früher der Partei der Zeloten angehörte und demnach ein Widerstandskämpfer war. Judas' Erwartung erfüllte sich nicht, da Christus deutlich sagte, er müsse durch Leiden seine Aufgabe erfüllen, und sein Reich sei nicht von dieser Welt. Danach hat sich Judas Begeisterung in eine abgrundtiefe Enttäuschung verwandelt, ein Erlebnis, das möglicherweise den Antrieb zu seiner Tat gegeben hat und nicht etwa seine Schlauheit, die der eines Richelieu oder eines Talleyrand geglichen haben soll. Die Interpretation der diplomatischen Wendigkeit entspricht einer geistreichen Eleganz und nicht der Tiefe der Wahrheit.
Die Deutung des Enttäuschten hat einiges für sich. Sie kann sich auf das Evangelium berufen. Als Christus von sich als dem Brot des Lebens sprach, erwiderten viele seiner Jünger: «Das ist eine harte Rede; wer kann sie hören?»[8] Hernach fährt der Evangelist in seinem Berichte fort: «Von da an zogen sich viele seiner Jünger zurück

und wandelten nicht mehr mit ihm.»[9] Jesus fragte bei dieser Gelegenheit die Zwölf, ob sie auch hinweggehen wollten, aber Petrus legte das Bekenntnis über die Worte des ewigen Lebens ab. Von jenem Zeitpunkt an zog sich auch Judas zwar nicht äußerlich, wohl aber innerlich von Jesus zurück und wandelte mit seiner Seele nicht mehr mit ihm. Judas handelte demnach nicht aus Geldliebe. Im Gewissen verwirrt über seine einstige Bewunderung und nachherige Enttäuschung war er fortan ein Kranker. Er hatte eine nicht geordnete Seele und trug nun eine Maske, hinter der er sein wahres Antlitz verbarg. Es mag dies alles seine Richtigkeit haben, und doch reicht es zur Erklärung nicht aus. Es gibt viele Geldmenschen, kranke Seelen und Maskenträger, die doch nicht zum Verräter werden.

Was bis dahin angeführt wurde, sind psychologische Deutungen, die sich aufdrängen und denen besonders moderne Darstellungen huldigen, wie beispielsweise jene von Ernst Benz in seinem «Monolog des Judas» und in Paul Claudels «Der Tod des Judas».[10] Die psychologischen Deutungen mit ihren Teilwahrheiten leuchten ins Innere des Menschen hinein, legen unausgesprochene Motive frei und gehen dem Labyrinth der Seele nach. Welche ihrer Deutungen ist richtig? Judas als Dieb? Judas als Bewunderer? Judas als Enttäuschter? Will man damit nicht erklären, was an sich unerklärlich ist? Judas in psychologischer Sicht ist ein weites Feld, auf dem keine eindeutigen Entscheidungen möglich sind. Nur mehrere Motive ergeben einen gewissen Wahrscheinlichkeitsgrad. Deswegen bedarf es neben der psychologischen Interpretation unbedingt noch einer überpsychologischen Deutung, die auch mit den Evangelien unlösbar verbunden ist.

In metaphysischer Sicht

Christus legt uns eine metaphysische Sicht des Judas nahe. Nach der erwähnten harten Rede Christi fuhr der Herr weiter: «Habe nicht ich euch Zwölf erwählt? Und unter euch ist einer ein Teufel. Er meinte aber Judas, den Sohn des Simon Ischarioth; denn dieser sollte ihn verraten, einer von den Zwölfen.»[11] In diesen Worten Jesu ist weder von Geldliebe, noch vom Enttäuschungserlebnis die Rede. Jesus nennt Judas unmißverständlich einen Teufel, und damit befindet man sich auf metaphysischem Gebiet. Der Teufel ist kein psychologisches Problem mehr – etwa als Schatten des Menschen verstanden –, sondern mit ihm befindet man sich auf einer anderen Ebene. Judas war nach seiner Enttäuschung nur noch von dem einen Gedanken besessen: Jesus ist nicht der erwartete Messias, ich muß ihn entlarven. Offensichtlich bemächtigten sich seiner ganz dunkle Gedanken, denen er nicht mehr Herr wurde. Fortan hatte sich Judas nicht mehr in der Gewalt. Lukas spricht es deutlich aus: «Es fuhr aber der Satan in Judas.»[12] Wenn sich dies auch menschlicher Vorstellung entzieht und wir nicht sagen können, wie dies zugegangen ist, so war es doch unstreitig ein mächtiger Einbruch, über den man laut aufschreien muß. Aber der Schrei des Entsetzens hilft nicht viel, denn Satan befand sich in Judas. Nach Lukas und Johannes heißt es wörtlich: «Als der Teufel in seinem Herzen schon den Plan gefaßt hatte».[13] Er war nicht mehr ein freier Mann, sondern ein vom Satan geknechteter Mensch. Dieser Teufel in ihm heckte den Plan aus, Jesus zu verraten. Dies ist bei der weiteren Handlung nicht zu übersehen. Für die Bibel ist Satan eine Realität und niemals nur eine bloß mythologische Vorstellung, wozu ihn eine wässerige Schrifterklärung gemacht hat, die nichts mehr von den Abgründen des Lebens weiß und sich ganz dem modernen Zeitgeist verkauft. Nach Giovanni Papinis dichterischer Legende «Die Versuchung des Judas» gab Satan Judas den Gedanken des Verrates ein, der sich zunächst dagegen sträubte und ihm schließlich doch erlag.[14] Der Hinweis auf die Verbindung Judas' mit dem Satan, der ihm sein weiteres Vorgehen diktierte, reicht in eine größere Tiefe hinab, als alle psychologischen Deutungen dies vermögen: Judas hat unter der Leitung Satans gehandelt.

Der heutige Mensch sträubt sich gegen die Satans-Erklärung, weil sie ihm ein Rückfall in eine primitive Vorstellungswelt zu sein scheint, die er längstens überwunden wähnte. Dies ist jedoch allzu kurzschlüssig geurteilt. So schnell darf man mit dem Problem des Satans nicht fertig werden. Jesu Versuchung in der Wüste spricht schon dagegen und auch die Austreibung der Dämonen. Ahnen wir denn gar nichts vom grausamen Ritt der Dämonen in unserer Zeit? Will man denn alles mit Politik und Soziologie erklären? Jedenfalls steht Jesu Feststellung, «unter euch ist einer ein Teufel», eindeutig da. Gegen sie anzurennen, heißt klüger sein zu wollen, als es der Herr war. Dieser Anmaßung darf man sich nicht schuldig machen. Ob wir nun das Geschehen des in Judas hineinfahrenden Satans verstehen oder nicht, steht auf einem andern Blatt; die Tatsache selbst ist über alle Diskussion erhaben, auch wenn sie unser Verständnis bei weitem übersteigt. Ohne metaphysische Deutung bleibt das Judas-Problem dunkel und unerklärlich, mit ihr aber begibt man sich auf ein Gebiet, wo das innere Erschaudern nicht aufhören will. «Satan fuhr in Judas» – dieser Gedanke erschreckt den Leser zutiefst.

Nachdem der Satan in Judas hineingefahren war, dachte Judas darüber nach, was er nun tun sollte. Satan flößte ihm den Gedanken ein, zum Hohenpriester zu gehen. Nicht alle Menschen gehen aus redlichen Gründen zum Priester. Judas sagte zum Würdenträger: «Was wollt ihr mir geben, daß ich ihn euch verrate?»[15] Hier fällt im Evangelium zum ersten Male das erschreckende Wort ‹Verrat›. Im Markus-Evangelium heißt es: «Sie aber freuten sich, als sie es hörten, und versprachen, ihm Geld zu geben.»[16] Der von sich eingenommene hohe Würdenträger freute sich über das Angebot des Verrates. Auch sein Empfinden muß festgehalten werden: er freute sich über die abscheuliche Tat, weil sie ihm diente! Judas wollte den Verrat nicht umsonst begehen. Er forderte eine Bezahlung, und damit kommt wieder das Motiv des Geldes ins Spiel. Darum verbietet sich jede idealistische Deutung des Mannes. Die Hohenpriester wogen ihm dreißig Silberlinge ab. War das nicht eine lächerliche Summe? Warum hat er nicht mehr verlangt? Verstand Judas so wenig vom Geldgeschäft, er, der die Kasse der Jünger führte? Jedenfalls haben die dreißig Silberlinge eine schändliche Berühmtheit erlangt. Es wurde die Auffassung bestätigt, Judas habe Jesus aus Geldgier verraten. Völlig daneben ging diese Meinung nicht. Bei vielen Verrats- und Spionage-Handlungen spielt Geld eine Rolle. Nicht bei allen. Manchmal sind auch andere Interessen im Spiele. Es war auch bei Judas nicht das einzige Motiv. Man darf sein Enttäuschungserlebnis nicht vergessen, denn meistens verschlingen sich mehrere, oft schwer zu entwirrende Beweggründe im Menschen. Wie es auch gewesen sein mag, «von da an suchte er eine gute Gelegenheit, ihn zu verraten.»[17] Man mußte die Zeit gut

wählen, damit die Festnahme ohne Tumult und ohne großen Lärm vor sich gehen konnte. Nicht alle Stunden sind dafür geeignet, und am besten würde man wohl die Nacht wählen, in der man nicht viel sieht.
Bevor sich eine gute Gelegenheit zeigte, kam es zur Fußwaschung, mit der Christus den Jüngern ein einprägsames Beispiel gab und das wir kaum nachvollziehen vermögen. Judas war auch unter den Jüngern, wartete voller Ungeduld, bis er an die Reihe kam und fragte sich, ob der Herr wohl ein Wort an ihn richte. Aber Jesus wusch unterschiedslos allen Jüngern die Füße, und nur bei Petrus ergab sich ein Wortwechsel. Der Herr wusch demnach auch die Füße des zukünftigen Verräters. Was mag Christus dabei gedacht haben, als er sie ihm mit dem leinenen Tuch abtrocknete? Was empfand Judas dabei? Nicht auszudenken sind solche Vorgänge.
Auf die Fußwaschung folgte Jesu Abendmahl mit seinen Jüngern. Kein seelisch geöffneter Leser kann sich der Weihe und der Wehmut anläßlich dieses letzten Mahles entziehen. «Während sie aßen, sprach Christus: Wahrlich, ich sage euch: Einer von euch wird mich verraten. Und sehr betrübt fingen sie einer nach dem andern an, zu ihm zu sagen: Doch nicht ich, Herr? Er aber antwortete und sprach: Der, welcher mit mir die Hand in die Schüssel getaucht hat, der wird micht verraten. Der Sohn des Menschen zwar geht dahin, wie von ihm geschrieben steht; aber wehe dem Menschen, durch den der Sohn des Menschen verraten wird! Es wäre ihm besser, wenn er nicht geboren wäre, jener Mensch. Judas aber, der ihn verraten wollte, antwortete und sprach: «Doch nicht ich, Rabbi? Er sagt zu ihm: Du hast es gesagt.»[18] Diese Worte fallen auf die Seele, besonders die Aussage Jesu, daß es besser wäre, wenn jener Mensch nicht geboren wäre. Was heißt das? Kein Mensch auf der Welt ist jetzt

unglücklicher als Judas. Er hätte allen Grund gehabt, die schreckliche Frage Hiobs zu wiederholen: «Warum bin ich nicht gestorben vom Mutterleibe an?»[19] Der Ausruf «Wehe dem Menschen!» ist das Belastendste, was man einem Manne sagen kann. Sonst sprach Jesus von der Freude, daß ein Mensch in diese Welt hineingeboren wurde, und nun dachte er von Judas, es wäre besser gewesen, er hätte das Licht der Welt nicht erblickt. Nur wenn einer die Kleinen zur Sünde verführte, gebrauchte der Herr ähnliche Worte: «Es muß ja Ärgernis kommen, doch wehe dem Menschen, durch den das Ärgernis kommt.»[20] Der Dichter Georg Büchner nannte in einem Brief an seine Braut diesen Ausspruch «schauderhaft». Mit seinem Zurückbeben vor dieser schicksalshaften Notwendigkeit hat er mehr geahnt als alle Leser, die gleichgültig über diese unheimlichen Bibelworte hinweglesen. War es Christus nicht möglich, die Seele des Judas von der Bosheit zu reinigen, die sich in ihr angesammelt hatte? Warum trieb er den Teufel nicht aus, der in Judas hineingefahren war?

Jesus sagte zunächst nur: «Einer von euch wird mich verraten.» Diese Andeutung betrübte und erregte die Jünger; einer nach dem anderen fragte: «Doch nicht ich, Herr?»[21] Alle hielten sich dieser Tat fähig. Keiner nahm sich aus. Der Verrat ist eine Möglichkeit, die in jedem Menschen schlummert. Der Verräter sitzt immer unter uns und vielleicht sogar in uns. Wer weiß es? Wir sind nicht besser als die andern, und es ist reiner Pharisäismus zu sagen: Verräter sind, die von unserer Auffassung weggelaufen sind. Erinnern wir uns bei der ängstlich-betroffenen Frage aller Jünger «Doch nicht ich, Herr?» nochmals an die schon erwähnten Worte aus Julien Greens Roman: «Merken Sie sich, daß wir alle, wie wir sind, unsern Namen statt des Judas Namen einfügen könnten.»

Dann bereitete Jesus dem Rätselraten ein Ende: «Der, welcher mit mir die Hand in die Schüssel getaucht hat, der wird mich verraten.»[22] Ein beklemmendes Gefühl beschlich die Jünger, und die Spannung wuchs ins Unerträgliche. Dann tauchte Jesus mit seiner Hand und derjenigen Judas' in die Schüssel und gab ihm den Bissen. Deutlicher kann die Schicksalsgemeinschaft nicht ausgedrückt werden. Der göttliche Jesus und der teuflische Judas sind durch ein unausdeutbares Band miteinander verbunden. Nach dem Johannes-Evangelium fuhr erst jetzt der Satan in Judas. Die übrigen Jünger verstanden kaum oder nur zur Hälfte diesen Vorgang in seiner vollen Tragweite. Sie sahen einander ratlos an und «wußten nicht, wozu er dies sagte».[23] Wenn die Jünger dies alles nicht begriffen haben, wie sollten wir denn diese hintergründigen Worte verstehen? Dann sagte Jesus zu Judas: «Was du tun willst, tue bald.»[24] Welchen Klang besaßen diese Worte? War es ein schwerer Seufzer oder eine Aufforderung zur Tat? Das Fürchterliche sollte schnell geschehen, denn jeder Aufschub, jedes Hinhalten ist unerträglich. Deshalb die Aufforderung: «Was du tun willst, das tue bald». Man ist bestürzt und niedergeschlagen.

Dann schließt der Bericht mit den Worten: «Als nun Judas den Bissen genommen hatte, ging er sogleich hinaus.» Was bedeutet dieser Bissen in der Hand des Judas? Brannte er nicht wie Feuer zwischen seinen Fingern? Darüber denkt man gewöhnlich nicht nach. Es war doch keine Kommunion, denn es gibt keine solche mit dem Satan. Judas ging sogleich hinaus, ohne am beginnenden Abendmahl teilzunehmen, ohne Abschied und ohne daß ihn einer zurückrief! Judas nahm demnach nicht an der Eucharistiefeier teil, worauf Tersteegen in seinem Aufsatz «Judas excommuniciert» großes Gewicht legte.[25]

«Es war aber Nacht», fügte der Evangelist hinzu, in die Judas hinausglitt.[26] Seine Nacht hat nichts zu tun mit der Nacht-Philosophie von Novalis oder der Nacht-Mystik, wie sie Johannes von Kreuz entwickelte. Es gibt verschiedene Nächte. Bei Judas war es eine pechschwarze Nacht, in der man nicht einmal die Finger der eigenen Hand sehen konnte. Es war die Nacht – das Gegenteil der Weihnacht. Jene Nacht war es, da der Mensch an seine äußerste Grenze gelangt. «Ein Mensch hat wohl unterweilen einen Tag oder eine Nacht, die er fortwünschen möchte aus seinem Leben: diese Nacht aber mußte das Menschgeschlecht wohl fortwünschen aus seiner Geschichte»[27], kommentiert Kierkegaard diese Stelle. Eine metaphysische Finsternis senkte sich auf Judas, ähnlich wie damals, als Gott alle Erstgeburten in Ägypten tötete. Nie gab es eine dunklere, von keinem einzigen Stern erhellte Nacht auf Erden. Es war die Nacht Judas'.

Danach schildern die Evangelien die Szene im Garten von Gethsemane: den bis zum Blutschweiß ringenden Herrn und die vor Traurigkeit schlafenden Jünger. Sie vermochten sich ihrer bleiernen Müdigkeit nicht zu erwehren und ließen ihren Herrn in seiner schwersten Stunde allein. Auch die schlafenden Jünger bedrücken uns, dies umsomehr, als sie eine symbolische Vorwegnahme des Verhaltens der Christenheit sind. Bernanos vertiefte einmal die Wahrheit dahin: «Wer in den Garten Gethsemane eingeht, kommt nie mehr hinaus.»[28] Aber gewöhnlich treten die Christen gar nicht ein, sondern reden höchstens erbaulich von ihm und bleiben hübsch draußen, so daß sie nichts vom furchtbaren Gebetskampf ihres Herrn in der eigenen Seele erleben, während Pascal uns zuruft: «Bis an das Ende der Welt wird die Agonie Jesu dauern, nicht schlafen darf man bis dahin.»[29]

Als Christus sich in der stärksten Seelennot befand, nahte

die Stunde, für die wir keinen Namen haben. Judas erschien plötzlich mit einer Schar bewaffneter Männer und ging auf Jesus zu. Der Herr sprach zu ihm: «Freund, wozu bist du hier?»[30] Selbst in dieser verhängten Situation nannte Jesus ihn einen Freund. Übt einer Verrat, verurteilt man ihn mit den derbsten und schändlichsten Schimpfworten, während man für einen Freund die edelsten Bezeichnungen kennt. Echte Freundschaft ist selten; sie wird aber schon im Alten Testament hoch eingestuft: «Ein treuer Freund ist ein starker Hort, wer ihn findet, findet einen Schatz.»[31] Jesus selbst legte großen Wert auf diese Benennung: «Euch aber habe ich Freunde genannt», heißt es im Johannes-Evangelium.[32] Der Herr wußte um die heilige Freundschaft. Darf man denn schnell darüber hinweggleiten, wenn Jesus bis zuletzt Judas als einen Freund betrachtet? Verbietet uns dieses Jesus-Wort nicht, den Stab endgültig über die Unheiligen zu brechen?
Judas aber hatte offenbar keine Möglichkeit mehr, auf seinem verderblichen Weg innezuhalten, dessen Eigengesetzlichkeit ihn zwang, den letzten Schritt zu tun. Er hatte den Männern ein Erkennungszeichen gegeben, weil man in der nur von Fackeln notdürftig erhellten Nacht die Menschen kaum unterscheiden konnte. Judas ging den Männern voran, näherte sich Jesus und küßte ihn. Jesus ließ sich nur von zwei Menschen küssen: Maria Magdalena küßte seine Füße, und am zweitletzten Tag seines Lebens empfing er den Kuß des Judas. Dieser Kuß war das mit den Häschern verabredete Erkennungszeichen. Jesus sprach das letzte Wort zu diesem Jünger und nannte ihn dabei ausdrücklich bei seinem Namen: «Judas, mit einem Kuß verrätst du den Sohn des Menschen?»[33] Der Herr ließ es sich gefallen, vom Verräter angesprochen zu werden: «Gegrüßet seist du, Rabbi»[34], und von seinen Lippen berührt zu werden. Alle drei Evangelien

erwähnen den Judaskuß, nur Johannes wollte diese Begebenheit nicht schildern. In der ganzen Welt ist der Kuß das Zeichen der Liebe, der Kuß ersetzt das Wort, reicht tiefer als das Wort, weil er unendlich ist wie die Musik. Mit ihm drücken die Menschen jene Liebe aus, die sich mit Worten nicht mehr formulieren läßt. Ausgerechnet dieses Liebes-Zeichens bediente sich Judas, wodurch die Tat noch gravierender wurde. Alle Welt verabscheut den Judaskuß, doch damit ist nicht viel getan. Man muß sich ganz konkret in die Szene hineindenken, wie es Giotto getan hat, der, wie viele Maler, den Kuß des Judas gemalt hat. Dem Künstler ist es gelungen, überaus eindrucksvoll die stürmische Bewegung der Umarmung auf dem Bild festzuhalten, als wollte Judas sagen: «Rette mich vor mir selbst». Giotto läßt auch in den Blicken der beiden Männer etwas von Judas' Drama ahnen. In der leidenschaftlichen Umarmung gab Judas dem Herrn den letzten Kuß auf Erden – eine einmalige Begebenheit. Darüber läßt sich kein Wort mehr sagen. Das Geschehen übertrifft jede nur erdenkliche Dramatik. Die bewaffnete Schar befolgte nur noch den Befehl Judas': «Nehmet ihn fest und führet ihn sicher ab.»[35]

Hierauf wurde Jesus vor die Hohenpriester geführt, die ihn Pilatus zur Aburteilung auslieferten. Was tat Judas während dieser Zeit? Brannte sein Kuß nicht wie Feuer auf seinen Lippen? Auch darüber berichtet Matthäus. Nachdem Judas sah, daß Jesus verurteilt wurde, heißt es wörtlich: «reute es ihn».[36] Er war kein steinharter Mensch, an dem einfach alles abglitt. Judas war auch anderer Gefühle fähig, denn auch er besaß ein menschliches Antlitz. Die Reue ergriff ihn, nicht weniger wie sie Petrus packte, als er den Herrn wegen der Bezichtigung einer Magd dreimal verleugnet hatte. In beiden Jüngern erwachte das gleiche Gefühl. Reue schließt die Fähigkeit in sich, Sünde abzuwerfen, aber sie muß auf Christus gerichtet sein. Es darf keine ungeordnete Reue sein, die bloß in der eigenen Verschuldung herumwühlt. Dies war bei Judas der Fall, weswegen sie ihn in eine falsche Richtung führte. Er ging weder zum gefangenen Jesus, noch warf er sich zu seinen Füßen, während er das Kreuz nach Golgatha schleppte. Die Rettung wäre ihm zuteil geworden. Statt vor Jesus hinzutreten, ging er mit seiner Reue abermals zum Hohenpriester und gestand ihm: «Ich habe gesündigt, indem ich unschuldiges Blut verraten habe.»[37] Offensichtlich hatte Judas ein Sündenbewußtsein. Man darf das Eingeständnis nicht einfach überhören. «Es reute ihn» und «ich habe gesündigt», diese Worte berichten die Evangelisten von ihm. Die nicht priesterlich denkenden Hohenpriester jedoch hatten kein Verständnis für die grausame Seelenqual des Judas. In ihrer Herzenskälte sagten sie ihm hohnlachend: «Was geht das uns an? Siehe du zu!»[38] Sie ließen ihn in seiner seelischen Not allein und kümmerten sich nicht um ihn. Judas hatte seine Dienste für sie getan, und weiter bewiesen sie keine Anteilnahme für ihn. Die Auftraggeber interessieren sich nur vor der Tat für den Verräter, nachher bringen sie nicht das geringste Verständnis für ihn auf. Sie benützen ihn als willkommenes Werkzeug, und hernach wirft man ihn gleich einem ekelhaften Abfallprodukt in den Eimer.

Judas blieb allein mit seiner Reue. Helle Verzweiflung ergriff ihn; er sah in seiner Situation keinen Ausweg mehr. Sein Leben war verpfuscht, verwirkt. Er sah keine Möglichkeit, sich zu retten. Zudem brannten die dreißig Silberlinge in seinen Händen. Verzweifelt und voller Wut nahm er sie und warf sie in den Tempel. Judas entledigte sich seines Geldes vor dem Tode. Wie viele Menschen tun das in ihrem Leben? Halten sie nicht oft bis zur letzten

Minute ihr Geld umkrallt? Judas wollte sich von den Silberlingen befreien, eine Situation, die Willy Fries in seinem anklagenden Bild «Die heilige Kuh und das goldene Kalb» gemalt hat. Wahrscheinlich wünschte Judas sein zu Unrecht erworbenes Geld zurückzugeben, bevor er sein Leben abschloß. Da lagen nun die Silberlinge an heiliger Stätte auf dem Fußboden. Die Hohenpriester aber wollten nichts damit zu tun haben. Es ist «Blutgeld», sagten sie, und darum durfte es nicht in den Gotteskasten gelegt werden. Nach kurzer Beratung kauften sie davon den Acker des Töpfers als Begräbnisplatz für die Fremden. Bis heute wird er Blutacker genannt.
Dann entfernte sich Judas, «er ging hinweg», heißt es im Evangelium.[39] Ja, wo sollte er hingehen? Er lief ins Dunkle hinein, und nach Matthäus erhängte er sich an einem vom Winde zerzausten Baum. Ein schauerlicher Anblick: Judas baumelt am Ast eines Baumes! Nicht hinschauen kann man. In der Apostelgeschichte wird etwas anderes erzählt: ein schrecklicher Unfall sei ihm zugestossen. «Er barst mitten entzwei und alle seine Eingeweide quollen heraus.»[40] Warum diese widerliche Schilderung? Wollte man dem toten Hund noch einen Fußtritt versetzen? Wohl nicht. Es ist die Schilderung der Bibel, die dem Realismus und nicht der erbaulichen Schönfärberei verpflichtet ist.

Ergreifende Unbegreiflichkeit

Die Geschichte von Judas ist traurig, sogar bodenlos traurig, trotzdem darf man nicht schnell über sie hinweggehen, erfordert sie doch vom Bibelleser einige Überlegungen.
Es ist unmöglich, eingehender von Christus zu sprechen,

ohne den Namen Judas zu erwähnen. Dies wußten die Christen von jeher. Sie gaben ihm nach dem Evangelisten Lukas den Namen «der Verräter».[41] Das ist eine schreckliche Bezeichnung, aber Ischariot heißt nun einmal «der Lügner und der Falsche». Jeder Verräter hat eine schwarze Seele. Er wird von seinen Mitmenschen gemieden und ist verfehmt. Niemand will mit ihm etwas zu tun haben. Judas widerfuhr dieses Schicksal. Deswegen ist sein Name für immer der Verachtung preisgegeben. Keiner Mutter fällt es ein, ihr neugeborenes Kindlein Judas zu nennen, obschon es in der Makkabäerzeit heldenhafte Männer namens Judas gab, die Großes vollbrachten. Die Kirche nimmt diesen Namen nicht als Taufnamen an; es soll fortan kein Geschöpf mit diesem Namen behaftet sein.
Die Christenheit verabscheute darum diesen Menschen. Dante versetzte mit seiner grausamen Phantasie Judas in seiner «Göttlichen Komödie» in den untersten Kreis der Hölle. Im vierunddreißigsten Gesang des Inferno dichtete er:

> «Die Seele, der die größte Pein erfunden,
> Judas Ischariot ist's», mein Meister sprach
> «Sein Bein hängt frei, sein Kopf im Schlund gebunden.»

Dies war keineswegs nur ein mittelalterliches Urteil über Judas. Auch nach Luther war Judas «ein Erzschalk, dem weder zu helfen noch zu raten» war.[43] Mit einem kurzen Verdammungsurteil ging man jahrhundertelang über den Unglücklichen hinweg. Noch in unserer Zeit schrieb der russische Dichter L.N. Andrejew eine Novelle über den «rothaarigen und häßlichen Judas», der für ihn eine Verkörperung des Bösen in vielfältiger Gestalt war.

Mit dieser Verdammung hat sich die Christenheit das Problem zu leicht gemacht. Man ging auf die tieferen Fragen gar nicht ein, obwohl es die Christen irritierte, daß Judas so lange in der Nähe Jesu verweilen durfte, nachdem der Herr von Anfang an wußte, wer ihn verraten würde[44] und unter den Zwölfen ein Teufel war.[45] Sie übersahen das Problem mehr oder weniger absichtlich. Auch die Theologen haben darüber meistens geschwiegen. Kann sich ein ernsthaftes Denken mit der bloßen Verachtung des Judas zufrieden geben? Muß man Judas hassen, wenn man Jesus liebt? Kommt gar keine andere Haltung in Frage, oder ist die Auffassung Guardinis richtig: «Wir haben uns daran gewöhnt, daß neben Jesus sein Verräter steht. Haben uns vielleicht sogar eine Theorie zurechtgemacht, daß neben dem lichten Helden das Dunkle sein, neben dem Heiligen das Böse auftauchen müsse und dergleichen.»[46] Ist diese bereitwillige Gewöhnung nicht allzu bequem? Sind wir des Nachdenkens nicht vorzeitig müde geworden?

Während der letzten Jahre sind zwar einige Arbeiten über Judas erschienen, die freilich das Thema mehr umnebelten als erhellten. Man behauptete, mit dem Judasproblem die Juden schlechthin treffen zu wollen, was doch ein verängstigtes Denken verrät, das überall Antisemitismus wittert, auch da, wo er gar nicht vorhanden war. Der Gedanke, Judas sei der Sündenbock des Christentums, ist falsch, da alle Sündenbock-Theorien ein allzu schematisches Denken verraten. Auf diesem Weg gibt es kein Verstehen. Verrat kam zu allen Zeiten und bei allen Völkern vor. Es ist kein typisch jüdisches Verhalten. Walter Jens veröffentlichte den «Fall Judas», worin er in einem modischen Rollenspiel den Antrag stellte, Judas unter die Schar der Seligen aufzunehmen! Solche Schriften laufen in ihrer Effekthascherei auf eine bloße Spielerei hinaus und entsprechen nicht dem Ernst des Problems. Bücher, die den Leser nur verwirren, haben keine Existenzberechtigung. Wir müssen andere Wege einschlagen, wenn wir eine Antwort auf die schwere Judasfrage erhalten wollen. Zum allerwenigsten wäre die Frage Cocteaus im Hinblick auf Jago angebracht: «Gibt es nichts, das uns von dem erlöst, was diese Figur verkörpert?»[47] Das ist ästhetisch gefragt. Die lapidare Antwort lautet: Nein, das gibt es in der Geschichte nicht.

Nach wie vor legt sich das Problem auf unsere Seele, warum ausgerechnet ein Jünger den Herrn verraten mußte. Wer dieses Problem nicht spürt, ist nicht befugt, hierin mitzureden. Die Judasfrage wird erdrückend schwer durch die von heiliger Wehmut getragene Abschiedsrede Christi: «Ich habe sie behütet, und keiner von ihnen ist verloren gegangen, außer dem Sohn des Verderbens, damit die Schrift erfüllt würde.»[48] Ähnlich sprach Petrus nach Christi Himmelfahrt über Judas, der seinen Verrat ausüben mußte, «damit die Schrift erfüllet würde».[49] Damit war das Psalmwort gemeint: «Auch mein Freund, dem ich mich vertraute, der mein Brot aß, tritt mich unter die Füße.»[50] Der schwer verständliche Satz «damit die Schrift erfüllet würde» wird zweimal im Neuen Testament wiederholt. Diese Aussage schließt jedenfalls in sich, daß Judas mit der Schrift etwas zu tun hat und er, wenn auch in negativer Beziehung, zu ihr gehört. Die Schrift enthält vieles, was wir nicht verstehen, und doch bleibt sie das ewige Buch, das unser Leben bestimmt. Judas' Verhältnis zur Schrift ruft zahlreichen Fragen: Stand er gleichsam unter einer Zwangsvorstellung? Verlangte die Idee der Schrifterfüllung die Opferung eines Menschen? War Judas demnach gar nicht frei in seiner Handlung? Warum verlangte das göttliche Wort eine derartige Bestätigung? War somit sein verabscheuungswürdiger Verrat eine höhere Notwendigkeit, der er sich unterziehen mußte? Hat der Ewige ihn gezwungen, das Schreckliche zu tun? Opferte sich Judas, weil einer Jesus verraten mußte, damit das Opfer auf Golgatha geschehen konnte, das die Erlösung der Welt bewirkte? War danach Judas eine unheilige Heilsgestalt? Christus mußte seinen priesterlichen Feinden ausgeliefert werden, aber wehe dem Menschen, durch den es geschah. Wie können wir dieses «mußte» und dieses «wehe» zusammenbringen? Sind es nicht zwei sich ausschließende Gegensätze? Sind das nicht ungelöste Fragen, auf die niemand antworten kann? Jedenfalls gehört die bedrükkende Judasfrage zu den unbeantwortbaren Problemen. Zwar gibt es spätgotische Kreuzigungsdarstellungen, so beispielsweise im Aachener Altar, bei dem am oberen Rand, ganz klein, der erhängte Judas trostlos verlassen sichtbar ist. Der Künstler hat offenbar den Zusammenhang von Golgatha mit dem Ende des Verräters andeuten wollen. Das quälende Rätsel ist damit nicht gelöst. Es ließe sich höchstens erregt sagen: auch beim Judasproblem ruft ein Abgrund dem andern. Das ergreifende Unbegreifliche hat in unserem Verstand einfach keinen Platz; wir spüren den Gegensatz in seiner ganzen seelischen Düsternis, aber wir können ihn weder seelisch noch geistig bewältigen. Mit allen Mitteln läßt sich das Unfaßbare nicht faßbar machen. Der Mensch blickt in den Schlund eines Geschehens, und niemand vermag diesen Abgrund zu überbrücken. Wir stehen vor einer unlösbaren Frage, bei der die Vernunft mit ihrer Argumentation versagt. Deswegen darf man das Judasproblem nicht bloß mit einer Verurteilung abschließen, weil der Widerspruch bis in den Mittelpunkt des Weltalls hinabreicht. Warum gleiten die Bibelleser über die Judasfrage so leicht hinweg und schreit ihr Herz nicht laut auf?

Warum sind sie mit dem Problem der Unheiligen fertig, bevor sie damit begonnen haben? Warum?
Von den Christen hatte wenigstens Katharina Emmerick «immer ein großes Mitleid gegenüber Judas», eine Empfindung, die zugunsten der umstrittenen Visionärin spricht.[51] Leicht aufgehellt wird der dunkle Fragenkomplex durch eine Begebenheit aus dem Leben Friedrichs von Bodelschwingh. Von ihm, dem Erbauer der Bethelschen Anstalten, wird erzählt, er habe gemäß frommer Sitte die Gewohnheit gehabt, von den biblischen Gestalten stets liebevoll zu sprechen, also: «vom lieben David», oder «vom lieben Petrus». Während einer Unterrichtsstunde fragte Bodelschwingh einmal die Kinder: «Wie heißt der Jünger, der den Herrn verriet?» Prompt antwortete ein Mädchen: «Das war der liebe Judas». War das nur eine ungewollte Situationskomik in einer Religionsstunde? Gewiß hat kindlicher Unverstand so geantwortet, aber es ist bezeichnend, daß wiederum ein Kind diese Formulierung fand, die es sonst nicht gibt, ähnlich dem Erlebnis des Mädchens Marie Noël, das über dem Judasproblem nicht weiteressen konnte. Auf alle Fälle verdient es festgehalten zu werden, daß in der Christenheit einmal, in aller Unschuld und Einfalt, ein helles Kinderstimmchen vom Verräter als dem «lieben Judas» gesprochen hat. Selbstverständlich kann man diese Redensart nicht übernehmen, aber, «reden nicht Kinder und Narren die Wahrheit?»[52]
Eine weitere ergreifende Begebenheit wird von Bernanos erzählt, den das Judasproblem zeitlebens beschäftigt hat. Er fühlte ein großes Mitleid mit dem unglücklichen Judas, der einst alles verließ, um Jesus nachzufolgen, von ihm auch die Macht erhielt, böse Geister auszutreiben und ihn dann zuletzt doch dem Feind auslieferte. Die Verdüsterung dieser Seele blieb für Bernanos ein

erschreckendes Geheimnis. Er schrieb im «Tagebuch eines Landpfarrers»: «Ich kann mir zum Beispiel mit der größten Mühe nicht vorstellen, daß Judas zur Welt gehört, zu dieser Welt, die Jesus tief geheimnisvoll aus seinem Gebet ausgeschlossen hat ... – Judas ist nicht von dieser Welt ...»[53] Bernanos konnte sich mit dem Judasproblem nicht abfinden, und das dürfen wir auch nicht. Vom jungen Bernanos wird berichtet: «Er konnte nicht an die Verdammnis des Judas glauben, von der im übrigen niemand etwas weiß, und darum trug er als ganz junger Mensch von Zeit zu Zeit seine Ersparnisse zum Dorfpfarrer, um eine Messe für Judas lesen zu lassen. Da er jenen Namen nicht auszusprechen wagte, sagte er dem braven Priester nur, das sei für eine arme Seele im Fegfeuer. Auf diese Weise wurde im Ausgang des letzten Jahrhunderts in einem kleinen Dorf Frankreichs von einem Knaben die christlich richtige Antwort auf die quälende Judasfrage gegeben.»[54] Das Leben dieses unheiligen Judas läßt sich nicht erhellen; diese Möglichkeit ist uns nicht gegeben. Doch darf man auch für Judas beten, denn noch heute ist dieses Gebet erlaubt. Es ist immer gestattet zu beten. Das Gebet vermittelt keine Erklärung, aber es schließt die Kraft in sich, auch das Schwerste zu ertragen, und es öffnet immer den Ausblick auf Gottes Erbarmen.

Heloise

1099 – 1164

Der seltene Briefwechsel

Wer den Briefwechsel zwischen Abälard und Heloise zum ersten Male liest, empfängt einen starken Eindruck. Namentlich junge Leser werden von der darin enthaltenen glühenden Leidenschaft begeistert sein. Es gibt viele wertvolle Briefwechsel, aber wenige, die sich an Intensität mit demjenigen zwischen Abälard und Heloise vergleichen lassen. Wir gönnen jedem Mädchen seine kleinen «Geschichten aus dem Wienerwald», aber mit der Seligkeit und dem Sturz von Heloise dürfen sie nicht auf die gleiche Stufe gestellt werden. Im Leben von Heloise gab es eine einzige große Liebe. Sie hat ihren emotionalen Ausführungen eine innere Wucht verliehen, der man sonst selten begegnet. Heloise ließ sich von keinen anderweitigen Interessen ablenken, und gerade deswegen besitzt ihr Briefwechsel den hohen Rang.

Selbst bei der wiederholten Lektüre behalten die Briefe von Heloise ihren Zauber. Der seltene Briefwechsel gewinnt sogar bei der zweiten und dritten Lektüre, ein Beweis dafür, daß es sich um ein wertbeständiges Werk handelt. Die beste Übertragung ist Eberhard Brost zu verdanken. Trotzdem melden sich einige Reflexionen, die bei der ersten Begeisterung ausblieben, die aber «eine der erstaunlichsten Frauen der Geschichte» noch hintergründiger machen.[1] Es ist nicht leicht, bei diesem, sich außerhalb aller Norm abspielenden Geschehen den richtigen Ton zu finden, der gleich weit entfernt ist von unangebrachter Rechtfertigung wie von moralistischer Ablehnung. Ebensowenig trifft das Urteil Bayles über Heloise zu, das Liebesfeuer habe sie bis auf die Knochen zerstört. In dieser Weise urteilt der skeptische Mensch, Skepis aber greift nur zu oft daneben und ist keineswegs mit der Wahrheit identisch.

Das Quellenmaterial besteht aus Abälards Selbstbiographie und dem Briefwechsel zwischen den beiden Liebenden. Dadurch können wir uns von Heloise ein Bild machen wie von wenigen Frauen des Mittelalters, ausgenommen Hildegard von Bingen, Mechthild von Magdeburg, Katharina von Siena, die Heilige waren und von ihrer auf Gott gerichteten Seelenglut schrieben. Heloise dagegen berichtet in ihren Briefen mit einer Redlichkeit von sich selbst, die ihre Unheiligkeit offenbaren.

Im vergangenen Jahrhundert fielen die Briefe von Heloise den Philologen in die Hände, die sie mit ihren grammatikalischen Methoden traktierten, bis sie zum Resultat kamen, es seien fingierte Briefe! Abälard habe eine Fälschung vorgenommen, sagten sie, und habe einige echte Briefzettel von Heloise benützt und den ganzen Briefwechsel selbst geschrieben. Derartige Hypothesen entsprachen damals einer verbreiteten Zeitmode, denn damals wurden viele geschichtliche Werke in Frage gestellt: man behauptete, Homers Dichtung sei nicht von Homer geschrieben, die Paulusbriefe nicht von Paulus, stets sei es ein anderer gewesen, der die Leistung vollbracht habe. Es ist nicht recht einzusehen, was diese Hyperkritik eigentlich bezweckte. Bernard Shaw erlaubte sich, über die übertriebene Zweifelsucht die spaßige Bemerkung zu machen: «Die Werke von Shakespeare sind nicht von William Shakespeare geschrieben, sondern von einem anderen Mann, der William Shakespeare hieß!» Mit Ironie führte der witzige Schriftsteller die Hypothesenfabrikation ad absurdum. Die Anfechtung entsprang einem gelehrten Übereifer und verblieb im Bereich von bloßen Stilübungen. Sie lenkte vom Inhalt des Briefwechsels ab und ging auf die wahren Probleme gar nicht ein. Zwar muß die Wissenschaft gelegentlich mit Hypothesen arbeiten, aber echte Wissenschaft schränkt sie auf ein Minimum ein und gestattet keine Wucherungen. Heute ist die Phase der subjektiven Hypothesenfabrikation weitgehend überwunden. Bei Heloisens Briefwechsel war sie nie am Platze. Ein Benediktinerpater meinte zum Zweifel an der Echtheit der Briefe: «Unmöglich, daß sie nicht echt sind, sie sind zu schön.»[2] Dies ist natürlich kein wissenschaftlicher Beweis, und doch sagt er über die innere Wahrheit der Briefe das aus, was zu sagen ist. In ihren Briefen spricht sich eine unverwechselbare Stimme über ihr Sein aus, deren Wahrhaftigkeit unmöglich zu überhören ist. Etienne Gilson ordnet in seinem einfühlsamen Buch über «Heloise und Abälard» den Briefwechsel in den richtigen Rang ein: «Es ist ein menschliches Dokument von einem derartigen Reichtum und einer Schönheit, daß man es mit gutem Recht neben die ergreifendsten Werke der Weltliteratur stellen kann.»[3] Das Urteil verdient ungeteilte Zustimmung. Lesen wir also den Briefwechsel sehr aufmerksam, meinen dabei nicht, zwischen den Zeilen lesen zu müssen, lesen wir unvoreingenommen die Worte, die dastehen, und gehen vor allem auf die inhaltlichen Probleme ein, dann sehen wir uns vor ein Schicksal gestellt, das dem von «Romeo und Julia» ebenbürtig ist, dem Schauspiel, in dem Shakespeare die nahe Verbindung von Liebe und Tod dramatisch geschildert hat.

Die im Briefwechsel zwischen Abälard und Heloise enthaltene Tragödie läßt sich von Abälard oder von Heloise aus betrachten. Im vorliegenden Zusammenhang wird bewußt Heloisens Aspekt gewählt, obwohl er mit dem Leben Abälards eng zusammenhängt und von ihm gar nicht getrennt werden kann.

Jung, schön und klug

Wir wissen nichts über die Kindheit von Heloise, wissen nur, daß sie um 1099 in Paris geboren wurde. Früh verlor sie ihre Eltern, und hernach nahm sich ihrer der angebliche Onkel Kanonikus Fulbert an. Vielleicht war er sogar der Vater, doch läßt sich das nicht feststellen. Ob er nun Vater oder Oheim war, jedenfalls hat er wenig väterlich, geschweige denn christlich an ihr gehandelt.

Heloise verfügte über drei für ein aufblühendes Mädchen wesentliche Merkmale.

Zunächst einmal war sie jung und hatte in der Jugendfrische einen Teint, zart und weich wie eine Pfirsichfrucht. Sie war von liebreizender Anmut. Jungsein ist ein Vorrecht. Der junge Mensch ist aufgeschlossen und empfänglich, beweglich, voller Unternehmungslust und niemals festgefahren.

Zum andern war sie zugleich schön. Jung und schön sind zwei Attribute, die wahrhaftig ein freudvolles Dasein bieten können. Es ist wohl unrecht, doch nicht zu bestreiten, daß ein schiefäugiges oder mit einer knolligen Nase behaftetes Mädchen gewöhnlich übersehen wird. Ich erzählte einmal einer angesehenen, betagten Schriftstellerin die Geschichte von einem jungen Mädchen; kaum hatte ich begonnen, unterbrach sie mich mit den Worten: «Ist sie auch schön?» Die Frage ist für ein junges Mädchen wirklich von Bedeutung. Ein schönes Mädchen ist selten ein Mauerblümchen. Freilich ist vielen Mädchen ihre Schönheit zum Verhängnis geworden, indem sie in ihnen eitle Gefallsucht weckte. Das alles ist wahr, trotzdem läßt sich nicht leugnen, daß ein schönes Mädchen gegenüber einem häßlichen Entchen bevorzugt wird. «Du sagst: Sie war schön», schrieb Kierkegaard über Regina Olsen in sein Tagebuch. «O, was weißt du davon. Ich weiß es, denn diese Schönheit hat mich Tränen gekostet.»[4] Auch Heloisens Schönheit war von Tränen durchtränkt, und ebenso ist die Schönheit von Mozarts Musik nicht allzuweit von Tränen entfernt.

Heloise war nicht nur jung und schön, sie verfügte noch über eine dritte Eigenschaft: sie war ungewöhnlich klug. Klugheit findet sich mit der Schönheit nicht allzuoft vereint. Schöne Mädchen schwatzen oft dummes Zeug ins Blaue hinein und enttäuschen damit nicht wenig. Wirkliche Klugheit, ohne den geringsten Stolz, ist ein überaus erfreuliches Geschenk. Heloise war klug, sogar sehr klug. Sie erregte mit ihrer Intelligenz großes Aufsehen und erlangte schon in jungen Jahren eine gewisse Berühmtheit in Frankreich. Sie beherrschte Latein, Griechisch und Hebräisch, vertiefte sich in biblische Texte und nahm an gelehrten Diskussionen teil. Niemand, der ihre Briefe gelesen hat, zweifelt an ihrer Verstandesschärfe. Nur eine kluge Frau vermag derart hochstehende Briefe zu schreiben.

Ihr Onkel war deswegen nicht wenig eingebildet auf Heloise und bemühte sich, ihre Weiterbildung zu fördern. Er suchte nach einem geeigneten Lehrer und bewies mit seiner Wahl, daß er kein weitsichtiger Mann war, denn sonst wäre er vorsichtiger ans Werk gegangen.

Heloise war jung, schön und klug. Es war ihr denn auch ein außerordentliches Schicksal beschieden. Welche Höhen und Tiefen es in sich schloß, wird sich zeigen, sobald der Vorhang aufgeht und das erregende Schauspiel beginnt.

Fulbert wählte Peter Abälard zum Lehrer von Heloise. Niemals darf man Abälard gegenüber Heloise abwerten, denn damit wäre sie in keiner Weise einverstanden.
Abälard war kein beliebiger Mann, zählte er doch zu den Koryphäen seines Jahrhunderts. Sein Charakter war schwierig. Der ruhelose Mann war vom Dämon des Wissenstriebes erfüllt. Er spielte deswegen in der mittelalterlichen Geistesgeschichte eine bedeutsame Rolle, die schwerwiegende Folgen nach sich zog. Über Abälard ist die Nachwelt gut unterrichtet, denn er schrieb eine Selbstbiographie – in der damaligen Zeit ein seltenes Unternehmen – und gab ihr den Titel: «Die Leidensgeschichte». Keineswegs enthält sie nur pikante Affären, auf die sich die Massenmedien zu stürzen pflegen, sie zu einer Sensation aufbauschen und sie damit auch unwirksam machen. Abälard berichtet in seiner Lebensschilderung ein ergreifendes Drama, verständlich aus einem subjektiven Gesichtswinkel. Sein Dasein war überaus bewegt. Die Engländerin Helen Waddel formte es zu einem ansprechenden Roman.
Er war gewiß ein hochbegabter Mann, wenn er auch nicht der Begründer der mittelalterlichen Scholastik war. Dies war eindeutig Anselm von Canterbury mit seinem Wahlspruch: «Ich glaube, damit ich einsehe.» Abälard leistete einen überaus gewichtigen Beitrag zur Scholastik, die durch ihn eine folgenschwere Wendung erfuhr. Abälard stammte aus einem ritterlichen Geschlecht und übertrug das Rittertum auf das geistige Gebiet. Als geistiger Ritter stürzte er sich kopfüber in den Kampf, verwickelte sich in zahlreiche Wortgefechte, die er sichtlich liebte. Er bildete als erster die Sic et Non-Methode aus und setzte seine Zeitgenossen mit dieser Ja-und Nein-Einstellung in

maßloses Erstaunen, wie dies die Dialektiker aller Zeiten im ersten Moment getan haben. Abälards Sic et Non-Methode schloß eine zweideutige Gefährlichkeit in sich, wenn schon sie auch ein nicht zu verkennendes Wahrheitsmoment enthält. Freilich schadete seine ungestüme Art seinem Anliegen und reizte die Zeitgenossen zum Widerspruch. Er führte dieses Fragespiel in die Wissenschaft ein und wurde darob ein richtiger Wortstreiter, eine Erscheinung, die man in der Welt der Wissenschaft immer wieder findet. Abälards wendige Dialektik – nicht zu verwechseln mit derjenigen von Sokrates, Pascal und Kierkegaard – bleibt ein interessantes Schachspiel, bei dem man die Figuren hin- und herschiebt und nie ans Ende kommt. Er begeisterte mit dem Neuen die studierende Jugend, die ihm in Scharen zuströmte, wodurch er den Neid seiner Kollegen erweckte. Der gelehrte Mann schrieb keine zusammenfassende Summa wie Thomas von Aquino, denn dazu fehlte ihm die innere Ruhe und die ausdauernde Kraft. Abälard besaß auch später wenig inneren Gehalt, weshalb er sein Leben auch nicht zu meistern vermochte. Er war charakterlich seinem überragenden Intellekt nicht gewachsen, sondern war geteilt zwischen Wissenschaft und Leidenschaft, was eine unausweichliche Zwiespältigkeit offenbarte.
Es lag nicht in Abälards Absicht, die Tradition aufzulösen, und doch zerstörte die Freude am Denkspiel die Überlieferung. Sein ausgeprägter Rationalismus veranlaßte ihn zum Versuch, die Glaubenswahrheiten nicht schlicht als solche hinzunehmen, sondern sie zu prüfen, mit der Vernunft zu untersuchen und zu begründen. Dieses logische Bedürfnis wurde damals als eine unerhörte Neuerung empfunden. Abälard war der Wortführer der Moderne. Mit ihm begann die Disputiersucht, die alles der Kritik unterzog und die dem Zeitalter der Ver-

ehrung ein Ende bereitete. Abälard war deswegen der bekannteste Mann seiner Zeit.
Bernhard von Clairvaux brach über Abälards Vorgehen in den Ausruf aus: «Er übersteigt sein Maß; in der Weisheit seines Wortes höhlt er die Kraft des Kreuzes Christi aus – Alles kennt er, was im Himmel und auf Erden ist, nur sich selbst nicht – Was verschlossen und versiegelt ist, öffnet er nicht, er reißt es entzwei».[5] Dem führenden Abt der Zisterzienser schien diese Neuerungssucht, nach der das Erkennen dem Glauben vorangehen müsse, der Anfang vom Ende des Christentums zu sein. Wahrscheinlich ist Bernhard, der gegenteiliger Meinung war, dem Anliegen Abälards nicht ganz gerecht geworden, doch erkannte er klar die Konsequenzen, die es in sich schloß, während der rationale Abälard von der mystischen Glut Bernhards überhaupt nichts geahnt hat. Der Abt von Clairvaux warf seine ganze Persönlichkeit in die Waagschale, um Abälards gefährlichem Tun ein Ende zu bereiten. Bernhard war es nicht um eine reaktionäre Einstellung zu tun, vielmehr sah er in Abälards Weltanschauung mehr oder weniger den persönlichen Gott unmerklich in einen abstrakten Vorsehungsglauben abflachen. Es entbrannten heftige Auseinandersetzungen zwischen den beiden Männern, und über Nacht kam Abälard in den Verdacht der Ketzerei. Der ganze Haß der Traditionalisten richtete sich gegen Abälard. Mochten auch ihre Befürchtungen zu Recht bestehen, zeigte doch ihr Vorgehen gegen Abälard wenig christliche Liebe. Mit ihren Bedenken gegen Abälards Auflösungstendenzen bereiteten sie ihm unedle Demütigungen. Der hochfahrende Mann mußte in Soissons seine Schrift eigenhändig ins Feuer werfen, was er unter Schluchzen getan hat. Doch nicht genug damit, sie hetzten ihn wie ein Freiwild, weshalb er bei sich erwog, zu den Heiden zu fliehen, um

von den häßlichen Nachstellungen der Christen verschont zu werden. In Sens benahm sich Abälard ebenso hilflos wie zwanzig Jahre früher in Soissons. Er widerlegte durch sein eigenes Verhalten sein mit pathetischer Rede vorgetragenes Recht auf die vernünftige Überzeugung, indem er sich plötzlich auf den päpstlichen Entscheid berief und damit seinen eigenen Standpunkt untergrub. Die Berufung nützte ihm nichts. Papst Innozenz II. verurteilte ihn zum Schweigen. Wie es aber oft in der Geistesgeschichte geschah: der Besiegte siegte nach seinem Tode, und der Erniedrigte triumphierte zuletzt! Abälards Methode und nicht Bernhards christliche Glut setzte sich in der späteren Scholastik durch. Abälard war kein alltäglicher, aber auch kein harmonischer Mann. Er veranschaulichte den Menschen mit seinen Abgründen und war alles andere als ein trockener Gelehrter. In ihm lebte auch eine beschwingte Liedkunst, die ihm gestattete, seinen Subjektivismus frei auszuleben. Leider gingen die meisten seiner Dichtungen verloren. Keineswegs darf man Abälard als den ersten modernen Menschen bezeichnen, denn auch im Mittelalter gab es oft unstete Wesen, die, wie Abälard, den nötigen Ausgleich nicht fanden. Charakter und Begabung lagen auch damals oft miteinander im Streit. Abälard ist hierfür ein anschauliches Beispiel, das uns davor bewahren sollte, die Menschen der früheren Zeiten allzu einfach zu sehen. Der Mensch war immer kompliziert und in sich zwiespältig. Ausgerechnet diesem vielschichtigen Manne begegnete Heloise. Was konnte daraus anderes als eine vielfach verschlungene Beziehung hervorgehen?

Die Welt der Liebe entrollt vor den Augen des Beschauers mannigfache Bilder: die Liebe als Leidenschaft, die Liebe als Schäferidyll, verschmähte Liebe, die durch Eifersucht gequälte Liebe und noch viele andere Varianten. Im vorliegenden Zusammenhang kann das breitgefächerte Grundthema nicht nach allen Seiten entfaltet werden. Es geht einzig und allein um das tragische und singuläre Liebesschicksal von Heloise, das keine Verallgemeinerung duldet. Wenn es sich auch um ein einmaliges Geschehen handelte, war es doch zunächst vom prallvollen Leben erfüllt und durch die Erlebniskraft einer Frau gekennzeichnet, deren Charme noch heute spürbar ist.

Die Begegnung

Im Leben der jungen Heloise bedeutete die Begegnung mit Abälard das große, einmalige Ereignis. Abälards außerordentliches Wissen imponierte ihr, und sie lauschte hingerissen seinen dialektischen Ausführungen, die für sie Neuland bedeuteten. Das kluge Mädchen war überrascht zu hören, daß man Ja und Nein vertauschen konnte; dieses verwirrende Spiel erregte ihr ganzes Interesse. Nie dachte oder sagte Heloise: dies verstehe ich nicht, das ist eine Sache für gelehrte Männer und nicht für junge Mädchen. Sie begriff Abälards blitzende Gedankengänge im Nu und nahm sie voller Entzücken in sich auf. Aber die so freigebig vor ihr ausgebreiteten geistreichen Worte Abälards, die sie begierig in sich hineinschlürfte, bearbeiteten nur das Terrain für ein ganz anderes Erlebnis.

Bald nahm der Unterricht einen völlig anderen Charakter an. Zuerst begegneten sich ihre Augen in einem inneren Verstehen, sie leuchteten auf, und sogleich huschte ein leichtes Rot über ihre Wangen. Abälard suchte unwillkürlich ihre Hände und damit war der Weg zum Du gefunden. Der damals neununddreißigjährige Abälard saß seiner siebzehnjährigen Schülerin gegenüber. Sie hatte jenes Alter, da die Mädchen am schönsten sind. War es da verwunderlich, daß die beiden Menschen nur zu bald die Bücher vergaßen, wenn das leise Sich-Finden von etwas ganz anderem sprach als von einer Bemühung um die dialektische Wissenschaft? Dies ist nicht etwa phantasievoll ausgeschmückt, denn Abälard selbst gestand: «Die Bücher lagen offen da, Frage und Antwort drängten sich, wenn die Liebe das bevorzugte Thema war, und der Küsse waren mehr als der Sprüche. Meine Hand hatte oft mehr an ihrem Busen zu suchen als im Buch, und statt in den wissenschaftlichen Textbüchern zu lesen, lasen wir sehnsuchtsvoll eins in des anderen Auge.»[6] Heloise hegte die gleichen Wünsche, bebte und schwebte vielleicht noch mehr als er. Der Blitz hatte sie mitten ins Herz getroffen, und fortan war sie eine für ihr ganzes Leben Gezeichnete. Die spannungsgeladene Atmosphäre zwischen Mann und Frau gehört zum Bild des Menschen. Heloise war zum ersten Male in ihrem jungen Leben dem Manne begegnet. Abälard bedeutete ihr das große Erleben, die große Liebe, und er offenbarte sich ihr nicht minder heftig.

Was geschah weiter? Nun, man deutet es am besten mit José Orabuenas Worten an: «Eines Tages zwang sie die Zärtlichkeit der Herzen, ihre Umarmung zu vollenden.»[7] Nur ein Dichter kann es so schön formulieren. Auch Heloise vermochte es mit anderen, nicht weniger edlen Worten zu sagen: «Dem Herzen kann man nicht befehlen, wir haben es nicht in unserer Gewalt und müssen ihm vielmehr folgen.»[8] Dieser Gedanke verrät nicht nur eine tiefe Kenntnis des menschlichen Herzens, sondern er enthüllt das ganze Wesen der jungen Heloise. Die Menschen haben das Herz nicht in ihrer Gewalt, womit Heloise sagen wollte, daß sie die Liebe nicht als eine bloße Tändelei erlebt hat. Abälard war ein Mann in der Vollkraft seiner Jahre. Mit inbrünstigem Begehren verführte er die bezaubernde Heloise. Wirklich «verführte»? Das Wort entspricht nicht dem tatsächlichen Empfinden. Heloise wollte nur allzugerne verführt werden; ohne Widerstand und ohne Überredungskunst gab sie sich der Vollendung seiner Umarmungen bereitwillig hin. Wenn das tiefste Wesen der Frau Hingabe ist, Heloise erlebte sie in ihrer ganzen Tiefe. Sie betrachtete die Vereinigung nicht unter dem Gesichtspunkt von Tugend und Sünde. Der Gedanke der Versuchung lag ihr unendlich fern, zumal sie aus der Liebe eine Kunst zu machen verstand. Niemals hätte Heloise der armseligen Meinung zugestimmt, es gehe nur um den eigenen Körper und sonst um nichts anderes. Ein Körper ohne Seele war für sie ebenso undenkbar, wie eine Seele ohne Leib. Echte Liebe ist ein Ganzes, ist nicht teilbar. Heloise erlebte die Einheit der Liebe, die Seele und Leib, Geist und Wille umfaßte. Sie vibrierte in der Vereinigung, stöhnte vor Freude und glaubte, im Himmel zu sein. Das ungewöhnliche Mädchen wagte es, sich zu seinen Sinnen voll und ganz zu bekennen.

Wohl leistete Heloise manchmal einen kleinen Widerstand, aber dies war nur ein Scheingefecht. Sie tat nur, als ob sie ablehnen würde, damit Abälard umso siegreicher vorgehe. An diesem Liebesspiel hatte sie ihr helles Entzücken. Der tölpelhaft dumme Oheim hatte Abälard ausdrücklich erlaubt, Heloise zu züchtigen, falls sie nicht fleißig sei. Er machte von dieser Erlaubnis zum Schein nur allzugerne Gebrauch und liebte es über alle Maßen, sie zu entblößen, damit er an ihr angeblich «eine Strafe» vollziehen durfte, die sie beide als reinen Jubel empfanden. Nach Abälards eigenem Zeugnis bedeutete solche «Züchtigung» ihm und ihr «süße Wonne, süßer als alles».

Beide wußten genau, daß die Vereinigung von Mann und Frau nach der Lehre der Kirche nur den Eheleuten gestattet ist, eine Einschränkung, die sie kurzerhand ablehnten. Von der Ganzheit der Liebe erfaßt, setzten sie sich mit der gleichen Kühnheit über die Konventionen der Welt hinweg wie Abälard, der mit seiner dialektischen Methode die alten Glaubenswahrheiten überfahren hatte. Sie waren von der Liebe überwältigt worden und bejahten das freie Verhältnis von ganzem Herzen, ohne sich einen Deut um die damalige Sitte zu kümmern. Durch das Erlebnis mit Heloise wurde Abälard zum Sänger; er dichtete Liebeslieder, die freilich verloren gegangen sind. Damals jedoch wurden sie überall gesungen, ihr Name kam in aller Leute Mund. «Heloise klang es Straßen auf, Straßen ab, und Heloisa klang es in jedem Haus».[9] Heute singen die jungen Leute andere Schlager, aber in unserem Innern klingt der Name Heloisens weiter.
Ich wette zehn gegen eins, daß Heloise nicht bloß verliebt war. Fraglos gingen die Wellen hoch. Sie erlebte ohne Bedenken und mit einer entwaffnenden Natürlichkeit die einmalige Liebe. Die Bejahung ihrer Erfüllung überflutete alle Ufer. Selbst die Passionszeit, die sonst die mittelalterlichen Christen noch in ernsten Gedanken miterlebten, hielt die beiden nicht von ihren Umarmungen ab. Wenn sich gerade kein anderer Raum fand, war ihnen auch ein Refektorium recht, um ihrer Leidenschaft freien Lauf zu lassen. Heloise bewertete ihre gegenseitige Liebe als das Höchste im Leben, dem sie alles andere unterordneten. Sie kannten darin kein Maß. War das unheilig? Vielleicht nein, aber ganz sicher war es auch kein Zeichen von Heiligkeit. Die beiden Menschen überließen sich mit geschlossenen Augen dem Rausch und Taumel.
Zu allen Zeiten und unter allen Himmelsgegenden haben Millionen Menschen miteinander sinnliche Freuden

genossen. Es ist unangebracht, die Sinne geringzuschätzen, da sie schöpfungsgemäß dem Menschen angeboren sind. Die Frage besteht eher darin: Wie gestaltet der Mensch sein Zärtlichkeitsbedürfnis? Wird er von ihm geknechtet, oder vermag er ihm eine edle Form zu geben? Heloise empfand unbestreitbar eine unzerstörbare Liebe, was man von Abälard nicht sagen kann. Darum ist sie in dieser Beziehung die viel eindrucksvollere Gestalt als er. Heloise durfte wirklich Abälard schreiben: «Gott ist mein Zeuge, ich habe je und je in Dir nur Dich gesucht, Dich schlechthin, nicht das Deine, nicht Hab und Gut. Ein festes Eheband, eine Morgengabe – habe ich je danach gefragt? Du bist mein Zeuge, nicht meine Lust, nicht mein Wille war je mein Ziel, nein, nur Deine volle Befriedigung. In dem Namen ‹Gattin› hören andere vielleicht das Hehre, das Dauernde; mir war es immer der Inbegriff aller Süße, Deine Geliebte zu heißen, ja – bitte zürne nicht! – Deine Schlafbuhle, Deine Dirne. Herr Gott, sei Du mein Zeuge, wenn der Kaiser käme, der Beherrscher der ganzen Welt sich herabließe, mich zu ehelichen, wenn er mir dabei die ganze Erde verschriebe und verbriefte zum ewigen Besitz: ich möchte doch lieber Deine Dirne heißen – und wäre stolz darauf – als seine Kaiserin.»[10] Das sind überquellende Worte, die junge Menschen verschlingen, wenn sie Heloisens Briefe lesen. Sie gefallen ihnen über alle Maßen, und sie sind auch wirklich großartig. Im gleichen Briefe aber gesteht Heloise, «meine Liebe schlug um in Wahnsinn»;[11] dies ist der richtige Ausdruck. Die Götter schlugen Heloise mit dem heilig-unheiligen Liebeswahnsinn. Sie wußte nicht mehr, was sie tat, ihr Verstand war ausgeschaltet, und ihr Wesen geriet in eine Raserei. Natürlich erlebte Heloise die Liebe auch als Gefühl – sie hätte keine Frau sein müssen, wenn es anders gewesen wäre – , aber doch wiederum nicht als bloß holdes Gefühl, das sich in kosenden Worten verausgabt. Vielmehr war bei ihr die Liebe eine Macht, die stärker war als sie und der sie gehorchte. Sie unterstellte ihr ganzes Dasein ihrer Gewalt. Sie stand damit auf der gleichen Ebene wie Dante mit seinem Beatrice-Erlebnis, das der Dichter umschrieb: «Das ist der Gott, der stärker ist als ich, und der da kommt, mich dereinst zu beherrschen.»[12] Von dieser Sicht aus ist Heloisens Liebe zu betrachten. Sie sann keinen schwärmerischen Träumereien nach, wie sie Rousseau seiner «Neuen Heloise» andichtete, die mit ihr nur den Namen, niemals das Wesen gemeinsam hat.

Heloise fragte nicht nach Glück und Besitz, sondern nur danach, dem Gesetz der Liebe treu zu bleiben. Die Liebe war für sie ein seelisches Erlebnis, und zugleich ging sie über den seelischen Bereich hinaus, man ist versucht zu sagen, sie nahm kosmischen Charakter an. Das ist ein großes Wort, und es wurde hier nicht gelassen ausgesprochen. Was sie geschrieben hat, übersteigt alles, was man sonst auf diesem Gebiet liest. Man versteht Heloise nur, wenn man sich klar macht, daß sie mehr nach einem heidnischen als nach einem christlichen Gesetz ihre Laufbahn begann. Ihr Leben unterstand deshalb weniger einer göttlichen Führung, als einem blinden Schicksal.

Wir können Heloise unmöglich als eine Warnung an allzu leidenschaftliche Mädchen verstehen, sich vor der Liebe zu hüten. Das wäre eine ihrem Wesen wenig entsprechende moralistische Auffassung ihres ungewöhnlichen Lebensweges. Fast alle Menschen sind während der Zeit der ersten Liebe seelisch erregt, beschwingt und finden plötzlich das Leben unsagbar schön wie noch nie. Aber man mag sich fragen, ob sie wirklich von jenem Pfeil getroffen worden sind, den sie nie mehr aus ihren Herzen ziehen können? Zu oft verflackert ihr Gefühl nach wenigen rauschvollen Wochen, und nachher stehen sie im gleichen grauen Alltag wie vorher. Bei Heloise war es nicht so, denn die wirkliche Liebe hatte ihr Dasein erfaßt und verwandelt. Sie erlebte die Kraft der Liebe und ist mit ihr so sehr eins geworden, daß die Liebe ihr ganzes Leben bestimmte. Noch niemand hat die Formel gefunden, die diese Frauenseele erklären würde. In ihrem Eros besaß Heloise eine Hoheit, deren bezaubernde Wirkung noch heute aus ihren Zeilen spricht. Bei ihr hat alles Größe, selbst ihre Fehler. Damals setzte die Verherrlichung der Frau durch den Minnegesang der Troubadoure ein, eine Vorwegnahme der Verherrlichung des Ewig-Weiblichen. Heloise aber hatte damit nichts zu tun. Die von den mittelalterlichen Sängern besungenen Frauen blieben meistens namenlos, während im Unterschied zu ihnen uns Heloisens Antlitz mit unverkennbarem Blick anschaut. Fern von allen Emanzipationsgedanken will sie es nicht dem Manne gleichtun, sondern begehrte, gefühlssicher wie sie war, ihr weibliches Wesen voll zu entfalten. Heloise war Frau und war es mit allen Fasern ihres Wesens. Die frauliche Geschlossenheit ihrer Liebeskraft ist das Große an ihr, vor der sich sogar Bernhard von Clairvaux verneigte. Heloise stand aus einem Guß da; sie besaß eine lodernde Seele, und sie verausgabte ihr großes Gefühl nicht in kleinen Münzen. Diese Frau hatte Format und bewegte sich in ungewöhnlichen Dimensionen.

Das Drama

Die Folgen dieser Freuden aller Freuden blieben nicht aus. Nach einiger Zeit fühlte sich Heloise in Erwartung. Sie verließ heimlich das Haus ihres Oheims, denn Abälard schickte sie, als Nonne verkleidet, in die Bretagne zu seiner Schwester. Dort gebar sie ein Knäblein, dem die gelehrte Mutter den Namen Astralabius gab. Vom Kindchen hörte man nachher nichts, wahrscheinlich ist es früh gestorben.

Der Oheim, höchst aufgebracht über das hinterlistige Gebaren der Liebenden, ärgerte sich über seine eigene Dummheit. Er schob die Hauptschuld auf Abälard, der nach seiner, Fulberts Ansicht, sein Amt als Lehrer mißbraucht hatte. Abälard mußte darauf bedacht sein, den zürnenden Kanonikus zu versöhnen. Fulbert verlangte die Eheschließung, damit kein Makel an seiner Nichte hängen bliebe. Abälard willigte in das Ehebündnis ein, doch während sonst der Hochzeitstag im Leben eines Menschen, entsprechend seinem Wortlaut, ein hoher Tag ist, der die beiden Neuvermählten im Glück erstrahlen läßt, lag über diesem Hochzeitstag eine nicht zu übersehende Wehmut ausgebreitet, die ein schlimmes Omen bedeutete. Die kommenden Ereignisse warfen gleichsam ihre Schatten voraus. Man traf sich im Morgengrauen in der Kirche: Heloise war von ihrem Oheim, und Abälard von einigen Freunden begleitet. Sie empfingen den kirchlichen Segen und trennten sich sogleich wieder. Anstatt gemeinsam den neuen Lebensweg zu beschreiten, gingen die beiden Hauptbeteiligten verschiedene Wege. Abälard und Heloise trafen sich seit ihrer Trauung nur noch selten an verborgenem Ort.

Fragt man nach dem Grund des seltsamen Verhaltens, liegt die Antwort allein in Abälards eigenartiger Klausel: Nach seinem ausdrücklichen Wunsch mußte die Ehe geheim bleiben, eine Anordnung, die sie auch zugleich entwertete. Abälard wünschte diese Geheimhaltung, weil er um sein Ansehen besorgt war und in seiner weiteren Laufbahn nicht gefährdet sein wollte. In dieser Befürchtung trat der tiefe Widerspruch zwischen seinem äußeren Ansehen und seinem wirklichen Sein deutlich zutage. Er dachte nur an sich und keinen Moment an Heloise. Darin liegt der Unterschied zwischen den beiden Persönlichkeiten. Deswegen hat man schon gezweifelt, ob er Heloise auch wirklich geliebt habe, und ob die Begegnung mit ihr nicht nur ein bloßes Abenteuer gewesen sei. Jedenfalls liebte er Heloise niemals mit der gleichen Intensität, wie sie ihn geliebt hat. Der Liebende ist immer größer als der Geliebte. Heloise willigte denn auch ohne weiteres in die geheime Ehe ein, weil sie in keiner Weise ihm im Wege stehen wollte; gerade damit bewies sie ihre Selbstlosigkeit.

Fulbert dagegen fühlte sich durch die Geheimhaltung der geschlossenen Ehe nochmals betrogen. Seine Nichte befand sich in den Augen der Öffentlichkeit nach wie vor in einer ehrlosen Lage, zumal der Oheim ein bürgerliches Moralsystem im Kopfe hatte, das erneut verletzt war. Er wünschte die äußere Ehrbarkeit. Als er sich nun wiederum getäuscht sah, kam er auf einen Gedanken, der viel schlimmer war als alles, was Abälard und Heloise je getan hatten.

Das Rachebedürfnis lebt in vielen Menschen, ohne daß sie sich über den niedrigen Wert dieses Gefühles Rechenschaft geben. Auch dem Kleriker Fulbert kam in seiner Wut nicht einmal die Unchristlichkeit seiner schnaubenden Rache zum Bewußtsein. Er sann einen heimtückischen, verbrecherischen Plan aus und kam auf den entsetzlichen Gedanken, Abälard solle an der Stelle bestraft werden, mit der er gesündigt hatte. Er dingte zwei willfährige Männer, einer davon war Abälards Diener. Eines Nachts überfielen die beiden bestochenen Männer Abälard im Schlafe, entmannten ihn und machten ihn zum Eunuchen, eine unerhörte Tat, vor der man entsetzt

die Augen abwendet. Warum ist ein Mensch zu solcher Grausamkeit fähig?
Furchtbar waren die Nachwirkungen dieser schändlichen Bluttat. Sie stürzte alle Beteiligten in ein Unglück, für das es keine Worte gibt.
Sämtliche Güter Fulberts wurden konfisziert und ihn selbst entließ man aus dem Domkapitel. Soviel hatte ihn die Befriedigung seines Rachebedürfnisses gekostet.
Dem Diener Abälards, der seinen Herrn verraten, und dem Frevler, der die Tat ausgeführt hatte, wurden die Augen ausgestochen.
Die grauenhafte Verstümmelung machte Abälard für das ganze Leben unglücklich; über Nacht war er zum Greise geworden. Er hat sich von diesem Geschehen nie mehr erholt.
Am meisten aber wurde Heloise getroffen. Fulberts Rache hatte ihre Ehe mit einem Schlag für immer zertrümmert. Der eigene Oheim hatte die Ganzheit ihrer Liebe zerbrochen; der eine Flügel war jäh von ihr weggerissen worden und mit dem andern allein konnte sie nicht mehr fliegen. Ihr spannender Lebensroman war endgültig vorbei; er hatte in ihrem zwanzigsten Lebensjahr mit einer Katastrophe geendet. Von außen war ihr Glück zerstört worden, innerlich gebrochen aber war sie keineswegs. Als Heloise die ruchlose Tat vernahm, fiel sie einer tiefen Verzweiflung anheim. Es läßt sich nicht beschreiben, welch schmerzensreiche Leiden die liebende Frau zu bestehen hatte. Man darf über Heloise nicht reden, geschweige denn urteilen, ohne zu bedenken, wie unsäglich sie in ihrem Leben gelitten hat, wenn ihr Leiden auch ganz anders war als jenes des verlassenen Gretchens im Kerker.

Abälard ordnete nun an, daß Heloise in das Kloster Argenteuil eintrete. Er selbst brachte sie zu den Schwestern, kleidete sie dort ein, nur den Schleier reichte er seiner Gattin nicht. Heloise zog sich nicht aus eigenem Antrieb in die klösterliche Gemeinschaft zurück. Abälard hatte es befohlen, und sie gehorchte. «Ich tat es nur, weil Du über mich verfügtest», gestand sie später.[13] Er fragte sie nicht einmal, ob dies ihrem Wesen entspreche. Für ihn war es die beste Lösung, ein Argument, das für ihn entscheidend war. Heloise betonte ausdrücklich: «Dein Wille allein stieß mich junges Ding ins finstere Kloster.»[14] Die Formulierung «ins finstere Kloster» verrät die Empfindung eines Menschen, der ohne Berufung in ein Kloster eintritt. Für die berufene Nonne ist das Kloster eine Vorschule des Himmels, die Regel Benedikts eine formende Anweisung zum ewigen Leben. Diese Sicht blieb Heloise verschlossen. Der Stern, dem sie angehörte, drehte sich um eine andere Sonne, weswegen sie voller Ablehnung nur finstere Mauern anstarrte. Als die Nonnen durch die Machtgier des Abtes von St. Denis aus Argenteuil vertrieben wurden, zogen die heimatlosen Schwestern auf Geheiß Abälards in das von ihm und seinen Schülern verlassene Haus «Paraklet». Abälard hatte einst diese Einsiedelei dem «Tröster-Geist» geweiht:

> Alle Beschwerlichkeiten treibt
> Die göttlich milde Tröstung fort:
> Da sie auf Herzens Tafeln schreibt,
> Kommt die Vernunft zu ihrem Wort[15]

Der Dichter verwechselte Geist mit Vernunft, eine für Abälard typische Verschiebung. Obwohl der Name «Paraklet» Tröster bedeutet, erlebte Heloise wegen dieser Verwechslung auch in ihrem zweiten Kloster keine Spur von Trost, blieb es doch für sie «das finstere Kloster».
Wie aber benahm sich Heloise im Kloster? War sie eine unwillige Nonne? Gebärdete sie sich wie eine mißmutige Schwester und verstieß gegen die Klosterordnung? Davon kann nicht die Rede sein, denn vom ersten Tag an verhielt sie sich im Kloster mustergültig. Sie war alles andere als eine gleichgültige, träge Nonne. Wegen ihres einwandfreien Verhaltens stieg sie rasch zur Äbtissin empor. Ihre Lebensführung im Kloster war vorbildlich, und sie beobachtete auch genau die Regel des Ordens. Abälard schrieb in seiner Lebensgeschichte: «Der Herr schenkte dieser meiner Schwester, der Leiterin des ganzen Konvents, daß sie besondere Gnade vor aller Augen fand: die Bischöfe liebten sie gleich einer Tochter, die Äbte wie eine Schwester und die Laien wie eine Mutter.»[16] Dies entsprach der äußeren Wahrheit und war keine Übertreibung Abälards. Sie stand ihrem Kloster als eine überaus angesehene Äbtissin vor. Die Besucher staunten über die fromme Frau, und niemand wäre bei ihrem Anblick auf den Gedanken gekommen, daß diese Äbtissin der gleiche Mensch war, der einst in der Umarmung die Erfüllung seines Lebens fand.
Korrekt erfüllte Heloise ihre Pflicht und wurde darob zur allseitig geschätzten Äbtissin, weshalb man annahm, ihre Lebensstürme seien hinter den Klostermauern zur Ruhe gekommen. Sie erweckte durchaus diesen Anschein. In Wirklichkeit begann nun jene Problematik, um deretwillen wir die hochgeschätzte Heloise zu den unheiligen Menschen zählen. Was sie bis dahin erlebt hatte, war die Liebe als Ganzheit und Macht, die mit einem dramati-

schen Sturz endigte. Die inhaltlichen Fragen beginnen erst nach dem atemberaubenden Geschehen, Fragen, die die meisten Leser des Briefwechsels völlig übersehen. Dabei ruft das so andersgeartete Verhalten der Äbtissin Probleme, die weit schwerwiegender sind als jene ihrer ersten Daseinsphase.

Nach außen führte Heloise fraglos ein Tugendleben, das den Beifall der frommen Welt fand. Es wäre aber verfehlt anzunehmen, ihre Seele hätte sich vom jugendlichen Schwung der Liebe getrennt. Die würdig auftretende Äbtissin wurde in ihrer Zelle unablässig von ihren eigenen Erinnerungen heimgesucht und geradezu verfolgt. Sie waren keineswegs versunken. «Bitterschwer ist es», klagte sie, «sein Herz loszureissen von den sehnsuchtsvollen Gedanken an die süßesten Freuden.»[17] Unaufhörlich stiegen die Bilder ihrer erlebnisreichen Vergangenheit in ihr empor und gaukelten ihr die einstigen Wonnen in allen Farben vor Augen. Heloise vermochte sie mit aller Macht nicht von sich abzuschütteln. Sie wollte es auch gar nicht, weil sie diese Gedanken liebte und die Phantasie-Umarmungen pflegte. Sie gehörten zu ihrer Person. Die Äbtissin schwelgte in den köstlichsten Erinnerungen, stellte sich die früheren, erregenden Erlebnisse ganz konkret vor, sehnte sich danach und rief sie in Gedanken immer wieder zurück. Freimütig gestand sie: «Die Liebesfreuden, die wir zusammen genossen, sie brachten so viel beseligende Süße, ich kann sie nicht verwerfen, ich kann sie kaum aus meinen Gedanken verdrängen. Ich kann gehen, wohin ich will, immer tanzen die lockenden Bilder vor meinen Augen. Mein Schlaf ist nicht einmal sicher vor solchen Trugbildern. Sogar mitten im Hochamt drängen sich diese wollüstigen Phantasiegebilde vor und fangen meine arme, arme Seele so ganz und gar; aus reinem Herzen sollte ich beten, statt

dessen verspüre ich die Reizungen meiner Sinnlichkeit.»[18] Sie war nicht gewillt, ihre teuren Erinnerungen zu verleugnen oder ihnen gar abzuschwören. Der Geist der Buße war ihr fremd. Keine Spur von Reue entdeckt man bei ihr: «Ich kann keinen Weg finden zu einer Reue, die mich mit Gott versöhnte»,[19] schrieb sie. Warum sollte sie bedauern, was ihr kostbar und herrlich war? Heloise konnte sich wegen ihres früheren Tuns nicht anklagen, denn das war sie selbst. Hätte sie all die Erlebnisse nochmals durchkosten können, sie hätte es ohne weiteres getan. Heloise wußte, «wie selten die Betrübnis wahrer Reue ist! Das hat schon der selige Ambrosius in aller Schärfe gesehen, wenn er sagt: ‹Menschen, die reinen Herzens geblieben, habe ich mehr kennengelernt als Menschen, die wirklich aufrichtig bereuten.›»[20] Die Reuelosigkeit ist keine nachträgliche Interpretation, denn Heloise bezeugte sie mehrfach in ihren Briefen. Sie erlebte keine Bekehrung und weigerte sich entschieden, sie zu vollziehen. Etienne Gilson kommentiert: «Heloise führte vierzig Jahre lang das Leben einer untadeligen Nonne, ohne die Gnade dazu empfangen zu haben.»[21] Es ist ungeheuerlich: Die tadellose Klosterfrau verschloß sich jedem Himmelsgeschenk. Welche Kraft muß es sie gekostet haben, sich vier Jahrzehnte lang jeder Umkehr zu verweigern! Man kann es nicht anders sagen: Heloise war der gnadenlose Mensch.
Die Äbtissin erwies sich als eine große Schauspielerin. Wenn sie den Äbtissinnenstab in der Hand hielt und den Psalmengesang anstimmte, spielte sie ihre Rolle mit einem vorgetäuschten Ernst. Niemand kam auf den Gedanken, daß dies alles nur eine fabelhafte Schauspielerei war, brachte sie doch ihre ganze Umgebung dazu, Sein und Schein zu verwechseln. Jeder moderne Bühnenstar könnte Heloise um ihre großartige schauspielerische

Gebärde beneiden. Sie spielte im romanischen Zeitalter ihre Äbtissinnenrolle glanzvoll, spielte «Theater am Tage» mit einer solchen Kunst, daß niemand das Schauspiel entdeckte.
Ist es unrecht, Heloise ein zweideutiges Lob für ihr Tun zu spenden? Gewiß nicht, denn sie bezeichnete es viel schärfer: Heuchelei! Hören wir sie selbst: «‹Wie keusch sie ist!› rühmen sie; sie haben die Heuchlerin noch nicht richtig erkannt! ... Fromm heiße ich in einer Zeit, in der die Frömmigkeit zu einem gut Teil aus Heuchelei besteht.»[22] Das ist eine belastende Aussage. Doch darf man die Situation nicht vernebeln: Heloise heuchelte nicht gegen sich selbst. Sie war von einer bewundernswerten Ehrlichkeit, was aus ihren Briefen prachtvoll klar hervorgeht. Sie machte sich nichts vor, war unbestechlich gegen sich, führte aber eindeutig ihre Mitmenschen hinters Licht. Der Welt täuschte sie etwas vor und wußte es auch: die Welt, auch die fromme Welt will betrogen sein. Ich hätte es niemals gewagt, diese außerordentliche Frau respektlos eine «Heuchlerin» zu nennen, wenn sie es nicht selbst getan hätte. Es gilt vorsichtig zu sein mit dem Vorwurf der Heuchelei, weil es auf religiösem Gebiet viele Möglichkeiten der Selbsttäuschungen gibt. Heloise gebrauchte selbst den fatalen Ausdruck. Sie erweckte bei den Menschen den Anschein einer Frömmigkeit, die sie gar nicht empfand. Was aber ist Heuchelei? Heloise wußte es ganz genau, Heuchelei ist eine geistige Betrügerei. Sie war ein zu wahrhaftiger Mensch, um es nicht zu wissen. Wenn etwas an dieser großen Frau zu beanstanden ist, dann ist es diese Heuchelei. Zu ihrer Entschuldigung ließe sich sagen, die Rolle der Heuchlerin sei ihr durch die Verhältnisse aufgenötigt worden. Ihr eigener Gatte zwang sie zu diesem erniedrigenden Verhalten, hatte sie doch nicht selbst den Ordensstand gewählt,

sondern, ohne sie zu fragen, hatte Abälard sie ins «finstere Kloster» gesteckt, um sie los zu sein. Damit war sie zu einem Doppelleben verurteilt. Sie stand in einem falschen Licht und deckte dies mit einer schauspielerischen Heuchelei zu. Damit war sie, gegen ihren Willen, in die Reihe der unheiligen Menschen abgeglitten.
Nicht genug mit Erinnerungskult und Reuelosigkeit, mit Schauspielerei und Heuchelei. Unter dem Klostergewand mit dem Äbtissinnenkreuz auf der Brust, schlug ein Herz, das, wie ein weiblicher Hiob, mit dem Allmächtigen unaufhörlich haderte. Sie hat sich mit dem schrecklichen Schlag der Entmannung ihres Gatten nie abgefunden und hat die Tatsache innerlich auch nie angenommen. Heloise lehnte sich gegen Gott auf und fand die ihr vom Höchsten zuteil gewordene Behandlung unerträglich grausam. Heloise scheute sich nicht, offenherzig zu sagen: «Wir buhlten miteinander, und der strenge Richter im Himmel sah es ruhig mit an. Wir setzten verstattete Liebe an die Stelle der verbotenen, wir deckten die schmachvolle Buhlerei mit dem Mantel einer ehrbaren Ehe, und Gott, der das unheilige Lager der Buhlerei zuvor so lange geduldet, Gott sah das heilige Lager der Ehe nicht in Gnaden an und ließ in seinem Grimm die Hand schwer auf uns niederfallen.»[23] Diesen Widerspruch begriff sie nicht. Sie weigerte sich, die allzu primitive Anschauung anzuerkennen, das zweite Erlebnis als eine Strafe für das erste Verhalten zu betrachten. Eine solche volklich-kirchliche Bewertung lag ihr unendlich fern.
Infolgedessen war die nach außen korrekte Äbtissin innerlich in einer wahren Rebellion. Erfüllt vom Geist der Auflehnung, scheute sich Heloise nicht, gegen Gott ingrimmig frevelhafte Anklagen zu erheben: «Du Barmherzigkeit, wie unbarmherzig bist du! Glück, wie unglücklich machst du! Alle Kraft des Schicksals, alle

seine Pfeile sind an mir verbraucht, des Unglücks Wüten gegen andere ist darum waffenlos. Sein Köcher war voll, aber andere brauchen sich nicht mehr vor des Schicksals Angriffen zu ängstigen, ich war die Zielscheibe. Und wenn das Schicksal je noch einen Pfeil findet: den Fleck an mir findet es nicht, der noch ohne Wunde ist.»[24] Solche unheiligen Gebete hätte auch Hiob auf seinem Misthaufen aussprechen können. Es war Heloise unmöglich, an eine liebende Vorsehung zu glauben. Warum war ihr der Geliebte genommen worden? Warum mußte sie fern von ihm ihr Leben zubringen? «Ich will Dir beichten, die ganze Schwachheit eines jammerschweren Herzens beichten: ich kann keinen Weg finden zu einer Reue, die mich mit Gott versöhnte; ich kann nicht aufhören, ihn anzuklagen, über diesen Gipfel der Grausamkeit zu klagen, daß Gott ein solches Unrecht geschehen ließ. Ich kann mich mit seiner Führung nicht abfinden; statt ihn durch reuevolle Buße milde zu stimmen, kränke ich ihn noch durch mein Hadern.»[25] Weshalb mußte sie graue Klostermauern anstarren, nach denen sie sich nie gesehnt hatte? Warum durfte sie nie mehr den Leib umfangen, den sie so geliebt hatte? Warum mußte sie einer monastischen Gemeinschaft vorstehen, die ihr innerlich nichts bedeutete? Alle diese Fragen quälten sie unablässig, und in all den langen Jahren fand sie keine Antwort auf ihre seelische Tortur. Statt eine fromme Dulderin zu sein, wie sie zu sein schien, hatte sie sich innerlich zur auflehnenden Rotte Korah gesellt.

Bei der Härte ihres Schicksals ist diese Auflehnung begreiflich. Trotzdem mag man sich fragen, ob das Hadern dem Menschen in seinem Leid hilft. Mildert es den Schmerz, oder wird er noch fühlbarer? Hätte ihr ein tränenüberströmtes Ja zu der Anordnung Gottes nicht besser getan? Wirkliche Ergebung in den Willen Gottes

vermittelt Gefaßtheit, seelische Ruhe und Gleichgewicht. Die wilden Wogen des Herzens legen sich. Diese Wendung zu vollziehen, war Heloise nicht beschieden, da ihr Wesen mit ihr in einem allzu starken Widerspruch stand. Heloise wäre nicht mehr Heloise gewesen.
Mit dieser sich empörenden Einstellung hängt es zusammen, daß im Leben Heloisens der ferne, sich nicht um sie kümmernde Abälard allgegenwärtig, und Gott ebenso total abwesend war. Keineswegs war sie eine Atheistin, wußte sie doch als mittelalterliche Frau zu viel von der christlichen Tradition, die sie von früher Jugend an eingeatmet hatte. Der Allmächtige hatte sich in ein rätselhaftes Schweigen gehüllt; kein Laut von ihm drang zu Heloise. Während der Christ doch weiß, daß er ohne Gott nicht existieren kann und daß er alles von ihm bekommt, blieb Heloisens Antlitz vom Ewigen abgewendet. Sie fragte nicht nach ihm, flehte nicht zu ihm, sondern klagte ihn nur an. Der Allmächtige wurde zwar nicht geleugnet, wohl aber an den Rand geschoben. Er hat für Heloise das Gewicht verloren. Ihr Leben ohne Gott ist von einer geradezu gespenstigen Unheimlichkeit. Die Abwesenheit Gottes hüllte Heloisens Dasein in eine undurchdringliche Finsternis ein. Jeder Lichtblick fehlte ihr. Man vermag es kaum zu fassen, wie diese Frau Gott so vollkommen aus ihrem Leben verbannen konnte. Sie wurde darob zu einer von Gott verlassenen Seele. Die Klosterfrau hat sich ihm verweigert. Man kennt Heloise nur zur Hälfte, wenn man nur ihre überschäumende Liebe beachtet und keine Ahnung von der Seelenqual in der zweiten Hälfte ihres Lebens hat.

Mitten im aufgenötigten Doppelleben kam Heloise die von Abälard verfaßte «Historia calamitatis» in die Hände, von der sie sagte: «Ich glaube, niemand kann diese Leidenserzählung trockenen Auges lesen und hören.»[26] Abälard schrieb die ergreifende Geschichte mit unverkennbarer Sensibilität, ein Dokument, das von einem tiefen Leiden am Menschsein zeugt. Es war mehr die Geschichte eines Unzüchtigen als die eines Liebenden. Aber so viel auch Abälard klagte, er log nie. Nicht nur hatte Fulbert ihm tiefste Schmach bereitet, er erlebte auch höchsten Ruhm und unsagbare Demütigungen, die einen Mann zertreten müssen. Man kann über die «Historia calamitatis» nur in betulichem Ton reden. Man muß sich freilich fragen, wie der Mensch sein Leid verarbeitet, ob er daran reift oder versteinert. Abälard verbitterte und blieb verbittert bis kurz vor seinem Tode. Es ist leicht, sich vorzustellen, mit welch brennender Anteilnahme Heloise die Ausführungen ihres Gatten las, die auch ihre eigene Geschichte war, und daß dabei unvernarbte Wunden neu zu bluten begannen. Während vieler Jahre hatte sie von ihrem Gatten nichts mehr gehört, und nun stand plötzlich das größte Erleben ihres Daseins, bis in alle Einzelheiten erzählt, vor ihren Augen.

Heloise konnte nicht anders, sie mußte nach der Lektüre der Leidensgeschichte ihrem Gatten schreiben. Daraus entstand jener Briefwechsel, der bis zum heutigen Tage aufwühlend wirkt. Er läßt nur eine ausgedörrte Seele kalt und gleichgültig. Die beiden Briefschreiber waren nicht ebenbürtig; der große Atem wehte durch die Briefe von Heloise. Allein ihretwegen darf man den Briefwechsel einzigartig nennen. An Gefühlskraft sind ihre mit Blut geschriebenen Briefe nur mit den «Portugiesischen Briefen» der verlassenen Marianna Alcoforado zu vergleichen. Können wirklich nur Nonnen über echte Liebe schreiben? Heloise jedenfalls war es beschieden, das Gefühl der Liebe lebendig zu erhalten. Es gab für sie während ihres ganzen Lebens nur den einen Mann: Abälard.

Wie antwortete Abälard auf ihre stürmischen Briefe? Ach, es waren langweilige Ermahnungen eines Eunuchen, der keiner lebendigen Gefühle mehr fähig war. Sie erbauen nicht einmal den Leser, weil der frömmelnde, näselnde Ton jedem natürlich empfindenden Menschen auf die Nerven geht. Sie sind so langweilig zu lesen, wie die Ausführungen einer trockenen Moraltheologie, die das Leben mit den Paragraphen eines Lehrbuches verwechselt. Tugendpredigten und Ermahnungen zur Sittsamkeit müßte man schon jenen überlassen, die ihr eigenes Leben danach ausgerichtet haben. Im Munde von Abälard dagegen wirken sie höchst unpassend. Sein Lied hat falsche Töne. Nach seinen Taten fehlt ihm das Recht zum Predigen. Heloise verbot sich denn auch entschieden den unangebrachten Ton in seinen Ermahnungen: «Darum bitte, bitte, kein Aufruf zur Tugend.»[27] Der Begriff «Tugend» wurde im Mittelalter groß geschrieben, auf Heloise aber wirkte er höchst abstoßend. Sie wollte nichts wissen davon und zog es vor, in ihren köstlichen Erinnerungen zu leben. Deshalb wies sie alle triefenden Tugendermahnungen schroff zurück und räumte ihnen in ihrem Herzen keinen Platz ein.

Der Verfasser des Buches «Sic et non» war ein gekreuzigter Mensch, dem zuletzt noch eine beißende Hautkrankheit sehr zu schaffen machte. Es war ihm kein leichtes Ende beschieden. Der exkommunizierte Ketzer suchte schließlich Zuflucht im Kloster von Cluny, dessen letzter, wirklich großer Abt Petrus Venerabilis ihn großmütig aufnahm. Dieser Mann verdient mit vollem Recht die Bezeichnung «der Ehrwürdige». Petrus Venerabilis vollendete den Bau der überdimensionierten Abtei Cluny, von der heute nur noch klägliche Überreste zu sehen sind. Er veranlaßte auch eine Übersetzung des Korans ins Lateinische, damit die Christen ihre mohammedanischen Gegner besser verstehen würden. Vor allem war der ehrwürdige Abt vom Geist der Milde Christi erfaßt. Er brachte auch eine Versöhnung zwischen Abälard und Bernhard von Clairvaux zustande. Petrus Venerabilis ist es zu verdanken, daß die verstörte Seele des ruhelosen Abälard in Cluny doch zur Ruhe kam und ganz zuletzt, ausgesöhnt mit seinem Schicksal, seinem Ende entgegensah. Der müde Abälard erwartete seine letzte Stunde im Kloster von Cluny. Die monastische Ordnung gestattete nicht, daß der gehetzte Mann in den Armen seiner Frau Heloise starb. Nachdem Abälard seine Seele ausgehaucht hatte, teilte Petrus Venerabilis dies in einem vornehmen Schreiben Heloise mit, rühmte darin ihr Wissenschaftsinteresse und verglich sie mit Deborah.

Beim Empfang der Todesnachricht zeigte Heloise nochmals ihre Größe. In einem Brief an den überlegenen Abt erbat sie sich den Leichnam des Geliebten, ein Wunsch, dem Pater Venerabilis bereitwillig entsprach. Heloise verneigte sich vor dem Toten und blieb innerlich mit ihm verbunden. Sie heftete den vom Abt von Cluny ausgefertigten Absolutionsbrief an den Sarg Abälards und bestattete den von den Zeitgenossen umstrittenen Gatten innerhalb ihrer Klostermauern. Diese Anordnung war das letzte, mutige Bekenntnis ihrer Liebe zu Abälard. Sie hatte sie vor aller Welt verfügt, unbekümmert um das Gerede der Menschen über die Äbtissin. Heloise überlebte den Geliebten um zweiundzwanzig Jahre. Sie hielt den Äbtissinnenstab fest in den Händen, doch verstummte sie, und wir wissen nicht, was in der Seele der Sechzigjährigen vor sich gegangen ist. Es ist schwer, sich die alternde Heloise vorzustellen, jedenfalls nahm sie ihr Geheimnis mit ins Grab. Ausdrücklich wünschte sie, im Grabe Abälards beigesetzt zu werden. «Die, die Du in der Welt voneinander getrennt hast, vereinige sie für alle Ewigkeit im Himmel», war ihr Gebet,[28] womit sie nochmals und dies zum letzten Male bezeugte, daß die Liebe wirklich eine Flamme des Herrn ist und selbst viele Wasser sie nicht zum Erlöschen bringen. Später wurden die Gebeine der beiden Liebenden in den Chor der Kirche von Nogent-sur-Seine übertragen, und nach der sinnlosen Zerstörung der Grabstätte in der französischen Revolution ruhen sie auf dem Friedhof Père-Lachaise in Paris. Dieses Grab ist ein zeitloses Zeichen für eine unzerstörbare Innigkeit, die eine Sprache spricht, deren Worte scheinbar alle Menschen verstehen und deren inneren Gehalt doch nur wenige begreifen.

Die letzte Bitte

Was sagen wir heute über Abälard und Heloise, wenn wir ihr Schicksal bedenken? Gewiß ist das Bild verwirrend, steht doch «der Mönch neben der Geliebten, das Weltkind neben der Nonne eine glühend liebende Klosterfrau neben einem entmannten Abt».[29] Gewiß waren sie nach bürgerlicher Auffassung unschuldig-schuldig geworden, aber ferne sei es uns, einige Sätze aus dem Moralkodex zu rekapitulieren. Vor allem sind die Worte hervorzuheben, die Heloise in aller Bedachtsamkeit niederschrieb: «Es ist leichtfertig von Menschen, über Dinge zu urteilen, die Gott sich zur Prüfung vorbehalten.»[30] Diesem Fehler verfallen die Menschenkinder immer wie-

der. Sie urteilen, ja sie verurteilen, wo sie doch verstummen sollten. Wenn sie doch nur das Schweigen erlernten und das Urteil dem überließen, dem es allein zukommt. Erschüttert von Abälards und Heloisens Leidensgeschichte, fügen wir nur ein leises Wort hinzu:
Heloise erlebte die Liebe in ihrem Absolutheitsanspruch. Ihr war es nicht darum zu tun, «eine gute Partie» zu machen, und sie kannte auch keine entwürdigenden Nebenabsichten. Für sie gab es nur die Liebe, nichts anderes. Eindrucksvoll an Heloise bleibt, daß sie die Liebe groß und überwältigend erlebte und sie in keiner Stunde ihres Lebens verleugnete. Um dieser entschlossenen Hingabe willen hätte sie auch eine große Heilige werden können. Ohne Zweifel hat sie die Anlage dazu gehabt. Heloise aber gestand mit entwaffnender Ehrlichkeit: «Ich suche diese Siegeskrone gar nicht.»[31] Da sie gar nicht danach strebte, ist Heloise keine Heilige geworden. Wir reihen sie, wegen ihrer Heuchelei und ihrer Auflehnung, schweren Herzens bei den Unheiligen ein. Die falsche Weichenstellung in ihrem Leben geschah, als sie mit aller Kraft ihre einzigartige Liebe auf einen Menschen anstatt auf Gott richtete. Heloise hat Endliches mit einer unendlichen Liebe erfaßt und daraus konnte nur ein Unglück hervorgehen. Endliches ist endlich zu lieben, und nur Unendliches ist unendlich zu lieben. Wer diese ewige Ordnung nicht beachtet, muß an ihr zerbrechen.
Wie lautet das letzte Wort über diese hoheitsvolle Frau? Soll man aus Heinrich von Kleists «Amphitryon» die in seelische Verwirrung geratene Alkmene anführen, der ihr irdischer Gatte und auch der göttliche Jupiter beigewohnt haben und die über dieses ihr kaum verständliche Erleben dem Leser nur ein vieldeutiges «Ach!» zuflüstert? Dies wäre nicht unangebracht, denn dieses gehauchte «Ach!»

sagt alles aus, was Alkmene zu sagen übrig bleibt. Im vorliegenden Zusammenhang muß man unbedingt Heloise das Schlußwort überlassen, sonst bleibt man der großen Liebenden nicht nahe. Ihre letzte, schlichte Bitte hat sich gewiß erfüllt: «Gott mag mir in irgend einem Winkel seines Himmels ein Plätzchen anweisen, ich will damit zufrieden sein.»[32]

Kaiser Friedrich II.

1194–1250

Die faszinierende Gestalt

Vor einigen Jahren lag am Sarkophag Friedrichs II. im Dom von Palermo ein Kranz mit der Inschrift: «Seinen Kaisern und Helden – das geheime Deutschland.» Diese Worte setzte Ernst Kantorowicz seinem Buch über «Kaiser Friedrich der Zweite» voran, einem der schönsten Werke über die kaiserliche Gestalt. Sprach «das geheime Deutschland» das Wort aus, das über Friedrich II. gesagt werden muß? Diese Frage liegt den nachfolgenden Ausführungen zugrunde.

Geschichtsschreibung ist ein Gespräch mit den Gestalten der Vergangenheit. Wir fragen mit innerer Anteilnahme die Toten, und wenn wir aufmerksam hinhören, antworten sie auch. Nur durch diese innere Wechselrede wird Geschichte lebendig und vom Staub der Jahrhunderte befreit. Die Toten reden und zwar reden sie sogar mit eindringlicher Stimme zu den Nachfahren. Merkwürdig, daß sich so wenig Menschen mit den Gestalten der Vergangenheit in eine tiefere Auseinandersetzung einlassen. Beim Gespräch mit den Toten könnte ihnen das Hamlet-Erlebnis mit dem Geist zur mitternächtlichen Stunde widerfahren: Man bekommt einen Auftrag, dem der Historiker kaum gewachsen ist.

Um Friedrich II. zu verstehen, muß man in die mittelalterliche Kaisergeschichte mit ihrer Größe und ihren Schrecknissen eintauchen. Dabei darf man diese Zeitepoche weder rühmen noch verlästern, denn beide Auffassungen entdecken kaum das wahre Antlitz dieser vielschichtigen Jahrhunderte. Die mittelalterliche Kaisergeschichte will auf dem Goldgrund der Tradition erkannt werden, ohne Hilfe von Ideologien. Der Einstieg in diese ferne Zeit ist nicht leicht, besonders in einer kaiserlosen Zeit, da beinahe alle Voraussetzungen für das Verständnis einer sakralen Figur wie der eines Kaisers fehlen. Wenn aber der Leser von den gegenwärtigen Strömungen absieht und sich in eine frühere Geschichtsepoche einzufühlen versucht, steht er einem geschichtlichen Panorama von seltener Dramatik gegenüber.

Friedrich II. übte eine starke Faszination aus. Bis auf den heutigen Tag schlägt ihm eine Welle der Begeisterung entgegen, und selbst in den letzten Jahren erlebte der Staufer noch eine sichtliche Aufwertung. Die Staufer – übrigens sehr verschiedene Persönlichkeiten – wurden für Deutschland zu einem Mythos. Es war jedoch ein künstlicher Mythos, der nichts mit den Ursprüngen alles Lebens zu tun hat. Er wurde durch Bücher und Ausstellungen aufrecht erhalten und endigt zuletzt ganz sicher mit einem Enttäuschungserlebnis.

Friedrichs Taten riefen Bewunderung hervor, und die Widersprüche seines Wesens übersah man geflissentlich, während sie seine Zeitgenossen lebhaft empfanden. Statt vieler Zeugnisse sei nur das Urteil Salimbenes von Parma angeführt: «Er war ein durchtriebener Mann, verschlagen, geizig, ausschweifend, boshaft und jähzornig. Gelegentlich zeigte er auch tüchtige Eigenschaften, wenn er willens war, seine Güte und Freigebigkeit zu beweisen; dann war er freundlich, fröhlich, voll Anmut und edlen Strebens. Er konnte lesen, schreiben, singen und Kantilenen und Gesänge erfinden. Er war ein schöner und wohlgebauter Mann, wenn auch nur von mittlerem

Wuchse. Ich habe ihn nämlich gesehen und eine Zeitlang auch verehrt.»[1] Der Chronikschreiber hebt noch beide Seiten des außerordentlichen Mannes hervor und rühmt sich, ein Augenzeuge zu sein. Mit dem zu bejahenden und zu verneinenden Wesen Friedrichs II. weist Salimbene auf das Rätsel hin, das der Kaiser noch dem heutigen Menschen aufgibt.

Seltsamerweise fühlten sich die Menschen immer wieder von Friedrich II. angezogen, und wenn sie sich in seiner Nähe befanden, bebten sie unwillkürlich vor ihm zurück. Keiner seiner Diener ist ihm lebenslang treu geblieben; sie alle haben sich nach einiger Zeit von ihm abgewandt. Warum? Worin bestand die magnetische Anziehung und die gleichzeitige Abstoßung? Vorläufig sei nur das eine gesagt: Wer nie den unerklärlichen Zauber dieser ungewöhnlichen Persönlichkeit gespürt hat, sollte nicht von ihm reden, und wer diesem Zauber verfallen ist, sollte nicht über ihn schreiben. Nur wenn beides überstiegen werden kann, stellt sich jene Sicht ein, die nicht dem «heimlichen Deutschland», wohl aber dem sich wieder seiner Christlichkeit bewußt gewordenen Abendland entspricht.

Glanz der Kaiserherrschaft

Friedrich wurde als Sohn des deutschen Kaisers Heinrich VI. und seiner normannischen Gemahlin Konstanze in Jesi geboren. Er war der legitime Erbe der kaiserlichen Herrschaft. Einige Gerüchte waren über seine Geburt im Umlauf, denen jedoch keine Bedeutung zukommt. Unglücklicherweise starb sein Vater früh und nur wenige Jahre danach auch seine Mutter Konstanze. Mit vier Jahren stand Friedrich allein, ohne väterliche Freunde, in

der Welt. Seine Mutter setzte auf ihrem Sterbebett Papst Innozenz III. zum Vormund Friedrichs ein und bedachte den Papst für dieses Amt mit einer beträchtlichen jährlichen Rente. Innozenz III. nahm seine Vormundschaftspflichten nicht allzu ernst. Wie viele Vormunde der Welt kümmerte er sich wenig um das Mündel, ließ es aber auch nicht völlig aus den Augen. Demzufolge wuchs Friedrich ohne fürsorgliche Betreuung auf. Der verwahrloste Junge strolchte durch die Straßen von Palermo und aß manchmal eine Mahlzeit bei mildtätigen Leuten. Überraschenderweise ging er in seiner seelischen Verlassenheit nicht elendiglich zugrunde, was man wohl als eine erste ungewöhnliche Tat bezeichnen kann. Einige hochgestellte Persönlichkeiten beeinflußten ihn gelegentlich und weckten in ihm das staufische Traditionsbewußtsein. Auf welchem Weg sich der wissensdurstige Knabe allerlei Kenntnisse angeeignet hat, ist unbekannt. Jedenfalls erlebte er durch die erziehungslose Jugend keine Verschulung, die ihm die Freude am Wissen hätte verleiden können. Zugleich lernte er früh das rauhe Leben kennen, und schließlich wurde seine harte Jugendzeit zu seinem besten Lehrmeister.
Mit vierzehn Jahren wurde der frühreife Friedrich nach damaliger Sitte volljährig, und nun benahm er sich sogleich selbständig. Er meldete in Sizilien seine königlichen Ansprüche an, die er gegen die widerspenstigen Barone durchsetzte. Dies war die zweite Tat, die Bewunderung wachruft. Der rötlich-blonde Jüngling mit seinem langen Haar besaß ein einnehmendes Wesen; früh verstand er sich auf diplomatische Verhandlungen, und die Grafen von Sizilien anerkannten ihn als rechtmäßigen König der Insel. Er errichtete seine Herrschaft, umgab sich mit tüchtigen Leuten, und bald war in Sizilien wieder Ordnung eingekehrt. Friedrich wohnte nun in einem

prachtvollen Palaste, und sein Thronsessel befand sich in der mit Mosaiken geschmückten Kapelle. Sizilien, verbunden mit Apulien blieb zeitlebens sein bevorzugtes Gebiet. Er hatte es zur Blüte gebracht, und hier fühlte er sich in seinem Element.

Im Alter von siebzehn Jahren brach Friedrich auf, um seine Rechte auch in Deutschland geltend zu machen. An der Spitze einer kleinen Truppe machte er sich, der nicht einmal ordentlich gekleidet war, auf den Weg. Bei dieser Gelegenheit besuchte er zum einzigen Male seinen Vormund, Innozenz III. in Rom. Friedrich benahm sich ehrfürchtig, und trotzdem erlaubte er sich, dem Papst zu widersprechen. Doch gibt es keinen Augenzeugenbericht über diese Begegnung.

In Deutschland wurde Friedrich zunächst als «das Kind aus Apulien» verspottet. Man nahm den «Zaunkönig» nicht ernst. Aber die Spötter behalten mit ihrem allzu billigen Verhalten selten recht. Friedrich gelang es durch sein bestimmtes Auftreten, die Herzöge für sich zu gewinnen. Etwas Unwiderstehliches lag in seiner freigebigen Jugendfrische. Der Widerstand gegen ihn brach bald zusammen, und er verschaffte sich die notwendige Anerkennung. Das war wiederum eine ungewöhnliche Leistung. In Mainz wurde er feierlich zum deutschen König gekrönt. In kurzer Zeit war Friedrich mit den deutschen Verhältnissen vertraut. Nach wenigen Monaten stieg der Jüngling die sieben Stufen zum Thron Karls dem Großen in Aachen empor und ließ sich die deutsche Kaiserkrone aufs Haupt setzen. In stolzem Adlerflug war er am Ziel seiner Wünsche angelangt. Die Idee des Reiches war für Friedrich II. von hohem Wert, weshalb er sich mit seiner ganzen Kraft für sie einsetzte. Er war eine großartige Herrscherfigur, kühn und glanzvoll. Die kaiserliche Gebärde lag ihm im Blut. Ein nicht in Worte zu

fassendes Fluidum ging von seiner Persönlichkeit aus und überstrahlte alle sonstigen Könige und Kaiser.
Friedrich II. war deutscher Abstammung, aber er wohnte nur vorübergehend unter seinen Landsleuten. Im Grunde besaß Deutschland für ihn nur eine zweitrangige Bedeutung, da er seine Kraft nicht aus deutschem Boden bezog. Der Süden hatte es ihm angetan, was bei seiner normannischen Mutter auch nicht verwunderlich ist. Er war einer der ersten deutschen Menschen, bei denen die rätselhafte Süd-Sehnsucht wahrzunehmen ist. Sie spielt in der deutschen Geistesgeschichte eine bedeutsame Rolle. Man kann sie wohl begreifen, und trotzdem wirkte sie sich oft verhängnisvoll für das deutsche Wesen aus. Auch Friedrich II. legte mit seiner Liebe zum Süden den Schwerpunkt außerhalb des deutschen Reiches. Er war nicht mit der heimatlichen Erde verbunden, sondern verausgabte sich im fernen Sizilien, eine Tatsache, die den ersten Zwiespalt in sein Leben hineinbrachte.
Anläßlich der Kaiserkrönung in Aachen wurde Friedrich II. selbst von der Feierlichkeit der großen Stunde übermannt. In diesem Moment gelobte er einen Kreuzzug zur Befreiung des Heiligen Landes. Es war ein übereiltes Gelöbnis, das er sicher später manchmal verwünscht, und das ihm mehr Mühe und Sorge als alles andere bereitet hatte. Aus mannigfachen Gründen verschob er immer wieder die Ausführung des Planes, was die Päpste ihm schwer verübelten. Endlich aber mußte er sein Versprechen einlösen. Es gelang ihm durch überaus geschickte Verhandlungen mit dem Sultan, in den Besitz der Stadt Jerusalem zu gelangen, ohne einen Tropfen Blut zu vergießen. Natürlich entsprach die Verwirklichung seines Kreuzzuges nicht den Vorstellungen seiner Zeitgenossen, war er doch ganz anders als alle vorangegangenen Kreuzzüge. Friedrich II. Kreuzzug war ein

Meisterstück glänzender Diplomatie. In der Heiligen Stadt setzte sich der damals gebannte Kaiser selbst die Kaiserkrone aufs Haupt, in jener Stadt, da der Herr die Dornenkrone trug. Auch bei dieser Gelegenheit wird etwas vom sphinxartigen Wesen Friedrichs II. sichtbar. Obschon seine Besitznahme von Jerusalem so wenig Bestand hatte wie die seiner Vorgänger, liegt die Bedeutung seines unblutigen Kreuzzuges auf einer anderen Ebene. Es war nicht das erste Mal in seinem Leben, daß er in Berührung mit den Sarazenen kam, denn er kannte sie gut von Sizilien her. Diesmal aber begegnete er ihnen besonders intensiv. Er schreckte in keiner Weise vor den «Ungläubigen» zurück, sondern interessierte sich lebhaft für ihre Kultur und war auch bereit, von ihnen zu lernen. Mannigfache Einflüsse sind von der arabischen Kultur auf das europäische Denken in philosophischer, mathematischer und künstlerischer Beziehung ausgegangen. Freilich war Friedrichs II. Begegnung mit dem Islam von einer religiösen Indifferenz getragen, die er selbst mit den zynischen Worten rühmte, «er habe niemals ein Schwein gemästet, von dem er nicht das Schmalz gewonnen habe».[2] Seine Bereitschaft, auf die sarazenische Welt vorurteilslos einzugehen, wurde in seiner Zeit nicht verstanden. Man sah in seiner damaligen Vertrautheit mit dem Islam nur einen Abfall vom Christentum. Diese Beurteilung verrät einen beschränkten Horizont. Friedrich II. war viel weitherziger gesinnt, indem er es als einen voreingenommenen Hochmut bezeichnete, wenn man glaubt, die Leistungen des «Halbmondes» geringachten zu müssen. Er begegnete mit einer unbefangenen Offenheit den Andersgläubigen. Wer die Aufmerksamkeit seiner Kühnheit zuwendet, kann das Staunen nicht verbergen. In der Art und Weise, wie er den Sarazenen begegnete, ist er seiner Zeit weit vorausgeeilt. Er redete vorur-

teilslos mit den Andersgläubigen und dachte nicht daran, sie zu bekehren, oder sich von ihnen bekehren zu lassen. Er sprach mit ihnen, um sie zu verstehen.
Sizilien, Deutschland, Jerusalem – fürwahr, Friedrich II. hatte einen großen Radius. Er bewegte sich nicht in kleinbürgerlichen Vorstellungen, die nicht über den eigenen Gartenzaun hinausreichen. Dieser Kaiser hatte Dimensionen und besaß Größe. Dies spürt man deutlich, wenn man die Entfaltung seiner Kaiserherrschaft verfolgt.
Ein strahlender Glanz ging von ihm aus. Darf man sich nun von diesem Glanz blenden lassen oder ist es geboten, nachzuforschen, was hinter dem Glanz verborgen war? Diese Frage durchzuckt uns immer wieder und zwar gerade dort am stärksten, wo sein Glanz am sichtbarsten erstrahlt.

Verwandler der Welt

Die Zeitgenossen nannten Friedrich II. den «Verwandler der Welt». Diese einmalige Bezeichnung wird von keinem anderen Fürsten überliefert. Sie schließt das größte Lob in sich, auf das sich Friedrich II. nicht wenig zugute tat. Der Ruhm, «Verwandler der Welt» zu sein, war keine bloße Schmeichelei, denn der Kaiser glaubte, es auch wirklich zu sein.
Friedrich II. war von frühester Jugend an von einem universalen Wissensdrang besessen, der sich im Laufe der Zeit noch steigerte. Ob ein junger Mensch das Verlangen nach Erkenntnis hat, oder ob er sich damit begnügt zu tun, was alle anderen getan haben, entscheidet über seinen Wert. Der Kaiser war wirklich ein ungewöhnlich gebildeter Mensch. Er sprach außer dem sizilianischen

Dialekt auch deutsch, griechisch, lateinisch und arabisch und hatte ferner ausgeprägte naturwissenschaftliche Interessen, wie sie unter seinen Zeitgenossen nur noch der einmalige Albertus Magnus besaß. Friedrich II. kannte auch Arithmetik und Geometrie und war außerdem stolz auf die verschiedenen Handschriften, die sich in seinen Schatzkammern befanden. Er förderte die wissenschaftlichen Bestrebungen und gründete die Universität Neapel, an der auch Thomas von Aquino studierte. Auch die Tiere interessierten ihn, legte er doch einen zoologischen Garten an und führte die Tiere in Käfigen mit sich, wenn er unterwegs war. Sein Elephant erlangte sogar eine gewisse Berühmtheit.

Wegen seiner universalen Interessen gehörte Friedrich II. zu den fragenden Menschen. Gleich Faust wollte er wissen, was die Welt im Innersten zusammenhält. Doch gilt es hier zu unterscheiden, denn es gibt zweierlei Arten zu fragen.

In der Bibel wird viel gefragt. Hiob fragt, die Psalmen fragen, und im Evangelium wird gefragt: «Was sollen wir tun?» Der fragende Mensch ist der erwachte Mensch. Wer nicht fragt, vegetiert dumpf dahin. Es gibt einen Fragemut, der aus einem Glaubensmut herausgewachsen ist.

Oft frägt man auch um des Fragens willen oder aus bloßer Neugierde. Man macht sich einen Sport daraus, zu fragen. Näher besehen, ist es dem Frager gar nicht um eine Antwort zu tun oder nur um die Antwort, die er bekommen will. Zu diesen fragenden Menschen gehörte auch Friedrich II.

Er interessierte sich für die Vogelwelt, im besonderen für die Falken. Aus einer jahrelangen Beschäftigung mit den Falken ist sein Buch «Über die Kunst der Vogeljagd» hervorgegangen, ein Werk, das mit Recht berühmt geworden ist. Dabei stützte sich Friedrich II. nicht auf frühere Beschreibungen: «Eine sichere Gewißheit erlangt man durch Hörensagen nicht», schrieb er und verließ sich in seinen Ausführungen ausdrücklich auf «unsere eigene Erfahrung».[3] Das ist eine entscheidende Einsicht, denn eigene Erfassung und nicht Wiederholung früherer Lehrsätze bringt die Forschung vorwärts. Natürlich muß man lesen, was frühere Forscher geschrieben haben, aber man darf sich damit nicht zufrieden geben, sondern muß vor allem selbst beobachten. Friedrich II. formulierte sein Vorhaben noch schärfer: «Unsere Absicht ist aber in diesem Buch über die Falknerei, das was da ist, auch so zu zeigen, wie es ist.»[4] Diese großartige Zielsetzung verdient alle Anerkennung. Intuitiv wünschte Friedrich II., die Dinge in ihrem wirklichen Sein sichtbar zu machen, eine Einstellung, mit der die neue Naturwissenschaft beginnt. Sein ungewöhnlicher Erkenntnisdrang läßt sich nur mit dem von Leonardo da Vinci vergleichen, der ihm darin ähnlich war.

Um sich über verschiedene Fragen klar zu werden, ordnete er Experimente an. Zur Forschung gehört das Experiment. Es war innerhalb der Christenheit lange Zeit umstritten. Die ersten Anatomen mußten nachts die Leichen aus den Gräbern stehlen. Noch Linné hielt den Gebrauch des Mikroskops für unerlaubt. Das Experiment ist von grundlegender Wichtigkeit für die naturwissenschaftliche Forschung und die Angst davor ist unangebracht. Ohne nachprüfbare Experimente bleibt es bei der bloßen Behauptung – unwiderlegbar ist nur das Experiment.

Friedrich II. wollte wissen, welches die Ursprache des Menschen sei. Er befahl, einige neugeborene Kindlein ihren Müttern wegzunehmen und sie Ammen zu übergeben, denen er gebot, sie zu ernähren, ohne mit ihnen zu sprechen und ohne sie zu liebkosen. Der Kaiser wollte wissen, ob die Kindlein lateinisch, griechisch oder hebräisch zu sprechen begännen. Aber keines brachte nur ein Wort hervor, denn sie starben alle, ohne Ausnahme, an Mangel an menschlicher Wärme und Liebe, auf die das Kindlein angewiesen ist. Das Experiment war mißglückt: es hatte einigen Neugeborenen das Leben gekostet.

Diese grausige Erfahrung erschreckte Friedrich II. keineswegs. Er experimentierte weiter und wollte nun wissen, ob es für die Verdauung bekömmlicher sei, nach der Mahlzeit zu ruhen oder sich zu bewegen. Zu diesem Zwecke ließ er zwei Sklaven die gleiche Mahlzeit geben und hernach mußte der eine sich hinlegen und den andern schickte er auf einen längeren Spaziergang. Dann befahl er, daß man den beiden Männern den Bauch aufschlitzte und beobachte, wie weit der Verdauungsprozess fortgeschritten sei. Auch dieses Experiment führte zu keinem Ergebnis und kostete wiederum zwei Menschen das Leben.

Wie ist nun der Wissensdrang mit den damals einzigartig dastehenden Experimenten zu beurteilen? War der Wille, die Dinge zu erkennen, unrichtig? Durchaus nicht, aber im Wissensdrang ist auch ein gefährliches Moment enthalten, das bei aller Anerkennung nicht übersehen werden darf. Die Schlange sagte im Paradies zu Eva: «Und ihr werdet wissen, was gut und böse ist.»[5] Etwas von der Schlangenverführung ist auch in der Experimentiererei versteckt enthalten und man entgeht ihr nur, wenn man um diese Gefahr weiß. Zum mindesten muß man zwischen Experiment und bloßer Neugierde unterscheiden. Der Forscher hat sich zu fragen, ob er verantwortungsbewußt handelt, und ob es ethisch zu rechtfertigen ist, wenn er zu bohren fortfährt. Dieses Forschungsgewissen fehlte Friedrich II. Die beiden Experimente zeigen, wie

unbekümmert er mit dem Leben der Menschen umgesprungen ist, als handelte es sich um bloßes Wegwerfmaterial. Seine neugierige Wissensbefriedigung war ihm wichtiger, als das Dasein eines Menschen. Er hat sich nie gefragt, ob wissenschaftlicher Erkenntnisdrang nicht von Gott gesetzte Grenzen anzuerkennen hat. Friedrich II. schaltete das Verantwortungsbewußtsein bei der Ausführung seiner Experimente einfach aus, und gerade das ist die Sünde, deren er sich schuldig gemacht hat. Auf diesem Weg ist ihm die moderne Forschung blind gefolgt. Die Forscher stellen Experimente an, denen sie ethisch nicht gewachsen sind. Die Erfindung der Atombombe brachte und bringt die Menschheit an den Rand des Unterganges.
Der Kaiser war nicht nur einseitig naturwissenschaftlich eingestellt. Universal wie sein Wissensdrang war, interessierte er sich auch für metaphysische Probleme. Er stellte ungewöhnliche Fragen an die Gelehrten seines Hofes und forderte von ihnen eine Antwort. Dabei geriet er mehr und mehr auf die Bahn des Skeptizismus, der den Auftakt zum Atheismus bildet. Friedrich II. bezweifelte die Unsterblichkeit der Seele. Er kam nun auf den entsetzlichen Gedanken, die Sterblichkeit der Seele zu beweisen, indem er wiederum ein schreckliches Experiment anordnete. Er ließ «einen Mann in ein ganz dicht schließendes Weinfaß sperren und darin umkommen zum Beweis daß die Seele, die aus dem Faß nicht entweichen konnte, mit dem Körper untergehe».[6] Die Beweisführung mutet uns reichlich primitiv an, zumal niemand behauptet, die Seele des Menschen sei sichtbar. Dem Kaiser aber gefiel der Gedanke, die Seele verwehe wie ein Hauch und könne wie ein Apfel verzehrt werden. Dante zählte deswegen Friedrich II. zu den «Verächtern des jenseitigen Lebens».[7] Der große Dichter, der sonst aner-

kennende Worte für den Kaiser fand, schreckte nicht davor zurück, Friedrich II. um dieser Leugnung willen in die Hölle zu versetzen.[8] Dante bewunderte sichtlich den Kaiser und ließ sich doch in seinem Urteil nicht bestechen; er bekundete damit, daß jede einlinige Sicht Friedrichs falsch ist. Der Staufer öffnete mit seinem Skeptizismus eine Schleuse, worauf die Wasser des Unglaubens das Abendland überfluteten. Angesichts der zerstörenden Wirkung ist die Auffassung des verehrten Reinhold Schneider nicht am Platz: «Er ist ein Mensch völlig neuer Art und vielleicht sollte sich niemand vermessen zu sagen, was Friedrich II. glaubte und was er nicht glaubte.»[9] Warum sollte es vermessen sein, nach dem Glauben eines Menschen zu fragen? Ging die Überlegung davon aus, weil er der gekrönte Kaiser Deutschlands war? Ich maße mir kein Urteil an, aber über Friedrichs II. Unglaube kann doch kein Zweifel bestehen. Er hat ihn allzudeutlich und allzuoft bekundet.

Daß der Kaiser willkürlich mit den Menschen umsprang, zeigt sich auch in seiner Beziehung zu den Frauen. Der Sechzehnjährige vermählte sich auf Anordnung des Vormundes Innozenz III. – die Päpste liebten es damals, sich als Eheanbahner zu betätigen – mit der fünfundzwanzigjährigen Konstanze, die schon eine Ehe mit dem inzwischen verstorbenen ungarischen König hinter sich hatte. Er war der um fast zehn Jahre älteren und erfahrenen Frau völlig gewachsen und benahm sich keineswegs als junger Dümmling. Konstanze gebar ihm einen Sohn und starb nach einigen Jahren. Friedrich II. schloß noch dreimal eine Ehe, ohne die betreffenden Frauen vor der Hochzeit näher gekannt zu haben. Die Ehen waren aus politischen Gründen zustandegekommen, wie dies in fürstlichen Kreisen Sitte war. Keine seiner Gemahlinnen lebte an seiner Seite; er begattete sie und sperrte sie hernach in ein

Kastell ein, wo er sie von Eunuchen bewachen ließ. Gewöhnlich starben sie nach wenigen Jahren, weil sie die seelische Kälte nicht aushielten. Friedrich II. suchte bei den Frauen entweder Nachkommenschaft oder sinnlichen Genuß, denn für eine seelische Verbundenheit fehlte ihm der Sinn. Er konnte auf den weiblichen Schoß nicht verzichten, weil er ein zu sinnenfroher Mensch war, aber die Frau als Person existierte für ihn nicht, war sie ihm doch nur Mittel zum Zweck, nichts anderes.

Friedrich II. pflegte noch etliche außereheliche Beziehungen, die ihm ebenfalls Nachkommen schenkten. Er ließ sie zusammen mit den legitimen Kindern erziehen. Auch von seinen Kebsweibern läßt sich kein Bild zeichnen, selbst ihre Namen sind unbekannt. Sie führten ohnehin ein Schattendasein. Die Gegner bezichtigten ihn, einen Harem zu unterhalten wie der sarazenische Sultan. Vielleicht hegte er auch die mohammedanische Auffassung, die Frau habe keine Seele. Nie hatte er das Wesen einer Frau erfaßt, und stets ist er am Sinn der Liebe blind vorbeigegangen. Er war der alleinige Kaiser, war am Hofe der Mittelpunkt, und neben ihm vermochte keine Frau auf die Dauer zu atmen. Sie alle welkten dahin wie Blumen, denen das Wasser fehlt.

War Friedrich II. wirklich der Verwandler der Welt? Darf man die Schattenseiten seiner Bemühung einfach übersehen? Die Zeitgenossen schreckten instinktiv vor dieser kühnen, allzu kühnen Wandlung zurück. Sie nannten Friedrichs II. hemmungslos unternommene Experimente kurzerhand «Wahnideen».[10] Der Ablehnung lag ein richtiges Gefühl zugrunde. Die Welt ist nicht dazu da, nach dem Gutdünken eines Menschen verwandelt oder umstrukturiert zu werden, wie man heutzutage so gedankenlos zu sagen pflegt. Man versuchte dies zwar oft, aber jedesmal mit einem fragwürdigen Ergebnis. Auch Friedrichs II. Verwandlung der Welt unterliegt dieser Feststellung. Er schuf wahrhaftig keine neue Welt, im Gegenteil, als er den Weg alles Fleisches ging, hinterließ er eine völlig im Chaos liegende Welt, und die ganze Verwandlung erwies sich als eine trügerische Fata Morgana. Es liegt eine abgründige Tragik über Friedrichs Leben, die oft über seiner Genialität übersehen wird: Er stieg von Stufe zu Stufe, entfaltete Pracht und Ruhm und stolperte zuletzt doch über seinen Wahn vom göttergleichen Kaiser.

Der Antichrist

Wegen des Anspruchs, «Verwandler der Welt» zu sein, wurden viele Menschen zu Feinden Friedrichs II. Er war in seinem selbstbewußten Auftreten von einer unheimlichen Aureole umgeben, weshalb es nicht lange dauerte, bis man in ihm den Antichristen und nicht nur einen politischen Feind sah. Dieses erschreckende Wort lief um, dem die johannäische Auffassung zugrunde lag: «Kinder, es ist die letzte Stunde, und wie ihr gehört habt, daß der Widerchrist kommt, so sind jetzt wirklich viele Widerchristen aufgetreten.»[11] Friedrich II. reihte man kurzerhand unter die zu erwartenden Widerchristen ein, zumal da die Luft durch die Weissagungen Joachim von Fiores mit apokalyptischen Erwartungen geschwängert war.

Friedrich II. gebärdete sich als der große Freigeist, weswegen Nietzsche ihn den «Genius unter den deutschen Kaisern» nannte.[12] Gerade Nietzsches Lobpreisung stimmt kritisch. Der Philosoph von Sils-Maria pflegte auf Genialität hereinzufallen, aber gar oft ist ein schlichtes Leben viel wertvoller als ein in Anmaßung verbrachtes

Dasein. Friedrich II. machte aus seiner offenen Ablehnung des Christentums kein Hehl, gefiel sich in frivolen Spöttereien und ergab sich einem frechen Zynismus. Ernste Glaubenswahrheiten gab er der Lächerlichkeit preis; er prangerte gelegentlich auch habsüchtige Prälaten wegen ihrer Geldliebe an. Besonders aber empörten sich die Menschen über seinen zersetzenden Spott über die christlichen Grundlagen.

Als Friedrich II. einmal durch ein Kornfeld schritt, sagte er im Hinblick auf die aus Mehl gebackenen Hostien: «Wieviel Götter reifen hier!» Ein anderes Mal meinte er, daß «Gott, wäre er auch größer als der größte Berg, längst von den Priestern aufgezehrt sein müsse.»[13] Er bewertete die Hostie als bloßen Aberglauben, für den er nur Verachtung übrig hatte.

Verächtliche Worte fand er für einen Priester, der einem Menschen die Sterbesakramente brachte: «Weh mir, wie lange soll dieser Betrug noch dauern?»[14] Solche Blasphemien entsprachen seiner freigeistigen Gesinnung, und dabei fühlte er sich erhaben über seine gläubigen Zeitgenossen.

Man weiß nicht und kann es nicht beweisen, ob Friedrich II. das Wort von den drei Betrügern Moses, Jesus und Mohammed zuerst geäußert hat.[15] Selbst wenn er nicht der Urheber gewesen sein sollte, hätte doch diese Aussage zu seiner Haltung gepaßt. Er war nicht für Mohammed gegen Jesus, wie die damaligen Christen argwöhnten, sondern er verachtete alle drei Religionsstifter. Wer im Mittelalter mit derart verwegenen Gedanken umging, mußte den Anschein des Widerchristen erwecken.

Der mittelalterliche Chronist von Florenz schrieb: «Sicherlich war Friedrich II. kein katholischer Christ, da er ausschweifend lebte und mit den Sarazenen gemeinsame Sache machte, selten aber oder niemals am Gottesdienst teilnahm.»[16] Die in seinen Schreiben gelegentlich erwähnten christlichen Worte waren für ihn bloße Formeln, die die Empfänger seiner Briefe bewußt täuschen sollten. Offiziell gab er sich für einen christlichen Fürsten aus und wollte es doch ganz bewußt nicht sein. Gerade darin zeigt sich sein diabolisches Verhalten. Alles Christliche war bei ihm bloße Tarnung, eine Ansicht, von der sogar die Mohammedaner überzeugt waren: «Aus seiner Redeweise ersah man, daß er ein Materialist war, und daß er mit dem Christentum nur ein Spiel trieb.»[17]

Gott war für Friedrich II. keine Realität. Nie rechnete er mit seinem Walten. Gott war ihm dermaßen gleichgültig, daß er es nicht einmal für nötig erachtete, ihn zu leugnen. Er existierte einfach nicht. Friedrich II. saß als erster Atheist auf einem kaiserlichen Thron. Nicht umsonst nannte man ihn «das apokalyptische Tier», was nur ein abgewandeltes Wort für «der Antichrist» ist. Seine Gottesleugnung wurde unverkennbar deutlich in seinem überheblichen Benehmen. Nur dunkel ahnten die Zeitgenossen, was der von ihm vertretene Atheismus zur Folge hatte, aber der heutige Mensch kann sich darüber keinen Illusionen mehr hingeben, denn damals zeigten sich die ersten Anfänge der Auflösung des christlichen Abendlandes.

Friedrichs II. Einreihung unter die Unheiligen erfolgte nicht wegen seiner Weltfreudigkeit, und noch weniger wegen seiner üppigen Prachtsentfaltung, sondern vielmehr wegen seiner ausgeprägten Lust am Bösen. Der ihm sonst überaus gewogene Biograph Ernst Kantorowicz hat dies mehrfach hervorgehoben.[18] Friedrich II. besaß die Fähigkeit zum Bösen; es bereitete ihm eine wahre Genugtuung, böse zu sein. Hierin kannte er weder Bedenken, noch pochte sein Gewissen. Sein Tun wurde zum «Inbegriff alles Bösen».[19] Darin besteht das Wesen des Antichristlichen. Man bebt zurück vor dieser Freude am Bösen, weil das Böse das Verhängnis in sich schließt und ein schreckliches Ende nimmt.

Der Hammer der Welt

Von Friedrich II. wird ein düsteres Wort überliefert: «Lange genug war ich Amboß ... jetzt will ich Hammer sein.»[20] Ein schauerlich klingender Wille, der sein Selbstverständnis enthüllt.

Die Absicht, der Hammer der Welt zu sein, liegt in Friedrichs II. Staatsauffassung. Er war ein Staatsmann mit ungewöhnlichen Verhandlungsfähigkeiten und außerordentlicher Zielstrebigkeit. Er besaß eine vorzüglich arbeitende Kanzlei. Auch erließ er eine bemerkenswerte Gesetzessammlung. Die Gottesurteile schaffte er ab und bestimmte die Rechtsgleichheit aller vor dem Gesetz.

Auf der andern Seite brachte er einschneidende Gesetze ein über das Privatleben seiner Untertanen. «Friedrichs II. Verordnungen laufen auf die völlige Vernichtung des Lehnstaates, auf die Verwandlung der Völker in eine willenslose, unbewaffnete, im höchsten Grade steuerfähige Maße hinaus» schrieb Jacob Burckhardt.[21] Die Barone bedurften seiner Ehe-Erlaubnis, und die Ehe mit Ausländern verbot er. Seine Gesetze sind nur aus seiner zentralistischen Staatsauffassung zu verstehen, der gegenüber alle andern, menschlichen Überlegungen zurückzutreten hatten. Friedrich II. erhob den Staat zur Religion; nach ihm ist der Mensch um des Staates willen da und nicht umgekehrt. Es gab nur eine bedingungslose Unterordnung unter den Staat; von seiner Macht war kein Gebiet ausgenommen. Friedrich II. vertrat die absolutistische Kaiser-Auffassung. Beamten und Untertanen hatten seine Worte kritiklos hinzunehmen. Modern ausgedrückt: er vertrat den totalitären Staat und war in seinem Wesen der ausgeprägte Diktator. Totalitarismus und Diktatur waren damals noch unbekannte Begriffe, aber der Sache nach verkörperte sie Friedrich II. Er tyrannisierte die Menschen, unter ihm stöhnten seine Länder, er betrieb einen Personenkult ohnegleichen, und er war von einer abstoßenden Ichtrunkenheit erfüllt. Was ein solch omnipotentes Staatswesen bedeutete, darüber gaben sich die früheren Geschichtsschreiber zu wenig Rechenschaft, weil sie es gar nicht erlebt hatten. Sie beschäftigten sich nur theoretisch mit dem genialen Kaiser, der ihre Bewunderung erweckte, und bedachten gar nicht, daß der Absolutheitsanspruch jeden Menschen korrumpiert. Unsere Generationen erfaßt schon ein Schauder bei der bloßen Erwähnung des Wortes ‹Diktatur›, wissen sie doch um die Unmenschlichkeiten, die sie über die Welt gebracht hat. Jede Diktatur ist vom Bösen, mag sie nun kaiserlich oder proletarisch sein, weil sie den Menschen unwürdig knechtet. Allen totalitären Staatsgebilden haftet ein diabolischer Zug an, sind sie doch alles verschlingende Leviathane.

So sah die Wirklichkeit Friedrichs II. aus, die sich hinter seinem Glanz verbarg! Wer etwas anderes behauptet, will die Dinge nicht sehen, wie sie sind, oder aber er streut den Menschen Sand in die Augen.

Wie rücksichtslos Friedrich II. seinen Hammer auf seine Untertanen niedersausen ließ, geht aus seinem Verhalten gegen die Ketzer hervor. Zu seinen Zeiten regten sich viele Ketzerbewegungen: Waldenser, Katharer, Arnold von Brescia usw. Je mehr die Kirche dem weltlichen Machtstreben verfiel, um so mehr Ketzer standen gegen sie auf. Sie fanden jedoch in Friedrich II. keinen Befürworter, wie man dies zunächst erwartet hätte, im Gegenteil, er stellte sich überraschenderweise schroff gegen sie. Trotz seiner Vorurteilslosigkeit gebärdete er sich ketzerfeindlich und brachte weder für die Waldenser noch für die Katharer auch nur das kleinste Verständnis auf. Dies ist keineswegs so verwunderlich, wie es im ersten Augenblick zu sein scheint. Wer ketzerischen Gedanken huldigte, wer einer individuellen Gedankenwelt zugetan war, wer sich zur Häresie bekannte, war nach ihm ein Staatsfeind. Er untersuchte nie die Motive und ließ sich auch, trotz seiner Fragefreudigkeit, in keine Diskussionen ein. Bei der heftigen Ablehnung wird die Grenze seines Freigeistes deutlich sichtbar. Er nahm die Freigeisterei für sich in Anspruch – für andere existierte sie nicht. Friedrich II. verfolgte die Ketzer rücksichtslos und legte ihnen die härtesten Strafen auf: er ließ den «Hochverrätern» und «pestbringenden Staatsfeinden» die Zunge herausschneiden oder übergab die Ketzer dem Scheiterhaufen. Tolerant zeigte er sich nur den Juden und Sarazenen, hingegen überschüttete er die Ketzer mit grausamen Urteilen und stand hierin keineswegs hinter der späteren Inquisition zurück. Dies bedenken seine Verehrer zu wenig oder gehen zu schnell darüber hinweg. Friedrich II. war «der intoleranteste Kaiser, den das Abendland überhaupt hervorgebracht hat» stellte auch Ernst Kantorowicz fest.[22] Wiederum ist das Wort «Hammer der Welt» auf ihn anzuwenden. Er hämmerte die Andersgesinnten ohne die geringste Barmherzigkeit brutal zusammen. Sein grausames Vorgehen gegen die Häretiker ist um so unentschuldbarer, als Friedrich II. gemäß seiner eigenen Lebensauffassung viel schlimmer war als ein Ketzer. Vom Ketzer gilt das Wort: «Ohne ein echt religiöses Verlangen ist Häresie nicht möglich.»[23] Beim Kaiser jedoch war jedes religiöse Denken im Atheismus untergegangen. Der kaiserliche Diktator glich auch hierin den heutigen Diktatoren, die oft jede christliche Haltung als Konkurrenzunternehmen ausrotten wollen. Es sind weltliche Torquemadas, und als solche sind sie Unheilige.

Das Schachspiel mit dem Papst

Friedrich II. schrieb einmal: «Als ich mit dem Papste Schach spielte, stand die Partie für mich bereits derart, daß ich ihm ‹Schachmatt!› sagen oder doch den Turm nehmen konnte; da aber kamen die Genuesen, legten ihre Hände an das Brett und stießen das ganze Spiel um.»[24] Die geistreiche Aussage verdeckt jedoch das wahre Problem mehr, als es dieses erhellt.

Bald nach seiner Kaiserkrönung geriet Friedrich II. mit dem Papsttum in Konflikt und blieb es zeit seines Lebens. Alle Päpste, Innozenz III., Honorius, Gregor IX. und Innozenz IV. fürchteten, die kaiserliche Macht umklammere ihren Kirchenstaat, weil Teile von Oberitalien und auch Sizilien und Apulien Friedrich II. gehörten. Die Päpste sahen in ihm einen gefährlichen Menschen und begegneten ihm deshalb mit größtem Mißtrauen. Schwere Auseinandersetzungen zwischen ihnen brachen aus, die unter dem Namen «Der Kampf zwischen Kaiser und Papst» in die Geschichte eingegangen sind. Als Folge davon stürzte der Kaiser unzählige Menschen in unlösbare Gewissenskonflikte, und vielen kostete es sogar das Leben. Friedrich II. dagegen nannte es ein bloßes Schachspiel, doch verkleidete er damit selbst mit einem heiteren Ausdruck, was auch für ihn eine mehr als mühsame Angelegenheit war.

Der unheilvolle Kampf darf nicht von einem Partei-

Standpunkt aus beurteilt werden. Die damaligen Päpste waren kraftvoll und nicht zu vergleichen mit den Renaissancepäpsten. Innozenz III. war eine eindrucksvolle Persönlichkeit. Er schrieb von der «Verachtung der Welt» und führte persönlich ein asketisches Leben, das jedoch den imperatorischen Pomp nicht ausschloß. «Man erzählte witzig, daß Innozenz sich einmal mit dem im Lateran aufbewahrten Rock Christi ohne Naht bekleidet habe, um festzustellen, ob nicht der Herr kleiner gewesen sei als er: aber der Rock habe sich doch als zu groß erwiesen.»[25] Er wollte die Kirche in einen Priesterstaat umwandeln. Auf ihn geht auch die unbiblische Bezeichnung Transsubstantiation zurück; bei der Zelebration soll der Geistliche dem Volke den Rücken zukehren. Innozenz verfügte über einen juristischen Scharfsinn und bemerkte auch hellhörig den Wurm im Gebälk der Kirche. Von seiner Person selbst hegte er die Ansicht: «Geringer als Gott, doch mehr als der Mensch». «In uns wird Gott verehrt, wenn wir verehrt, und mißachtet, wenn wir mißachtet werden»,[26] eine Ansicht, mit der er sozusagen eine Gleichung zwischen Gott und seiner Person herstellte. Schon in jungen Jahren bestieg er den päpstlichen Thron, «gekrönt in Christi Namen, aber um Cäsars Reich zu verwirklichen; er gibt vor, Christi Reich zu vollenden und weiß kein anderes Mittel als Cäsars Zepter.»[27] Es ist bezeichnend, daß die Kirche diesen größten Papst nie heilig sprach.

Nachfolger wurde sein Neffe, der als Gregor IX. die Kirche regierte. Als Kardinal hielt er seine schützende Hand über den entstehenden Franziskanerorden, um ihn unmerklich in eine andere Richtung zu lenken. Nach ihm bestieg Innozenz IV. den päpstlichen Thron. Er hatte am Sterbebett der heiligen Klara von Assisi gesessen. Alle diese Päpste waren nicht weniger kompliziert als Fried-

rich II. Was in den Seelen dieser Menschen vor sich ging, entzieht sich der Vorstellungskraft. Sie hatten zwei oder gar drei Seelen in sich, jedenfalls waren sie in einen Zwiespalt zwischen Glaube und Macht geraten.
Sie kämpften mit ganzer Kraft für die Vormachtstellung der Kirche und stürzten sich um des Zieles der Weltherrschaft willen in eine Auseinandersetzung auf Leben und Tod mit Friedrich II. Erfüllt von einem blinden Haß gegen den Kaiser, versuchten sie ihn um jeden Preis zu verderben. Sie exkommunizierten ihn mehrfach, weil er seine Macht ihrer Macht entgegenstellte. Die Päpste sannen zuletzt nur noch darüber nach, den Staufer zu demütigen oder sogar zu vernichten. Wer heute, von einem zeitlich großen Abstand aus, die Kämpfe zwischen Kaiser und Papst unvoreingenommen betrachtet, muß feststellen, daß sie grauenvolle Formen angenommen hatten. Die Christen glaubten deswegen, das Weltende stünde nahe bevor. Man kann für keine Seite Partei ergreifen, denn die Päpste erlagen dem Machtstreben, das von jeher die stärkste Versuchung der Kirche war. Kaiser und Papst kämpften auf der gleichen Ebene; im Grundsätzlichen war keiner dem andern überlegen. Die Auseinandersetzung drehte sich ausschließlich um die Macht. Diesem Machtanspruch wurde alles geopfert, und er korrumpierte denn auch unweigerlich beide Teile in gleicher Weise. Der ungebändigte Machtanspruch steht in unverkennbarem Gegensatz zum Evangelium. Nach Reinhold Schneider «widerstreitet das Erbe Roms in Ewigkeit dem Erbe Christi».[28] Wir würden den weltlichen Machtanspruch noch eher dem Kaiser als dem Papst zuerkennen, denn er gehört nun einmal zum kaiserlichen Wesen. Darum stand auch Ludwig der Heilige auf der Seite Friedrichs II. und nicht auf der Seite der Päpste. Wie der Ausgang der Geschichte zeigt, siegten die Päpste über die

Staufer, aber dieser Sieg führte sie zuletzt in die schmähliche Gefangenschaft von Avignon. Die Päpste waren ins politische Geschäft eingestiegen, wobei es ihnen erging, wie es Christen und Nichtchristen gleicherweise geschieht: sie konnten an der Politik nur zuschanden werden.
Wirklich überlegen in diesem erbarmungslosen Kampf war der Mann mit der anderen Alternative: Franz von Assisi, der der Macht der Ohnmacht zugetan war. Franziskus überzeugte durch sein Sein und nicht durch seine Worte. In ihm leuchtete jene christliche Seele wundersam auf, die man sowohl beim Kaiser als auch bei den Päpsten umsonst sucht. Franz von Assisi war kein Neuerer, aber bei ihm war das Evangelium wieder neu aufgebrochen, war frisch und lebendig da wie in den Tagen, als Jesus durch Galiläa zog.
Nach der Fama führte Franziskus auch ein Gespräch mit Friedrich II. Diese Überlieferung ist eine reine Erfindung, das bezeugt schon Franziskus' Verhalten gegen den früheren deutschen Herrscher: als im Jahre 1209 Otto IV. mit großem Prunk an Rivo Torto vorbeizog, würdigte Franziskus ihn keines Blickes und gestattete auch seinen Brüdern nicht, dieses Schauspiel anzusehen. Nur einen Bruder sandte er hin mit dem Auftrag, den Kaiser an die Nichtigkeit aller irdischen Pracht zu erinnern. Wegen dieser Haltung ist es ganz ausgeschlossen, daß Franziskus Kaiser Friedrich II. aufgesucht hat, oder auch umgekehrt. Ein reichlich abgeschmacktes Gerücht behauptete sogar, Friedrich II. habe Franziskus eine Dame ins Zimmer geschickt und habe durch ein Guckloch beobachtet, wie sich Franziskus auf glühende Kohlen gesetzt und die Dame aufgefordert habe, sich zu ihm zu gesellen. Der Heilige und der Kaiser haben nie miteinander gesprochen, wir können nicht einmal sagen, was Friedrich II.

über den Mann von Assisi gedacht hat. Wahrscheinlich hat er sich mit ihm nie näher beschäftigt, so wenig wie mit Elisabeth von Thüringen, hinter deren Sarg er einherschritt, nicht aus ehrlicher Betrübnis, wohl aber, weil er theatralisches Auftreten liebte. Auch steht Friedrichs II. leidenschaftliche Falkenjagd in denkbar schärfstem Gegensatz zu Franziskus' Vogelpredigt. Die Lebensweise des Poverello lag außerhalb Friedrichs II. Verständismöglichkeit. Eine allzu große Kluft trennte die beiden Männer, obwohl der Heilige wiederholt seine Brüder angewiesen hatte, die vornehmen Leute ihres Reichtums wegen nicht zu verachten. Der vom Gold seiner leuchtenden Zerlumptheit überströmte Franziskus aber war mit der Frau Armut vermählt, eine Lebenshaltung, die schon gar nicht zum luxuriösen Leben des Kaisers paßte. Friedrich II. lernte die Söhne des Franziskus kennen und mochte sie nicht ausstehen. Freilich hatte er allen Grund dazu, denn sie ließen sich schon früh von der päpstlichen Politik mißbrauchen und hetzten in ihren Predigten das Volk gegen den Kaiser auf. Ganz gewiß hätte dies der aller Politik fernstehende Franziskus nicht gebilligt, er, der seinen Brüdern eine ganz andere Sendung aufgetragen hatte. Leider aber blieben sie ihr nicht immer treu. Elias von Cortona, der Nachfolger Franziskus' in der Leitung des Ordens, ging ins Lager Friedrichs II. über und verriet damit die neue Lebensweise zum ersten Mal. Der Heilige von Assisi und nicht die Päpste verkörpern gegenüber Friedrich II. die andere Möglichkeit, die immer wieder an die Tore der Geschichte pocht und der nie Einlaß gewährt wird.

Der sechsundfünfzigjährige Kaiser erkrankte an einer fiebrigen Darmentzündung, der sein frühzeitig gealteter Körper nicht mehr gewachsen war. Sie währte nur wenige Tage, während denen er aber sein Ende kommen fühlte, weshalb er klaren Geistes seine letzten Anordnungen traf. Friedrich II. empfing die einst verspotteten Sterbesakramente. Packte den Atheisten doch eine Angst, als er den Knochenmann an sein Lager treten sah? Oder wollte er mit dieser letzten Täuschung seine Umgebung hinters Licht führen? Wir wissen nicht, was der sterbende Friedrich II. dachte, als er sich in ein Zisterzienserkleid hüllen ließ. Dem toten Kaiser zog man das Mönchshabit wieder aus, legte ihm den Königsmantel um, setzte ihm die Kaiserkrone auf und überführte die Leiche nach Palermo, damit er dort im Dom beigesetzt werde. Der Chronist bemerkte zum Tod des Herrschers: «Die Macht Gottes überwand ihn, den menschliche Kräfte nicht überwinden konnten.»[30]

Friedrich II. regelte die Thronfolge genau, doch trotz seiner Anordnung hatte seine Dynastie keinen Bestand. Sie überdauerte ihn nur um achtzehn Jahre, dann waren seine Nachkommen dahin, von denen einst ein Prediger gesagt hatte: «Bis ans Ende der Welt wird dieses Geschlecht herrschen.»[31] Papst Innozenz IV. gab die Parole aus: «Rottet aus Namen und Leib, Samen und Sproß dieses Babyloniers!»[32] Diese Losung ging nur zu bald in Erfüllung. Friedrich II. hatte Unglück mit seinen Nachkommen. Der sich gegen ihn empörende Sohn Heinrich stürzte sich mit seinem Pferd in den Abgrund, während er in ein anderes Gefängnis hätte überführt werden sollen. Der tapfere Sohn Manfred fiel in der Schlacht und Enzio starb nach jahrelanger Gefangen-

schaft in Bologna. Der letzte Staufer, der sechzehnjährige Enkel Konradin, mußte in Neapel das Blutgerüst besteigen und wurde in aller Öffentlichkeit enthauptet – ein schändlicher Racheakt an einem Unschuldigen. Damit war der letzte männliche Sproß seines Geschlechts umgekommen und die Staufer für alle Zeiten ausgetilgt.
Eine Deutung Friedrichs II. kann nur von seiner Gestalt und nicht von seiner Umgebung ausgehen. Der selbstbewußte Herrscher verstand sein hohes Amt mit Kraft und Würde auszuüben. Er aber vergaß in seinem übersteigerten Kaiserbewußtsein, daß dem König «die Macht vom Herrn verliehen werde»,[33] und ferner dachte er nicht daran, daß ein strenges Gericht über den Machthaber kommen wird, der diese Leihgabe überhört. Nie hat sich Friedrich II. der Worte Christi an Pilatus erinnert: «Du hättest die Macht nicht, wenn sie dir nicht von oben gegeben worden wäre.»[34] Friedrich II. glaubte, sich die Macht selbst gegeben zu haben. Zwar übte er sie mit einer souveränen Miene aus, und trotzdem war er ein dämonischer Mensch.
Seine Dämonie wird in seiner Hybris sichtbar. In zunehmendem Maße fühlte er sich als der messianische König und trug daher eine Selbstherrlichkeit ohnegleichen zur Schau. Er pflegte sich darüber in sakralen Worten zu äußern, indem er Konstanze «unsere göttliche Mutter» und Jesi «unser Bethlehem» nannte. In seinem Messianismus fühlte er sich als Triumphator und als «Herr der Welt», eine Selbstbezeichnung, die im Johannesevangelium von Satan gebraucht wird. Der Kaiser nahm die Worte der Heiligen Schrift über den Gottessohn für sich in Anspruch; er versuchte sogar, sein Herrschertum zu sakralisieren und schreckte dabei nicht vor den größten Blasphemien zurück. Er bewegte sich in schwindelerregender Höhe, die zu einem katastrophalen Sturz führen

mußte. Auch bei Friedrich II. gilt das Wort: «Es ist nicht alles Gold, was glänzt». Von außen gesehen hat sein geniales Auftreten etwas Imponierendes, aber von innen betrachtet gleicht es einer schönen Sumpfblüte. Trotz des gleißerischen Scheines ist man genötigt zu fragen: Gebührt dem sich sakral gebärdenden Kaiser Ehrfurcht, oder weist seine Überheblichkeit auf einen Unheiligen? Wir müssen gegründete Vorbilder wählen und dürfen nicht auf tönernen Füßen stehenden Götzen nachlaufen. Ob man will oder nicht, die Feststellung ist nicht zu umgehen: Friedrich II. war eine in Glanz gehüllte unheilige Gestalt. Was hinterließ Friedrich II. Bleibendes in der Geschichte? Wer will diese Frage beantworten? Er verursachte einen Wirbel, und hernach war alles vorbei.
Keineswegs sind auf das Ende der Staufer die Worte aus dem zweiten Makkabäerbuch anzuwenden: «So empfingen sie den verdienten Lohn ihrer Gottlosigkeit.»[35] Das wäre pharisäisch gedacht, und so könnte nur ein Mensch sprechen, der noch nie den versengenden Atem der Geschichte gespürt hat. Doch stehen der götterstolzen Testamentserklärung Friedrichs II., nach der «Wir noch zu leben scheinen, auch wenn Wir dem irdischen Leben entrückt sind»,[36] die Prophetenworte gegenüber: «Alles Fleisch ist wie Gras und alle seine Pracht wie die Blumen des Feldes. Das Gras verdorrt, die Blume welkt, wenn der Hauch des Herrn darüber weht.»[37]

Michael Bakunin

1814–1876

Ein russischer Mensch

«Er ist ein gutherziger Junge, aber ein gefährlicher Mensch» sagte Zar Nikolaus I. über Bakunin zu Graf Orlow.[1] Obwohl die Zaren in ihrem Absolutismus gewöhnlich keine tiefere Menschenkenntnis besaßen, trifft diese Aussage zu. Michael Bakunin war ein gutherziger Mann, der mit seinem slawischen Charme und seiner Kontaktfreudigkeit die Mitmenschen für sich zu gewinnen verstand, und trotzdem hat er in der Welt Unheil angerichtet. Diese beiden Seiten erschöpfen noch nicht das Wesen dieses großgewachsenen, äußerlich mächtig wirkenden Mannes. Er war voller Widersprüche; schon zu seinen Lebzeiten zirkulierten unendlich viele, nicht kontrollierbare Anekdoten.

Michael Bakunin wurde zu Beginn des vergangenen Jahrhunderts als Sohn eines adeligen, verschuldeten Gutsherrn in Rußland geboren. Sein Vater war eine aufgeschlossene Persönlichkeit, hatte in Italien promoviert und besaß geistige Interessen. Das Verhältnis zwischen Vater und Sohn war stets gespannt, weil Michael schon früh die Lebensweise seiner neun Geschwister bestimmen wollte. Er fühlte sich besonders seiner Schwester Tatjana zugetan; sie verehrte ihn abgöttisch, und er tyrannisierte sie mit seiner Liebe. Schon beim jungen Bakunin ist diese vergewaltigende Tendenz wahrzunehmen: er ging auf die Menschen zu, aber er hatte es darauf abgesehen, sie seinem Willen untertan zu machen. Nachdem Bakunin die Anfangsgründe zur allgemeinen Bildung von seinem Vater erhalten hatte, besuchte er die Militärschule. Während dieser Zeit verlor er den Glauben an die Heiligen, und auch das Bild Christi entschwand seinen Augen. Ursprünglich dachte er, die Offizierslaufbahn einzuschlagen, doch langweilte ihn das militärische Leben zu Tode. Tagelang lag er oft, eingehüllt in seinen warmen Schafspelz, auf dem Bett und brütete in wilder Phantasie nutzloses Zeug vor sich hin, ohne einen Entschluß zu fassen. Da er nicht der kaiserlichen Garde zugeteilt worden war, nahm er aus Enttäuschung den Abschied, eine Tat, die beinahe einer Fahnenflucht gleichkam. Er kehrte nicht auf das väterliche Landgut zurück, sondern übersiedelte heimlich nach Moskau und gab sich in jugendlicher Prahlerei als Mathematiklehrer aus. Auch in Moskau wollte er nicht bleiben, und nun bat er seinen Vater um das nötige Geld für eine Auslandsreise. Es war dem Vater nicht möglich, ihm Geld zu geben, worauf Michael es von einem Freunde borgte und zum ersten Male Rußland verließ. Obwohl er im alten Rußland aufgewachsen war, genoß er eine liberale Erziehung, die ihm weder tiefere Eindrücke noch charakterliche Grundsätze vermittelte. Diese inhaltslose Pädagogik entließ die Schüler ohne eine gefestigte Lebensanschauung, trachtete sie doch nur nach einem äußerlichen Wissen. Bakunin wußte nichts vom heiligen Rußland, nicht einmal das rechtgläubige Rußland war ihm vertraut. Auch hatte er nie ein Wort von den Starzen gehört. Er ahnte nichts vom zarten Geist der Ikonen und vertiefte sich nie in die metaphysische Sprache der damals entstandenen russischen Dichtung. Gewiß zählte Rußland zu Europa, aber diese Zugehörigkeit hatte ihre eigene Form. Die Stimme Rußlands gehört zum Chor des Abendlandes, doch ist er von anderer Tonart. Rußlands Frömmigkeit sang zu jener Zeit noch das Lied der Demut, das im aufgeklärten Europa schon verklungen war. Der Metropolit Philaretes sagte von seinem Volk, «es gäbe in ihm wenig Licht, aber viel Wärme».[2]

Trotz allem Nicht-Wissen war Bakunin ein Russe. Er brachte zwar den größten Teil seines überaus bewegten Daseins fern von Rußland zu, aber er war von russischen Eltern geboren, lebte in den entscheidenden Jugendjahren im zaristischen Rußland und behielt auch in den Mannesjahren – ob eingestanden oder nicht eingestanden – ein leidenschaftliches Interesse an seinem Heimatland. Bei der Gedenkfeier des polnischen Aufstandes sprach Bakunin über das Thema «Rußland, wie es wirklich ist» und entwarf dabei ein abstoßendes Bild von der Zarenherrschaft. Bei seiner späteren Auslieferung an Rußland schienen ihm die schweren russischen Ketten erträglicher zu sein als die österreichischen. Zu einem Soldaten sagte er: «In der Heimat ist auch das Sterben angenehm.»[3]

In Bakunins Frühschriften ist noch von der «herrlichen russischen Wirklichkeit» die Rede,[4] und später führte er über den russischen Bauern aus, was jeder Slawophile hätte schreiben können: «Auf ihn baute ich alle meine Hoffnungen, von ihm konnte die Wiedergeburt Rußlands ausgehen, mein Glaube an eine große Zukunft Rußlands wurzelte in diesen Sympathien für den Bauer; in ihm verspürte ich Frische, er barg eine große Seele und einen hellen Verstand».[5] Er betonte sein slawisches Herz und seine slawischen Gefühle und vergaß darob beinahe alle anderen Interessen. In jungen Jahren war er «von der großen Zukunft der Slawen überzeugt, die berufen wären, die verfaulende westliche Welt zu erneuern.»[6] Aus solchen Worten spricht ein russischer Mensch, der in seiner Jugend sich russischer als der Zar gebärdete. Statt vom Rätsel der slawischen Seele zu faseln, müßte man doch feststellen, daß Bakunin immer ein eingefleischter Nationalist vom Scheitel bis zur Sohle geblieben ist. Trotz seiner internationalen Theaterrolle sagte er: «Auch der beste Pole ist uns als Russe feind.»[7]

Natürlich darf Bakunin nicht mit den russischen Dichtern auf die gleiche Ebene gestellt werden. Er hält den Vergleich mit Puschkin und Gogol, mit Dostojewskij und Tolstoi, mit Leskow und Tschechow nicht von entfernt aus. In Bakunins Schriften ist nichts vom «Mütterchen Rußland» zu spüren, das ohnehin in der Oktoberrevolution endgültig ausgelöscht wurde. Vielmehr zählte Bakunin zu der russischen Linken, die in ihrem Denken ausschließlich vom Westen beeinflußt und damit der russischen Erde untreu geworden waren. Bakunin ist mit Netschajew, Belinskij usw. bei jenen Persönlichkeiten einzureihen, die der schwarzen Gottheit dienten und deswegen mit ihrem eigenen Land in Widerspruch gerieten. Er war ein Westler, doch ohne vom christlichen Abendland nur eine Ahnung zu haben. Wohl hatte er den größten Teil seines Lebens in Europa verbracht und doch wußte er nichts von der Romanik, der Gotik, der Mystik, der abendländischen Malerei und der Musik. An all dem stürmte er blind vorbei, genau so, wie er es früher in Rußland getan hatte, als er nichts von der tieferen russischen Kultur bemerkte. Bei all seinem Internationalismus blieb er in erster und in letzter Linie ein Russe, wenn er auch ein verlorener Sohn dieses Landes war.

In jungen Jahren verließ Bakunin Rußland, um fortan im Westen zu leben. Er reiste nach Berlin, weil er sich für die deutsche Philosophie interessierte. Zu Hause hatte er Fichtes «Anweisungen zum seligen Leben» gelesen und hatte sich von diesem ethischen Aufruf angesprochen gefühlt. «Laß uns untertauchen in den Strudel des wirklichen Lebens» sagte Bakunin zu Turgenjew in Berlin Anfang der vierziger Jahre, «wir wollen uns hineinstürzen in seine Wogen.»[8] Voller Jugendlichkeit nahm er das geistige Leben in sich auf, las Goethe und die Schriften des deutschen Idealismus, der ein geistsprühendes Feuerwerk war und dessen intellektuelle Akrobatik sein Gemüt stark beeindruckte. Ein innerer Instinkt warnte ihn zunächst vor dem idealistischen Sirenengesang, der so viele genialische Ideen produzierte: «Lärm, Bruder, Lärm, leeres Geschwätz, das ist das einzige Resultat dieser schrecklichen, sinnlosen Anarchie der Geister ... dieser innere Verfall, diese innere Zerrissenheit ist die notwendige Folge der Abstraktheit und des Scheinwesens.»[9] Dies war ein letzter innerer Ruf aus seiner russischen Herkunft. Nur zu bald überhörte er die leise Warnung vor dem zweiten Sündenfall, der sich im achtzehnten Jahrhundert durch die Proklamierung der Vernunftherrschaft und durch den Glaubens-Verlust ereignete.

Nach kurzer Zeit atmete der junge Bakunin die philosophische Luft in Berlin in vollen Zügen ein. Der Reiz der Neuheit war allzu stark, als daß er ihm zu widerstehen vermocht hätte. Es schien ihm alles so anders zu sein als im altväterischen Moskau. Das quecksilbrige Leben pulsierte in Berlin und nahm ihn gefangen. Bakunin vergaß seine russische Herkunft, und er warf sich der deutschen Philosophie besinnungslos in die Arme.

Hegel beherrschte zu jener Zeit das Feld; Bakunin verschlang begierig dessen Bücher, die wie eine Erleuchtung auf ihn wirkten. Tag und Nacht las er in ihnen und sah in der Welt nur noch Hegel'sche Kategorien. Der Mann auf dem Berliner Katheder war und blieb für Bakunin «unbedingt der größte Philosoph der Gegenwart», dessen Gedanken, «was wirklich ist, das ist vernünftig», sich der junge Russe ohne weiteres aneignete.[10] Damals sah er von der Höhe der philosophischen Abstraktion verächtlich auf alle Politik herab, und erst später schrieb er: «Was könnte es Kläglicheres und Lächerlicheres geben als den deutschen Professor.»[11] Das westeuropäische Geistesleben gefiel ihm über alle Maßen, und jede Rückkehr nach Rußland bewertete er gleich einem Todesurteil. Es ist füglich zu bezweifeln, ob Bakunin Hegels Philosophie in ihrer ganzen Tragweite erfaßt hat. Jedenfalls ist er ihr nie prüfend nachgegangen. Statt sie kritisch zu studieren und auch ihre Kehrseite anzuschauen, bewertete er sie sofort als die neue Offenbarung. Gleichsam über Nacht verfiel der junge Bakunin der Hegel'schen Philosophie, deren Dialektik von verführerischem Zauber war, weshalb er sie an die Spitze der Tagesordnung der Geschichte stellte. Die Realisierung der Freiheit wurde zu Bakunins wichtigstem Anliegen. Er bekämpfte jeden Versuch, «die Gegensätze zu versöhnen, weil nur aus ihrem Zusammenprall die völlige Wahrheit hervorgehen kann.»[12] Hegels Philosophie erlaubte verschiedene Interpretationen, seine Schule zerfiel bald in eine rechte und in eine linke Hälfte. Der junge Enthusiast schloß sich mit russischem Radikalismus dem linken Flügel an. Bakunins eigene Philosophie, sofern man von einer solchen überhaupt sprechen darf, war ein wurmstichiger Apfel am Baum des deutschen Idealismus.

Die Station nach Hegel hieß Ludwig Feuerbach. Persönlich war Feuerbach als glückloser Mensch zu einer kummervollen Existenz verurteilt. Deswegen brachte man dem Denker oft mitleidsvolles Verständnis entgegen. Gottfried Keller schrieb im «Grünen Heinrich» von dem «Zaubervogel, der in einsamem Busche sitzt und der Gott aus der Brust von Tausenden hinwegsang.»[13] Die poetische Formulierung des Dichters verharmlost Feuerbachs Auswirkungen bis zur Unkenntlichkeit. In Wirklichkeit entsprach sein Atheismus der Gleichgültigkeit des Bürgertums; man müßte ihn eher bei den unheilvollen Brandstiftern Europas einreihen. Obwohl von der Universität ausgeschlossen, hatte Feuerbach eine ungeheure Breitenwirkung, die auch auf die russische Intelligenz übergriff. Sein «Wesen des Christentums» vergiftete einen großen Teil der europäischen Jugend. Auch Bakunin wurde durch die Lektüre von Feuerbachs Schriften ein eifriger Atheist und gab dieser Überzeugung in seiner Schrift «Gott und der Staat» beredten Ausdruck. Die Gedanken des Russen über die «Gotteslüge» sind nicht originell, wiederholte er doch oft nur Feuerbachs Ideen: «Der Himmel der Religion ist also nichts als eine Lichtspiegelung, in der der Mensch, von Unwissenheit und Glauben exaltiert, sein eigenes Bild wiedersieht, aber vergrößert und verkehrt, das heißt vergöttlicht.»[14] Sein Atheismus ist im Vergleich zu Iwan Karamasoffs Rebellion gegen Gott ein nachplapperndes Jünglingsgeschwätz ohne Glut und Tiefgang. Bakunin las auch das damals modische «Leben Jesu» von David Friedrich Strauß und eignete sich dessen Hypothesen sofort an. Ob nun Bakunin Feuerbach oder Strauß las, immer las er kritiklos und meinte ganz primitiv, in diesen untergrabenden Schriften die Wahrheit zu finden, die ihm bis dahin vorenthalten worden sei. Entschlossen schüttelte er das Christentum von sich ab, dem er nie ernsthaft zugetan war. Er setzte die Kirche und die Schenke auf die gleiche Stufe, liebte es, die Kirche eine «himmlische Schnapsbude» zu nennen und gefiel sich in einer primitiven Pfaffenfresserei. Man könnte Bakunins Aussagen über die Religion auf sich beruhen lassen, wenn er nicht, zusammen mit andern Persönlichkeiten, Feuerbachs Atheismus bewußt in die Arbeiterschaft hineingetragen und sie dadurch einer geistigen Erkrankung ausgeliefert hätte. Keine Minute fragte sich Bakunin, ob der Atheismus als Abfallprodukt eines indifferenten Bürgertums überhaupt zur Morgenluft des aufsteigenden Proletariates passe. Er fand, der Feuerbach'sche Atheismus und die Hegel'sche Dialektik ließen sich gut miteinander verbinden. Die Nachschwätzerei von Feuerbachs Ideen kam ihm nicht einmal zum Bewußtsein. Die Frage des Atheismus ist keine Nebenfrage für die Arbeiterbewegung. Sie gehört im sozialen Bereich zu den entscheidenden Grundfragen und kann an Bedeutung kaum überschätzt werden. Wegen des unkritischen Atheismus erleben die sozialistischen Staaten keinen Regenerationsprozeß, wie dies die Kirchen dank dem Evangelium immer wieder erfahren haben. Die Gottesleugnung vernichtet die Fundamente des Abendlandes, zerstört die geistige Kraft im Ansatz, untergräbt die ethische Haltung und liefert den Menschen dem Nichts aus. Bakunin steigerte sich in einen fanatischen Atheismus hinein, und seine Saat ist unheilvoll aufgegangen.

Eines Tages verließ Bakunin Berlin und fuhr in die Schweiz. Hier lernte er Wilhelm Weitling kennen, eine für den Frühsozialismus bedeutsame, heute beinahe vergessene Gestalt. Weitling – illegitimer Sohn eines französischen Offiziers und eines schwäbischen Stubenmädchens – besaß einen natürlichen Scharfsinn, eine rasche Auffassungsgabe, eine starke Energie und neigte zu einem wilden Fanatismus. Er huldigte der Idee der

Gütergemeinschaft und vertrat einen unhaltbaren Messianismus. Der Schneidergeselle war ein Naturbursche, hatte keine höheren Schulen besucht und fühlte sich zum Schriftsteller berufen. Er verfaßte auch einige Broschüren und forderte Bakunin auf, sich mit dem arbeitenden Volk zu verbinden. Bakunin fühlte sich zu Weitling hingezogen, diskutierte oft mit ihm, bis der Schneidergeselle wegen kommunistischer Umtriebe aus der Schweiz ausgewiesen wurde. Bakunin zog nun mit ihm nach Brüssel und kam in einen konkreten Kontakt mit den Anfängen der Arbeiterbewegung. Bis dahin hatte er nur in der Welt der Ideen gelebt, und nun hatte er in Weitling einen Vertreter der Werktätigen persönlich kennengelernt und sah das Volk hinfort mit seinen Augen an.
Bakunin begegnete in der belgischen Hauptstadt Karl Marx, doch blieb die Verständigung zwischen ihnen aus. Das «Kommunistische Manifest» von Marx verrät einen Schwung, «Das Kapital» schmeckt wie Sägemehl und seine «Frühschriften» enthalten einen gewissen Humanismus. Er selbst war wenig sympathisch, und nur Unkenntnis kann ihn als Idol verehren. Er ließ seine unbestreitbare wissenschaftliche Überlegenheit Bakunin und Weitling unangenehm fühlen. Zudem war Marx Jude, und Bakunin hegte antisemitische Abneigungen, die die peinliche Animosität noch verstärkte. Ein von Marx ausgehendes Intrigenspiel vergiftete die Beziehung noch vollständig und schließlich schloß er Bakunin aus der sozialistischen Arbeiterbewegung aus. Marx schwang sich zum unbestrittenen Führer der Arbeiterbewegung auf, und Bakunin spielte gelegentlich noch eine untergeordnete Rolle. Schon früh gab es zwischen den Genossen «Familienstreitigkeiten», denen nur Engels entging, weil er sich Marx stets unterordnete. Nach Bakunin war Marx «äußerst eitel, eitel bis zum Schmutz und zur Tollheit».[15]

Er bezichtigte ihn des Ehrgeizes, der Streitsucht und der Intoleranz. Marx wiederum verleumdete Bakunin, indem er ihn einen «zaristischen Lock-Spitzel» nannte, während umgekehrt Bakunin in Marx den «Papst des Sozialismus» sah. Bakunin redete freimütig von der Rückseite der Medaille: «Das Übel liegt in dem Suchen nach der Macht, in der Liebe zur Herrschaft.»[16] Der Russe hatte damit schon früh eines der schwersten Übel der sozialistischen Führung beim Namen genannt, eine Krankheit, von der sie sich bis zum heutigen Tag nicht erholt hat. Demnach haben sich schon in den Anfängen der Arbeiterbewegung hinter den Kulissen Machtkämpfe abgespielt, die selbst heute unvermindert fortdauern. Der Wille, zur Macht zu gelangen und an der Macht zu bleiben, erfüllte die leitenden Genossen und nicht etwa die Sorge um das arbeitende Volk. Der Gegensatz zwischen Bakunin und Marx war auch sachlich begründet. Der Russe haßte den Staat als eine alles bedrückende, alles verschlingende und alles demoralisierende Macht, während Marx von einem sozialistisch gewordenen Staat das Heil erwartete. Auch lehnte Bakunin die Wissenschaftsvertreter – als solcher gebärdete sich Marx – genau gleich ab wie die Priester. Es ist vielleicht Bakunins größtes Verdienst, die Wissenschaftsvergötzung im Sozialismus durchschaut zu haben, während die Marxisten noch heute diesem Fetischismus kritiklos huldigen. Sachlich betrachtet ist der Sozialismus eine Weltanschauung und hat mit exakter Wissenschaft wenig zu tun. Wegen des wissenschaftlichen Aberglaubens vermag die Partei auf den Kongressen nicht den Unterschied zwischen Marxens Methode und Marxens utopischem Messianismus zu erkennen, während es doch heute offenkundig ist, daß sich alle seine Prophezeiungen als falsch erwiesen haben. Bakunin ließ sich in keiner Weise von Marx beeinflussen, und trotzdem war die Begegnung nicht unwichtig, denn seit jenem Zeitpunkt war die Arbeiterbewegung nicht mehr von einem einzigen Impuls getragen. Verschiedene Auffassungen bekämpften sich und so kam es, daß Bakunin und Marx auseinandergehende Wege einschlugen.

Nachdem in Paris Unruhen ausgebrochen waren, eilte Bakunin in die französische Metropole. Dort lernte er Proudhon kennen und war bald mit den revolutionären Kreisen vertraut. Der intellektuelle Werdegang des Revolutionärs war zu Ende, und ein weiteres geistiges Wachstum gab es für ihn nicht. Er war nun ein revolutionärer Agent geworden. Dabei ist er wohl nie zu einer inneren Klarheit über das Wesen der Revolution gelangt. Revolutionen gab es in der Geschichte immer wieder. Sie sind aber nie von «Hetzern» künstlich angezettelt worden, sondern entstanden stets aus einer unerträglich gewordenen, sozialen Not heraus. Der Ausbruch kann mit einem elementaren Naturereignis verglichen werden. In beiden Fällen ist der Schaden groß. Es ist fraglich, ob Revolutionen die Gesellschaft wirklich verändern, meistens werden nur die Rollen vertauscht. Darüber dachte Bekunin nicht weiter nach; er warf sich einfach dem revolutionären Geschehen in die Arme, weshalb Alexander Herzen von der «revolutionären Götzendienerei» schrieb.[17] Bakunin forderte mit ungestümem revolutionärem Pathos die freie, gesetzlose Welt, die er auf den Trümmern der bestehenden Gesellschaft erstehen sah. Von nichts anderem als dieser Rhetorik lebte der größte Revolutionär des neunzehnten Jahrhunderts. Selbst Lenin, der kein Staatsmann war, aber ausgezeichnet die Strategie der Revolution verstand, hielt sich an diese Ideologie.

Bakunin wurde den Franzosen wegen seiner sprudelnden Beredsamkeit bald lästig: «Am ersten Tag der Revolution sei er unschätzbar, am zweiten müßte man ihn erschießen.»[18] Die revolutionären Kreise in Paris waren darauf bedacht, Bakunin wieder loszuwerden, und ordneten ihn deshalb nach Osteuropa ab, damit er dort auf Rußland einwirke. Bakunin fuhr nach Prag und versuchte den slawischen Kongreß im revolutionären Sinne zu beeinflussen. Doch blieb der Kongreß, wie die meisten Kongresse, in uferlosen Reden stecken. Konkrete Resultate zeigten sich nicht. Der ideologische Bakunin jedoch war in seinem Element. Frei entfaltete er seine revolutionäre Rhetorik, forderte die Errichtung eines Scheiterhaufens, damit die Flammen die alte Zeit verzehrten und aus der Asche, gleich dem vielzitierten Vogel Phönix, die neue Idee geläutert emporsteige. Als typischer Ideologe verlangte er, daß man für die Idee – nicht für die Menschen! – auch das Leben opfern und die bestehende Gesellschaftsordnung mit ihren politischen Ausdrucksformen schonungslos vernichten müsse. Mit solchen Phrasen gab er seinen Zuhörern ideologischen Wodka zu trinken, der sie nur in einen Taumel versetzte. Man mißverstehe mich nicht: ich denke von der Arbeiterbewegung groß. Sie hat in harten Kämpfen gegen die Unmenschlichkeiten des Kapitalismus für die arbeitende Bevölkerung eine viel bessere Position errungen. Arbeiter haben hierfür unendliche Opfer gebracht, nicht Worthelden, die im Grunde ein bourgeoises Leben liebten. Ich verneige mich ehrfürchtig vor dem arbeitenden Volk, nicht aber vor Gewerkschaftssekretären und Parteibonzen.

In Sachsen war ein Aufstand ausgebrochen und sogleich eilte Bakunin nach Dresden, um sich aktiv an der Mai-Revolution zu beteiligen. Er war ununterbrochen in Bewegung, bis ihn schließlich doch die Müdigkeit übermannte. Der «riesige Mensch» legte sich im Hotel «Zum blauen Engel» zu Bett, schlief und wurde von der sächsischen Polizei während des Schlafes verhaftet! Von Offizieren eskortiert, brachte man den wortgewaltigen Revolutionär auf die Festung Königstein, legte ihn in Ketten und nagelte sogar das kleine Fenster der Zelle mit Brettern zu. Das Gericht verurteilte ihn zum Tode. Vor der Vollstreckung verlangte Österreich Bakunins Auslieferung wegen seiner Tätigkeit auf dem slawischen Kongreß in Prag. Nun wurde er in den Kerker von Olmütz überführt, wo er einen Selbstmordversuch mit Phosphorzündhölzchen unternahm, der jedoch mißlang. Auch das österreichische Gericht verurteilte ihn zum Tode. In diesem Augenblick aber schaltete sich Rußland ein und verlangte die Auslieferung. Der Zar hatte schon früher Bakunins Rückkehr nach Rußland gefordert, weil es hieß, er stifte junge Leute zum Zarenmord auf, doch war der romantische Revolutionär dem Befehl nicht nachgekommen.

In Ketten an die Wand geschmiedet

Der zweite Abschnitt von Bakunins Leben begann mit seiner Überführung in die Petersburger Peter-Pauls-Festung. Die Festung war mit ihren Kerkern der russische Tower – der bloße Name löste in Rußland Schrekken aus. Bakunin wurde dort mit Ketten an die Wand festgeschmiedet, ein unvergeßlicher Anblick, der sich tief in die Seele gräbt. Es ist das stärkste und zugleich das grausamste Bild von Bakunin. Ohne Gerichtsverfahren hatte man ihn sechs Jahre lang in Einzelhaft gehalten. Seine Lage konnte nicht düsterer, nicht trostloser sein. Damals redete noch kein Mensch von einem humanen Strafvollzug. Man begrub in der Peter-Pauls-Festung die

Gefangenen gleichsam bei lebendigem Leibe. Bakunin starrte wochen-, monate- und jahrelang nur die finsteren Mauern an. Die Untätigkeit war für den vitalen Menschen eine überaus harte Strafe. Seine Familie, um die sich Bakunin seit seiner Auslandsreise nie mehr gekümmert hatte, setzte sich mehrfach erfolglos für ihn ein. Er ertrug die Isolierhaft schwer, verlor alle Zähne, litt an Schlaflosigkeit und wenn ihn schon einmal ein kurzer Schlummer überfiel, schreckten ihn entsetzliche Träume auf.

Wer es auch immer sei, der Anblick eines «Menschen in Ketten» ist unerträglich und verstößt gegen die Menschenwürde. Das Los der Gefangenen – man denke an Beethovens ergreifenden Gefangenenchor in «Fidelio» – darf den Christen nie gleichgültig lassen. Für sie ist jeder Gefangene ein erbarmungswürdiger Mensch, denn nach Jesu Wort «Ich war im Gefängnis, und ihr seid zu mir gekommen» wird diese seelische Teilnahme ausdrücklich verlangt.[19] Erbarmen muß man auch mit dem gefangenen, an die Wand geschmiedeten Bakunin fühlen, denn in dieser Situation, wohl der einzigen in seinem Leben, kommt er uns nahe. Man empfindet seinen bedrückenden Seelenzustand und ist ergriffen, weil er gefesselt ist. Nur zu bald veränderte sich die Szene wieder, und man distanziert sich wiederum von ihm.

Eines Tages erschien Graf Orlow in seiner Zelle und schlug ihm vor, sich in einer vertraulichen Beichte an den Zaren zu wenden. Nach kurzer Bedenkzeit befolgte er den Rat und schrieb in wenigen Wochen «Meine Beichte». Die Russen haben ein seltsames Bedürfnis zu beichten. Sie beichten sogar in der besten Gesellschaft und lieben es, in diesen Kreisen ihre schlechteste Tat zu bekennen. Selbst der heutige Kommunismus verlangt von seinen Anhängern die öffentliche Beichte für begangene Fehler, erst nachher finden sie wieder Gnade. Leo Tolstoj schrieb eine Autobiographie unter dem Titel «Meine Beichte» und gestand darin seine Untaten. Welch' ein Unterschied besteht jedoch zwischen der Beichte Tolstojs und jener von Bakunin! Sie lassen sich schlechterdings nicht vergleichen. Führte bei Tolstoj die Ehrlichkeit die Feder, leitete Bakunin eine gegenteilige Absicht: er wollte den Leser betrügen. Man wird gleich auf der ersten Seite stutzig. Vom revolutionären Pathos ist keine Spur wahrzunehmen, im Gegenteil, er schrieb in einem kriecherischen Stil, nannte den Zaren seinen geistlichen Vater, fiel Seiner Kaiserlichen Majestät zu Füßen und betonte wiederholt den geistlichen Charakter seiner Beichte. Er versicherte, Gott, an den er nicht mehr glaubte, zu bitten, ihm aufrichtige Worte einzugeben, ohne Falschheit und Schmeichelei.[20] Er gestand, sich bis dahin selbst nicht gekannt zu haben: «Ich unterlag ganz dem Dämon der Zerstörung.»[21] Er schrieb über den Westen in einer Art und Weise, die Zar Nikolaus I. nur allzugerne las: «Wohin man sich auch in Westeuropa wendet, überall sieht man Hinfälligkeit, Schwäche, Unglauben und Verderbnis, eine Verderbnis, die aus dem Unglauben stammt; angefangen in den obersten Gesellschaftsschichten hat keine Person, hat keine privilegierte Klasse den Glauben an ihre Berufung und ihr Recht; alle gaukeln einander etwas vor, und keiner glaubt einem niederer Stehenden».[22] Die Beichte enthält eine genaue Beschreibung seines Lebensweges. Wäre sie zu Lebzeiten Bakunins veröffentlicht worden, wäre der stürmische Mann in den Augen seiner revolutionären Brüder für immer erledigt gewesen. Er selbst sprach später von seiner «Beichte» nie ein Wort, wahrscheinlich quälte ihn der bloße Gedanke an sie. Nach der Oktoberrevolution wurde sie von den Bolschewisten veröffentlicht in der Absicht, den anarchistischen Gegner des Marxismus endgültig in den Augen aller Revolutionäre zu disqualifizieren. Die Beichte erregte ein gewaltiges Aufsehen: Der Märtyrer der Revolution hatte sich vor dem Zaren erniedrigt! Zwar meinte der Herausgeber, die «Beichte» müsse unter einem psychologischen und nicht unter einem moralischen Gesichtspunkt betrachtet werden. Die vorgeschlagene Unterscheidung zeugt nur von der Doppelzüngigkeit der Kommunisten, die psychologische, moralische und politische Aspekte stets dialektisch vertauschen, je nachdem es ihnen von Nutzen ist. Vera Figner bekam nach der Oktoberrevolution ein Exemplar der «Beichte» in die Hände und las es kopfschüttelnd. Sie selbst hatte über zwanzig Jahre in der Festung Schlüsselburg zugebracht und hat sich nie dazu hergegeben, ein von ihrer Adelsfamilie vorgelegtes Gnadengesuch zu unterschreiben. Aber Vera Figner war ein Mensch mit ethischem Charakter, und Bakunin war das Gegenteil davon. Wo blieb bei seinem unterwürfigen Gewinsel der Stolz des Revolutionärs, mit dem er sich brüstete? Hatte er denn gar kein Selbstbewußtsein? Es hatte sich offenbar zwischen den Kerkermauern in Dunst aufgelöst, und übrig geblieben war nur ein unehrliches Betteln um Gnade.

Bakunins unaufrichtige «Beichte» ist ein Meisterstück an Heuchelei, in dem er sich oft als Verbrecher gegenüber dem Zaren bekannt hat, der die schrecklichste Strafe verdiene. Der phantasiebegabte Mann legte sich die Rolle des reumütigen Sünders zu und verstand es, die Kunst der Verstellung glänzend zu spielen. Um aus dem Kerker zu kommen, diente ihm jedes Mittel, was man vielleicht bis zu einem gewissen Grade verstehen kann, denkt man an seine schreckliche Situation. Die meisten Ausführungen waren Lügen: «Ich habe begriffen, daß meine eigenen

Absichten und Taten im höchsten Maße lächerlich, sinnlos, frech und verbrecherisch waren.»[23] In Wahrheit aber hatte sich Bakunin keineswegs von seiner revolutionären Ideologie getrennt. Nichts hatte er während seiner schweren Kerkerhaft gelernt, nichts, aber auch gar nichts. Unverändert ging er aus ihr hervor. Ganz umsonst hatte er jahrelang die grauen Kerkerwände angestarrt. Nicht der kleinste neue Keim wurde in ihm geboren. Warum lernen die Menschen aus ihren Erlebnissen nichts? Auf diese Frage gibt es keine Antwort, eine traurige Feststellung, die einen beinahe am Menschen verzweifeln läßt. Bakunins heuchlerische Aussagen sind nur aus seiner trostlosen Lage in der Peter-Pauls-Festung zu verstehen, weil er fürchtete, «in ewiger Kerkerhaft zu verfaulen».[24]

Der Zar las die Schrift sehr aufmerksam, weil ihr Inhalt ihn interessierte, aber die darin enthaltene Heuchelei war zu offensichtlich, als daß sie dem sicher nicht besonders scharfsinnigen Zaren hätte entgehen können. «Glauben verdient er nicht», urteilte Nikolaus I. und sah keine Möglichkeit, ihn freizulassen. Er befahl die Überführung in die Schlüsselburg, wo Bakunin weiterhin im Kerker schmachtete, bis Nikolaus I. starb. Erst unter dem neuen Zaren Alexander II. gelang es Bakunins Angehörigen, die Deportation nach Sibirien unter Verlust des Adels und seiner ganzen Habe zu erreichen. Auf der Reise in die Verbannung durfte der verlorene Sohn einen Tag das Elternhaus besuchen. Sibirien bedeutete ihm eine erste Freiheit, die ihn mit großer Freude erfüllte, zumal der Gouverneur von Sibirien sein Vetter war, dem er echte Bewunderung entgegenbrachte. Der Vetter gab ihm die Möglichkeit, menschlich zu leben; er durfte Zeitungen lesen, und gemeinsam träumten sie von kommenden Umwälzungen.

In Sibirien lernte Bakunin Antonia Kwiatowski kennen und schloß mit ihr eine Ehe. Bakunin schrieb von Verliebtheit, doch ist es nicht sicher, ob er aus Tarnungsgründen geheiratet hat. Antonia gebar drei Kinder, deren Vater ihr Geliebter war und nicht Bakunin. Dies kränkte ihn, aber er konnte keine Einwendungen erheben. Er hatte Antonia die Auffassung von der freien Liebe gelehrt, und sie machte davon reichlich Gebrauch. Die beiden Gatten sahen sich später zuweilen noch, führten aber kein gemeinsames Leben. Zudem sann Bakunin ganz anderen Plänen nach und kümmerte sich wenig um seine ihm angetraute Gattin.
Drei Jahre nach seiner Eheschließung suchte er sein Heil in der Flucht aus Sibirien. Nach einer abenteuerlichen Wanderung entlang der Küste des Tatarensundes fuhr er nach Japan und gelangte schließlich über Nordamerika nach London, wo ihm Alexander Herzen die ersten Mittel zur Verfügung stellte. Vom reuigen Sünder, zu dem er sich in seiner «Beichte» aufgespielt hatte, war auch nicht eine Spur wahrzunehmen. Er befand sich nun wieder in seinem geliebten Westeuropa und setzte das Leben eines revolutionären Agitators fort, das durch die Verhaftung in Sachsen abgebrochen worden war.

Die Lust der Zerstörung

Ohne Gewissensbisse und ohne auch nur das geringste aus seiner Gefangenschaft gelernt zu haben, fühlte sich Bakunin in Westeuropa sofort wieder als der geborene Revolutionär. Er gestand im Brustton der Überzeugung: «Das Gefängnis hat gleichsam meinen Verstand gestärkt, aber meine früheren Überzeugungen in keiner Weise verändert. Es hat sie vielmehr glühender, entschlossener, bedingungsloser werden lassen, und von jetzt an ist alles, was mir im Leben geblieben ist, in dem einzigen Wort: Freiheit! umschlossen.»[25] Es ist unmöglich, auf wenigen Seiten alle Machenschaften aufzuzählen, an denen er aktiv beteiligt war. Sein politischer Fanatismus war stärker als je. In der «Beichte» hatte er einst geschrieben: «Ich war gleichzeitig Betrogener und Betrüger und vergewaltigte gleichsam meinen eigenen Verstand und das gesunde Denken meiner Zuhörer. Von Natur aus bin ich kein Scharlatan ... Aber die unselige und unnatürliche Situation, in die ich mich übrigens selber gebracht hatte, zwang mich hin und wieder zum Scharlatan wider Willen.»[26] In der neuen Freiheit verflog diese Selbsterkenntnis. Jetzt steckte er wieder mitten in seiner Revolutionstrunkenheit, in der es unmöglich war, mit ihm zu reden. «Öffnet eure geistigen Augen!» rief er mit überbordender Begeisterung, «Laßt die Toten ihre Toten begraben und überzeugt euch endlich, daß der Geist, der ewig junge, neugeborene, nicht in verfallenen Räumen zu suchen ist. Laßt uns also dem ewigen Geiste vertrauen, der nur deshalb zerstört und vernichtet, weil er der unergründliche und schaffende Quell allen Lebens ist. Die Lust der Zerstörung ist zugleich eine schaffende Lust.»[27] Diese erstmals 1842 in den «Deutschen Jahrbüchern» veröffentlichten Ausführungen enthalten Bakunins zentrales Bekenntnis. Von diesen Worten her ist er zu verstehen, hat er sie doch machtvoll in die Welt hinausgeschrien. Was er hernach noch sagte, war Rhetorik, war Deklamation und Demagogie. Revolution war für ihn keine Sache des Geschmackes, keine Straßen mit herumliegenden Leichen, Revolution bedeutete ihm ein «Fest ohne Anfang und Ende».

Bakunins Aussage über die Lust der Zerstörung darf nicht als ein geistreiches Aperçu betrachtet werden, das nichts weiter zu bedeuten hat. Zunächst berauschte er sich selbst an ihm, ohne zu bemerken, daß ihm keine Wahrheit innewohnt. Wegen seines Zerstörungswillens zählt Bakunin zu den Unheiligen, denn mit seiner Proklamierung hat er sich selbst entlarvt. Man darf sich nicht damit begnügen, die berüchtigte Aussage einfach anzuführen, ohne darüber zu reflektieren, wie dies die schätzenswerte Riccarda Huch in ihrem pragmatischen Buch über Bakunin getan hat. Vielmehr sind wir verpflichtet, darüber nachzudenken, ob die Lust der Zerstörung wirklich eine schaffende Lust ist. Die Zerstörungswut mag im Menschen ein Lustgefühl auslösen, aber dies ist die gleiche Pathologie wie der Lustmord. Sie hat mit der schöpferischen Lust nichts zu tun und kann mit ihr nicht einmal verglichen werden. Der Wille zu vernichten, oft schon im kleinen Kinde vorhanden, ist stets eine Gefühlsäußerung negativer Art. Es ist leicht, in einem unsinnigen Wutanfall eine ganze Zimmereinrichtung zusammenzuschlagen, aber, was soll daran schöpferisch sein? Wenn ein Wort Täuschung, Schwindel und Betrug ist, dann Bakunins Wort von der Lust der Zerstörung. Diese elende Täuschung hat nur das Gewissen der jungen Leute verwirrt.

Bakunin war nicht von entfernt dazu fähig, eine neue Gemeinschaft aufzubauen. Er selbst betonte: «Wir sind berufen, zu zerstören und nicht aufzubauen; aufbauen werden andere, die besser, klüger und frischer sind als wir.»[28] Er hatte keine Vorstellung von einer funktionierenden Gesellschaft; seine Ideen waren nur haltlose Phantasien. Bei der Kapitulation in Dresden gab er seinen Freunden den Rat, «die ‹Madonna› von Raffael und die Bilder von Murillo auf die Stadtmauern zu stellen und sich mit ihnen vor den Preußen zu schützen!»[29] Bakunin verfügte über keine neuen Ideen, das Schöpferische ging ihm gänzlich ab und an seine Stelle trat das Ideologische: «Ich selbst, hingerissen von der Trunkenheit der revolutionären Bewegung in Europa, hatte mich viel mehr um die negative als um die positive Seite dieser Revolution gekümmert, das heißt viel mehr um den Umsturz des Bestehenden als um den Aufbau und die Organisation dessen, was folgen sollte.»[30]

Diese Zerstörungslust hat Schule gemacht. Sie lebte weiter in Stalin und Hitler, die gewissenlos ihre Gegner liquidierten, wie das entsetzliche Wort für die Ermordung zahlloser Menschen lautete. Aber auch in die moderne Kunst fand die Zerstörungssucht Eingang, wie das Wort von Le Corbusier verrät: «Der Kern unserer alten Städte mit ihren Domen und Münstern muß zerschlagen und durch Wolkenkratzer ersetzt werden.»[31] Unmißverständlich wurde die Wollust der Zerstörung auch in den Manifesten der Kubisten und Futuristen verkündet, deren Werke man in der Presse förderte. Dabei steckt hinter diesen Machenschaften, die auch in den nihilistischen Romanen und Schauspielen ihren Niederschlag fanden, nichts anderes als ein Zerstörungswille des Menschen, dessen Gottebenbildlichkeit man in den Boden stampfen wollte. Es ist notwendig, diese verhängnisvollen Zusammenhänge klar aufzuzeigen, weil sonst keine Genesung unserer erkrankten Seelen eintreten kann.

Auch über Bakunins Tätigkeit als Revolutionär gibt es ein von Alexander Herzen in seinen «Erinnerungen» gezeichnetes Bild. Es stammt folglich nicht von einem voreingenommenen Bourgeois, da Herzen die nihilistische Bewegung verteidigte, sofern sie dem Menschen half, sich von den veralteten Ideen zu befreien. Nach Herzen saß Bakunin meistens in seinem Zimmer, schwadronierte mit Revolutionären und rauchte unaufhaltsam.

Herzen schrieb: «Oft habe ich mich an der Verwunderung des Stubenmädchens Grace ergötzt, wenn sie verwirrt und mit einem gewissen Entsetzen mitten in der Nacht bereits zum fünftenmal die volle Zuckerdose und heißes Wasser in diese Werkstatt der slawischen Befreiung hineintrug.»[32] Was aber geschah in der Werkstatt der revolutionären Kämpfer? Endlos diskutierte man miteinander und heckte neue Projekte aus. Damals entfaltete sich Bakunins Neigung zur offenen Leidenschaft, bei Tee und Tabakqualm bis tief in die Nacht hinein mit seinen Genossen zu reden und nochmals zu reden. Er war in höchstem Maße von der Diskussionskrankheit befallen, ein Übel, das er zeitlebens nicht mehr los wurde. Behauptungen aufstellen und Gegenbehauptungen widerlegen – daran berauschte er sich förmlich. Er gehörte zu den entwurzelten Intellektuellen, die durch ihre Redseligkeit ihre geistige Unfruchtbarkeit übertönen wollten. Dabei gab er sich keine Minute Rechenschaft über seine endlose narzistische Schwatzsucht. Sein Name steht für viele, die an der gleichen Krankheit leiden.
Bakunins Redefluß ergoß sich nicht nur auf die in seinem Zimmer sich aufhaltenden Genossen. Er besuchte immer wieder Arbeiterversammlungen, ergriff das Wort als deren Agitator und war einer der größten Propagandisten der revolutionären Ideen im vergangenen Jahrhundert. Sobald er vor einer Volksmenge stand, fühlte er sich in seinem Element, sprach ausgezeichnet und kannte kein Lampenfieber. Wo immer es gärte im Volke, tauchte er unverzüglich auf und goß eifrig Öl ins Feuer. Wir brauchen etwas anderes, sagte Bakunin, Sturm und Leben und eine neue gesetzlose und darum freie Welt. Mit der Parole «permanenter Aufstand» und «Weltrevolution» wurde Bakunin zu einem neuen Rattenfänger von Hameln, der mit seiner Flöte die leichtgläubigen Massen

herbeilockte, die ihm atemlos zuhörten und gedankenlos Beifall klatschten. Bakunins wilde Brandreden gefielen den Revolutionären, und die Arbeiter merkten gar nicht, daß alles bloßes Gerede war. Er hielt die Zerstörung für unumgänglich notwendig und gründete zu diesem Zweck geheime Verbindungen. Nach ihm mußte die Anarchie kommen. Er meinte einmal, wenn endlich die Welt nach seinen Vorstellungen eingerichtet wäre, würde er alles wieder zerstören und zusammenschlagen, um nochmals von vorne beginnen zu können. «So oder so, die Revolution steht bevor – zuerst in Frankreich, dann in Italien, schließlich überall! Es lebe die Revolution!»[33] Er war unermüdlich dabei, Europa in Flammen aufgehen zu lassen. Es war ihm völlig gleichgültig, welche Werte dabei zugrunde gehen würden. «Nur dann werden wir glücklich sein, wenn der ganze Erdboden in Brand steht», sagte er und dachte keinen Augenblick daran, was das in Wirklichkeit bedeutet.[34] Überall knüpfte er zu diesem Zweck Beziehungen an, an allen Kongressen sprach er und ließ sich durch kein Mißlingen entmutigen. Mehr als zehn Jahre lang versuchte er die europäischen Länder zu unterwühlen und die Revolution zu entfesseln. Dabei gefiel er sich in der pathetischen Weissagung: «Alles wird untergehen, nur die Neunte Symphonie wird bleiben!»

Bakunin sprach immer wieder von der Befreiung der Menschheit. Bei allem Gerede über die freie Welt huldigte er einem kindischen Freiheitsbegriff. Wir denken groß über dieses neutestamentliche Wort ‹Freiheit› und wissen um die Freiheit eines Christenmenschen.[35] Meistens aber sind die Menschen ihr nicht gewachsen, indem sie die Freiheit mit Ungebundenheit verwechseln und mißbrauchen. Gerade deshalb gleitet der freiheitliche Staat so leicht ins Chaos ab, und hernach ruft er unge-

wollt der Diktatur. Seit jeher pendelte die Geschichte zwischen Freiheit und Diktatur hin und her, wogegen eine bloße Erziehungsidee nicht aufkommt.
Bakunin hegte über das befreite Europa ganz konfuse Vorstellungen. «Er liebte die Räuber als unversöhnliche Feinde des Staates und der ganzen vom Staat errichteten Ordnung. Natürlich meinte er nicht Einbrecher und Großstadtdiebe, sondern Banden, die frei in der Wildnis leben nach Art der Kosaken, bevor sie von der Regierung gefesselt werden.» Solche pubertäre Ideen verzeiht man einem achtzehnjährigen Jüngling, nicht aber einem reifen Mann, der zudem in der Peter-Pauls-Festung mit Ketten an die Wand geschmiedet war und Zeit genug gehabt hätte, über sein Tun nachzudenken.

Der Traum vom Heldentod

Im alttestamentlichen «Buch der Richter» ist von Simson die Rede, der sich durch seine Kraftmeierei viele Feinde schaffte. Durch den Verrat seiner Gattin Delila gelang es den Philistern, Simson zu überwältigen, indem sie ihn blendeten. Hernach mußte er bei ihnen die Mühle drehen. Anläßlich eines Volksfestes wurde er abermals verhöhnt. In dieser Stunde sprach Simson zu Gott: «O Herr, mein Gott! Gedenke doch meiner und stärke mich nur diesmal noch, daß ich mich wenigstens für eines meiner beiden Augen an den Philistern räche. Dann umfaßte Simson die beiden Mittelsäulen, auf denen das Haus ruhte, die eine mit der rechten und die andre mit der linken Hand, und stemmte sich gegen sie; und indem Simson dachte: ‹Sei's denn, daß ich mit den Philistern sterbe›, neigte er sich mit aller Macht. Da fiel das Haus auf die Fürsten und auf alles Volk, das darin war, so daß der Toten, die er in seinem Tode tötete, mehr waren als derer, die er in seinem Leben getötet hatte.»[37]

Die letzte Tat des biblischen Simson gefiel Bakunin über alle Maßen. Wenn er auch kein Bibelleser war, entzündete doch dieser Untergang des alttestamentlichen Helden Bakunins Vorstellung und weckte in ihm den Wunsch, auf ähnliche Weise von dieser Erde abzuscheiden. In wilder Phantasie malte er sich sein Ende in einer solchen Pose aus. Sein kindlicher Traum von einem großartigen, alle Welt zum Erstaunen bringenden Heldentod erfüllte sich nicht. Der Tod hat seine eigenen Gesetze; er kümmert sich nicht um pathetische Gedanken.

Beim sechzigjährigen Manne machten sich die ersten Altersbeschwerden bemerkbar. Bakunin zog sich nun auf das Gut eines wohlhabenden Freundes in Locarno zurück, das eine Zufluchtsstätte für verfolgte Revolutionäre werden sollte. Nach einiger Zeit aber geriet er in Streit mit seinem Gastgeber. Nun hörte er von Unruhen in Mittelitalien, worauf er sofort nach Bologna reiste, um mit letzter Kraft einen Aufstand zu entfachen. Er unternahm dies dermaßen stümperhaft, daß ihm nichts anderes übrig blieb, als schnellstens, als Priester verkleidet, in die Schweiz zu flüchten. Bis zuletzt war der phrasenhafte Mann auch in revolutionären Dingen ein bloßer Dilettant, der von einer wirklichen Verschwörung nichts verstand.

Er war von seinen Überzeugungen nicht zu heilen, der Glaube aber an die Verwirklichung seiner Ideen war dahin. «Was mich betrifft, so bin ich vollständiger Einsiedler geworden und suche mein altes Ich vermittels der Kontemplation wieder zu fangen», schrieb er einem Freunde und verdeckte damit das Ende seiner Illusionen.[38] Der Zweifel an seinem Revolutionsgerede nagte an

ihm; er hatte alle Politik satt. Er fühlte, seine Rolle war ausgespielt, und nun gestand er offen: «Ich habe mein Lied ausgesungen», und wir fragen, ob es überhaupt ein Lied war und nicht bloß eine sich selbst berauschende Hetzrede. Er war besiegt, doch verbitterte ihn diese Erkenntnis nicht, obschon ihm Herzerweiterung, Wassersucht und Entzündung der Nieren schwer zu schaffen machten. Über sein Scheitern gab er sich keiner Täuschung hin. «Die Zeit der revolutionären Kämpfe ist vorüber ... Es ist unnütz, das Unmögliche zu wollen. Man muß der Wirklichkeit ins Gesicht sehen und sich Rechenschaft darüber geben, daß die Volksmassen zur Zeit den Sozialismus gar nicht wollen.»[39] Diese späte, verspätete Einsicht schrieb er zwei Jahre vor seinem Tode. Besitzen seine Anhänger die Kraft, aus dieser Erkenntnis auch die Konsequenzen zu ziehen?
Bakunin erinnerte sich eines früheren Freundes in Bern, übersiedelte in die Bundeshauptstadt, wo er am 1. Juli 1876 in der Mattenhof-Klinik sein Leben ganz unheroisch sanft aushauchte. Jede pathetische Geste fehlte, kleinlaut schied der enttäuschte Mann von dieser Erde und starb den unheldischen Tod in weichen Kissen. Der einst redegewaltige Recke war in seiner Krankheit zahm geworden; er schied von dieser Welt ohne ein letztes Wort zu hinterlassen. Eine große Kraft war umsonst vertan. Auf dem Bremgartner Friedhof in Bern steht heute noch sein Grabstein, gleichsam als Mahnmal, diesen unheiligen Weg nicht zu gehen.

Satan im Leibe

«Wozu lebte solch' ein Mensch?», ist man an seiner Bahre versucht zu fragen. Man muß sich über das Denken und

Wollen dieses Mannes Rechenschaft geben und die verschiedenen Gesichtspunkte betrachten, obwohl Bakunin sehr einseitig war und sich weder für die Natur noch für die Kunst interessierte.
Bakunin war großgebaut und breitschulterig, hatte einen blonden Bart und schöne Hände. Sein Kopf war eindrucksvoll, und er blickte mit hellen Augen kühn in die Welt. «Alles war an ihm kolossal, mit einer auf primitive Frische deutenden Wucht» schrieb Richard Wagner von ihm.[40] Er hatte einen ungeheuren Appetit und aß die doppelte Ration eines Durchschnittsmenschen. «Seine Tätigkeit, sein Müßiggang, sein Appetit und alles andere, wie sein gigantischer Wuchs und sein ständiges Schwitzen – das alles war ebensowenig wie er selber von menschlichen Ausmaßen.»[41] Von auffallender, kräftiger Erscheinung, verfügte er über eine lebhafte Einbildungskraft und hatte ein menschenfreundliches, gar nicht hochmütiges Wesen. Er war humorvoll und von geselliger Kontaktfreudigkeit, überall wirkte er als ein belebendes Element. Großmut und Aufrichtigkeit sind ihm durchaus zuzubilligen. Bakunin hatte auch etwas Kindliches, Argloses und Schlichtes an sich, und man kann darüber streiten, ob er ein Fanatiker oder ein Phantast war. Auch hegte er eine unbestreitbare Liebe zu den Armen, den Bauern und den Geringgeachteten der menschlichen Gesellschaft. In den Augen seiner Anhänger war er der liebenswürdigste Mensch unter den Revolutionären.
Aber er war kein arbeitender Mensch, sondern «der deklassierte Intellektuelle», wie ihn der Kommunist Polonski nannte.[42] Weder die körperliche noch die geistige Arbeit entsprach ihm. Immer weniger saß er über seinen Abhandlungen am Schreibtisch. Das sorgfältige Abwägen von pro und contra war nicht seine Stärke.

Wohl brannte das revolutionäre Feuer lichterloh in ihm, aber es fehlte ihm an Konzentrationsfähigkeit. Mit Recht nannte man ihn schon den «modernen Danton»; auch hat Bakunin in Paris vom Fenster aus auf Menschen geschossen. Er war nicht wie Oblomow eine Schlafmütze, die am liebsten ungestört auf dem Diwan liegen geblieben wäre, trotzdem ergriff er nie einen richtigen Beruf, der jeden Tag seine Pflichterfüllung verlangt hätte. Dazu war Bakunin einfach unfähig. Er stand spät auf und machte die Nacht zum Tag. Dostojewskis Worte aus der Puschkinrede sind auf ihn anzuwenden: «Beuge dich, müßiger Mensch, und arbeite erst einmal auf deinem Acker.»[43] Dies aber tat Bakunin nie.

Sein Lebensstil glich dem eines Gutsbesitzers ohne Landgut. Wovon lebte er eigentlich, da er nie etwas arbeitete? Von zu Hause bekam er kein Geld, und sein beständiges Reden brachte ihm keine Kopeke. Es blieb ihm nichts anderes übrig, als seine Freunde dauernd um Geld anzugehen. Dies wurde ihm schon früh zur Gewohnheit, und in der Folge machte er bedenkenlos Schulden. Er war auch hierin gigantisch, ein wahres Pumpgenie. Hemmungslos entlieh er Geld, obwohl er genau wußte, er würde es nie zurückzahlen können. Wenn er aber einmal einige hundert Rubel hatte, verschwendete er sie sogleich. Der Begründer des Anarchismus hatte eine parasitäre Natur, lebte auf Kosten anderer Menschen und erweckte fraglos einen schlechten Eindruck. Das Schuldenmachen war sein moralischer Defekt, womit er seine Freunde enttäuschte. Alexander Herzen kam zum Ergebnis: «Ein Talent, aber ein elender Charakter.»[44]

In seinem Wesen war Bakunin der ruhelose Mensch. Er hielt es an keinem Ort der Welt längere Zeit aus und verkörperte das Gegenteil von Benedikts Forderung der stabilitas loci. Nach der Beobachtung seiner Bekannten

«schritt er mit Siebenmeilenstiefeln über Berge und Meere, über Jahre und Generationen hinweg».[45] Eine innere Rastlosigkeit trieb ihn stets von Ort zu Ort. Er kannte keine bleibende Stätte, und es schien, als ob Kains Fluch über seinem Haupte schwebe: «Unstet und flüchtig sollst du sein auf Erden.»[46] Man nannte schon damals diesen immerwährenden Vagabunden «den Ahasver der Revolution».[47] Er liebte die Agitation und die Konspiration, die Propaganda und die Polemik. Dabei blickte er dauernd auf das Ziel und hielt in seiner Ungeduld den zweiten Monat der Schwangerschaft für den neunten. Die äußere Ruhelosigkeit deutete auch auf eine innere Unstetigkeit hin, das sichtbare Zeichen seiner Unheiligkeit. Bakunin war nirgends verwurzelt und verkörperte den Prototyp des modernen Heimatlosen. Er wurde förmlich fortgewirbelt, so daß man sich betroffen fragen muß: Kann aus einer solchen Ruhelosigkeit etwas Bleibendes hervorgehen? Deswegen zog ihn die orthodoxe Kirche seiner Heimat nie an, die nach Rosanow «die Bedürfnisse eines harmonischen, aber nicht die Nöte einer verwirrten Seele zu stillen vermag». Etwas war bei Bakunin nicht in Ordnung, bezeichnete er sich doch selbst in seiner «Beichte» als einen Verbrecher. Er steigerte sich selbst in einen blindwütigen Haß gegen das Bestehende hinein, ohne es gut zu kennen, und verführte die jungen Menschen zu einem gewissenlosen Tun. Bakunin hatte, wie viele Persönlichkeiten, die sich aus Geltungssucht und Ehrgeiz extremen Bewegungen anschließen, bei aller Liebenswürdigkeit doch einen pathologischen Einschlag. Das Extreme übt auf neurotische Menschen eine starke Anziehungskraft aus.
Turgenjew gab eine der besten Charakterschilderungen Bakunins. In seinem Roman «Väter und Söhne» schuf der bürgerliche Schriftsteller eine Gestalt, Basarow, die

die jungen Nihilisten als ihr Vorbild betrachteten. Turgenjew und Bakunin kannten sich; in jungen Jahren bestand zwischen ihnen eine enthusiastische Freundschaft. Bakunin bezeichnete Turgenjew als «die reine, zarte Seele». Beide interessierten sich während der Berliner Jahre brennend für die Philosophie. Als Bakunin in der Peter-Pauls-Festung an die Wand geschmiedet war, schrieb Turgenjew den Roman «Rudin». Die äußeren Ereignisse sind freie Erfindungen des Dichters, doch das Wesen Rudins entspricht genau dem Charakter Bakunins. Turgenjew schrieb von seiner «Musik der Beredsamkeit», weil Rudins Gedanken «etwas Beschwingtes und Jugendliches anhaftete».[48] Rudin liebte es, auf fremde Kosten zu leben, spielte ein gefährliches Spiel und war «mit voller Glut und voller Verwegenheit auf jede Weise bemüht, sich die Menschen zu unterwerfen, doch unterwarf er sie im Namen allgemeiner Ideen und Begriffe, und so gelang es ihm in der Tat, auf viele einen starken Einfluß zu gewinnen».[49] Nach Turgenjew war es Rudins Unglück, Rußland gar nicht zu kennen, eine Tatsache, die auf Bakunin völlig zutrifft. Der Dichter läßt Rudin offen gestehen: «Ich wußte niemals aufzubauen; außerdem, Bruder, ist es ein kitzlig Ding, zu bauen, wenn einem der Boden unter den Füßen fehlt»,[50] und fügte in hellseherischer Selbsterkenntnis hinzu: «Es ist wahr, die Phrase hat mich zugrunde gerichtet; sie hat mich aufgefressen, ich konnte mich bis zum Schluß von ihr nicht frei machen.»[51] Man wende nicht ein, dieses Bild Bakunins sei von einem bürgerlichen Schriftsteller aus Animosität entworfen. Vielmehr ließ er ihn, entgegen der historischen Tatsache, am Ende mit einer roten Fahne auf die Barrikade steigen und von einer tödlichen Kugel getroffen werden. Rudin starb einen heldenhafteren Tod als Bakunin, der in seinem Bett sanft hinüberschlummerte.

Dies entspricht der dichterischen Freiheit. Turgenjew zeigte Bakunin gegenüber kein gehässiges Benehmen, im Gegenteil, er war ihm freundschaftlich gesinnt, durchschaute aber im Roman rein psychologisch den unseligen Mann.
Auch der italienische Schriftsteller Riccardo Bacchelli wählte fünfzig Jahre später Bakunin zum Helden seines Romanes «Der Teufel auf dem Pontelungo». Bacchelli zeichnete Bakunins Leben noch getreuer, als es Turgenjew getan hatte, weil es abgeschlossen vor ihm lag. Trotzdem ist sein Werk ein Roman und keine Biographie, darf man doch geschichtliche Genauigkeit nicht von ihm erwarten. Bakunins Ehe wird falsch geschildert, und auch der Aufenthalt in der Peter-Pauls-Festung wird nur flüchtig erwähnt. Die letzten Jahre Bakunins im Tessin und in Italien stehen im Vordergrund. Der Dichter teilte in keiner Weise Bakunins Anschauung, wußte aber die fragwürdige Situation in den damaligen revolutionären Kreisen zu zeichnen. Jene Menschen setzten sich schwärmerisch für den letzten Krieg ein und glaubten, ihm werde das tausendjährige Reich der Freiheit folgen.
Weder Turgenjew noch Bacchelli haben Bakunin in seiner Hintergründigkeit restlos erfaßt. Alexander Herzen hat, trotz seiner liberalen Ideen, in seinen Memoiren die wahre Sicht angedeutet: «Michael hat den Satan im Leib.»[52] Man mag sich fragen, ob Herzen wußte, was das heißt. Wahrscheinlich war es nur eine literarische Formulierung, doch offenbart sie Bakunins tiefstes Wesen und umschreibt sein Geheimnis. Der anarchistisch gesinnte Arzt Brupbacher gab seiner Bakunin-Biographie sogar den Untertitel: «Satan der Revolution». Er fand diese Bezeichnung witzig. In Wirklichkeit ist dieses Problem viel zu ernst, als daß man es mit einem geistreichen Lachen behandeln darf. Es geht um eine erschreckende

Wahrnehmung, nicht um eine Spielerei. Bakunin selbst beurteilte das Satansproblem völlig oberflächlich. Ihn interessierte in der Bibel nur Satan, den er «den ewigen Rebellen, den ersten Freidenker und Weltenbefreier» nannte; er fühlte sich durchaus berufen, seine Rolle weiterzuführen. Damit beschwor er eine Dämonie, die ihn überwältigte. Ricarda Huch spürte das Finstere, Negierende und Verstrickende im Begriff: «Bakunin, der Lobredner des Satans, erkannte oft den eigentlichen Satan im Menschen nicht, nämlich die Sucht, wo sich eine Spalte zeigt, die eigene Person einzuschieben, damit sie vorherrsche.»[54] Dies ist jedoch nur der Anfang vom Satanischen, das Ende liegt im Willen zur Zerstörung der Schöpfung. Bakunin nahm den Namen ‹Satan› für sich in Anspruch, was kein Irrtum war. Bei aller äußeren Liebenswürdigkeit liegt etwas Teuflisches in seiner Person. Aus seiner Lust zu zerstören konnte nur Unheil hervorgehen. Bakunin ahnte die Wirklichkeit des Satan nicht und erkannte deswegen auch nicht die eigene Besessenheit. Er und die ganze anarchistische Bewegung liebten es mit einer sträflichen Oberflächlichkeit, alle religiösen Vorstellungen zu verhöhnen, und keinem kam es auch nur zum Bewußtsein, daß sie damit eine Beute Satans geworden waren.

Wenn Bakunin tatsächlich «Satan im Leibe» hatte, dann lag ein Fluch über seinem Leben, der Überheblichkeit und Sturz in sich schloß. Diese Bewertung hat nichts mit Verständnislosigkeit und mangelndem Einfühlungsvermögen zu tun. Bakunin hat eine teuflische Saat ausgestreut, die nur Blut und Tränen zur Folge haben konnte. Ich wüßte nichts Erfreuliches von seinen Nachwirkungen zu berichten. Bakunin mit seiner Satans-Besessenheit ist eindeutig eine negative Gestalt: Diabolus schafft seinem Namen entsprechend nur Verwirrung.

Niemals verteidige ich alles Bestehende. Dies kann keiner tun, der über den Verlauf der Geschichte nur ein wenig Bescheid weiß. Zu allen Zeiten gab es Ungerechtigkeiten und Gewalttaten.
Die Erkenntnis von den dunklen Machenschaften in der Geschichte des Menschen darf nicht dazu verführen, jenen Beifall zu klatschen, die sich gegen das Bestehende auflehnen. Auch sie haben schreckliche Dinge getan und sind vor Brutalitäten nicht zurückgeschreckt, weshalb man sie mit viel kritischeren Blicken prüfen müßte, als dies heute gewöhnlich geschieht.
Bakunin gilt als der Begründer des Anarchismus. Freilich war er nicht der einzige Vertreter der Bewegung. Andere Männer huldigten ebenfalls dem Ideal des staatsfreien Zustandes und predigten keine Gewalt. Es sei nur an Peter Kropotkin und Gustav Landauer erinnert, deren schriftstellerische Werke durchaus Achtung verdienen. Die anarchistische Bewegung ist keine überholte Anschauung. Der Anarchismus erstrebt theoretisch die Herrschaftslosigkeit; er will in der freien Institution das freie Individuum in einer freien Gruppe verwirklichen. Über diese scheinbar versunkene Bewegung schrieb Margarete Susman einen Aufsatz «Der Versuch des Anarchismus». Er ist durch ein großes Verstehen gekennzeichnet, das dieser ungewöhnlichen Frau eigen war, wollte sie doch die sich gegenseitig ausschließenden Gegensätze noch begreifen. Aber sie mußte bei allem Verständnis vom Grundwiderspruch des Anarchismus reden, der sich auf die Ablehnung aller Macht gründete, und der zu seiner Verwirklichung doch auf die Gewalt angewiesen war: «Es ist im Anarchismus eine Mischung der entgegengesetztesten Antriebe und Wirklichkeiten:

Nüchternheit und Taumel, Selbstopfer und Rausch brennenden Lebens, die Dornenkrone der reinsten Hingabe und der brausende Wille zur absoluten Freiheit schließen einander nicht aus.»[55] Aber die Vereinigung des Unvereinbaren gelang dem Anarchismus so wenig wie sie andern gelingen konnte. Dies stellte auch Albert Camus in seinem Buch «Der Mensch in der Revolte» fest, der sich nicht scheute, von der «zynischen Denkweise» dieser Männer zu schreiben.[56]

Natürlich kann man auch von einem gewissen Recht des Anarchismus sprechen. Es besteht in seiner Gegnerschaft zum Marxismus. Der Kommunismus ist durch eine erdrückende Staatsomnipotenz gekennzeichnet. Der Staat aber ist ein Abstraktum, das sich zum Selbstzweck erhebt. In der kommunistischen Gesellschaftsordnung ist der Mensch für den Staat da und nicht umgekehrt. Er entwickelt auch einen Staatskapitalismus, der die Arbeiter noch schlimmer ausbeutet, als es der Privatkapitalismus tut, indem er ihm auch das Streikrecht nimmt, eine der wenigen Waffen des Arbeiters. Mit der blinden Staatsvergötzung, ein Erbe der Hegel'schen Philosophie, verbindet sich unweigerlich das Machtstreben, das jeden Charakter korrumpiert. Marx hat das Verderbliche der Machtherrschaft gar nicht erkannt, weil er selbst von ihr infiziert war. Deswegen ist es angebracht, vom Recht des Anarchismus zu reden. Es liegt im Wesen des Staates begründet, daß er sich zu einem leviathanähnlichen Gebilde auswächst, das eine immer größer werdende Bürokratie entwickelt und tyrannisierende Verfügungen trifft, aus deren Fangarmen es kaum noch ein Entrinnen gibt.

Es ist unmöglich, den Staat zu eliminieren. Es gibt keinen gesetzlosen Staat, und damit ist man beim Unrecht des Anarchismus angelangt. Er besteht in einem Wunschdenken, dem jede Logik und jede Nüchternheit fehlt. Was er erstrebte, war eine Utopie, die nie Wirklichkeit werden wird. Es ist unrichtig, den Menschen eine Utopie vorzugaukeln, und es wäre besser, ihnen die Augen für die wahre Wirklichkeit zu öffnen. Utopisches Denken ist immer ein falsches, ja ein gefährliches Denken, weil es den Menschen mit nie sich erfüllenden Versprechungen narrt. Um ihn darüber hinwegzutäuschen, verleitete der Anarchismus seine Anhänger zum Terrorismus und behauptete, dies sei ein Weg zur Beseitigung des verhaßten Staates.

Der Terrorismus lenkte in der zweiten Hälfte des neunzehnten Jahrhunderts in Rußland die Aufmerksamkeit auf sich. Damals organisierten junge, idealistisch gesinnte Menschen Attentate auf den Zaren und seine Würdenträger. Bakunin selbst war kein Terrorist und verwarf die Einzelattentate. Zwar hat er mit Netschajew zusammen den «Revolutionären Katechismus» verfaßt, hat sich aber, nach dessen gemeinem Fememord an einem abtrünnigen Genossen, angewidert von ihm abgewandt. Bakunin starb unmittelbar vor dem Ausbruch der russischen Terrorwelle, die trotzdem ein legitimes Kind von ihm war. Zur Entstehung des Terrorismus trug Bakunins Zerstörungswille ebensoviel bei, wie der Nihilismus, dessen Wesen freilich im damaligen Rußland etwas ganz anderes war als der westeuropäische Nihilismus von heute. Mögen nun russische oder westliche Nihilisten am Werk sein, sie alle sind Chaotiker.

Der russische Terrorismus war eine der schwerverständlichsten Bewegungen, weil er an einem unlösbaren Widerspruch krankte. Seine Vertreter waren zwiespältige Naturen, die in einer Hand eine Bombe trugen und sich mit der andern Hand bekreuzigten. Ein glühender Glaube an die völlige Verneinung aller Werte erfüllte diese «Mönche des Unglaubens». Dies hat indirekt viel zum Ausbruch der Oktober-Revolution beigetragen, die den Kommunismus zur Herrschaft brachte. Verstehbar ist der Nihilismus nur als Endresultat einer entchristlichten Christenheit.

In W. Ropschins Roman «Als wär es nie gewesen» wird innerhalb des Terrorismus das ethische Problem zur Diskussion gestellt. Merkwürdigerweise fand dieses Buch im Westen nur geringe Beachtung, während Masaryk in seinem umfangreichen Werk «Zur russischen Geschichts- und Religionsphilosophie» ausführlich darauf eingegangen ist.[57] Bei Ropschin – ein Pseudonym für den Terroristen Sawinkow – brach der religiöse Gedanke «Darf ein Mensch töten?» in die terroristische Fragestellung ein, was zu einer unerhörten Verschärfung des Problems führte. Scharfsichtig erkannte er, «töten kann man entweder immer oder nie», und ahnte zugleich auch, daß einzig Christus das Schwert zu überwinden vermochte. Leider wurde Ropschins bedeutsamer Einspruch einfach abgewürgt. Er schrieb auch «Erinnerungen eines Terroristen», ein Buch, das die deutschen Kommunisten herausgaben, nachdem sie die religiösen Aussagen als unwesentlich ausgemerzt hatten! Diese Erinnerungen sind ein bemerkenswertes Dokument für die verwirrte Ideologie dieser jungen Menschen, die, von einer grenzenlosen Opferbereitschaft erfüllt, sich doch mit Blut besudelten. Wochenlang beobachteten sie die Lebensgewohnheiten eines Fürsten, um den Moment auszukundschaften, in dem er am besten zu töten sei. Schließlich wählten sie die tägliche Spazierfahrt des Großfürsten. Als dann alles bis ins kleinste vorbereitet war, entdeckten die jungen Anarchisten im letzten Augenblick, daß sich auch die beiden Kinder in der Kutsche befanden, worauf die Terroristen zurückschreckten und den Mord nicht ausführten, weil sie kein unschuldiges Leben vernichten wollten. Ein anderes Mal warf ein Mädchen die Bombe in die Kutsche, die durch die Explosion in die Luft flog, während das junge Geschöpf in Tränen ausbrach und stammelte: «Ich habe ihn getötet!» Sawinkow schilderte die Vorgänge mit innerer Spannung, weil er selbst leitendes Mitglied der Organisation war. Der Terror lastete auf ihm wie ein Kreuz, weshalb er schon «der zartfühlende Mörder» genannt wurde.[58] Dieser Mann war eine tragische Gestalt; er kümmerte sich um die Seele seiner Mitterroristen und kämpfte im Bürgerkrieg zuletzt auf der Seite der Weißen Armee! Er sprang bei seiner Gefangennahme aus dem vierten Stock des Gefängnisses zum Fenster hinaus.

Dies alles scheint endgültig vergangen zu sein, denn nur wenige Menschen erinnern sich daran. Diese Auffassung ist zwar trügerisch, denn Albert Camus nahm dieses Problem in seinem Schauspiel «Die Gerechten» wieder auf und schilderte die Ideologie der russischen Terroristen mit eindrücklicher Dramatik, wenn er auch die entscheidende Frage nicht zu beantworten vermochte.

Nach dem Zweiten Weltkrieg sank der Terrorismus ins Kriminelle ab. Der heutige Terrorist besitzt kein Gewissen und kämpft auch für keine Idee mehr. Die Stadtguerillas tauchen in Europa, Asien und Südamerika auf, organisieren Banküberfälle, Entführungen und Attentate, wobei es ihnen vollkommen gleichgültig ist, ob sie auch Unschuldige umbringen. Deswegen schrieb Camus im Vorwort zum erwähnten Drama: «Ich wollte darlegen, daß auch der Tat selbst Grenzen gesetzt sind. Nur die Tat ist gut und gerecht, die diese Grenzen anerkennt und, falls sie sie überschreiten muß, zumindest in den Tod willigt. Unsere Welt zeigt uns heute ein widerliches Gesicht, gerade weil sie von Menschen gezimmert wird, die sich das Recht anmaßen, diese Grenzen zu überschreiten und insbesondere Mitmenschen zu töten, ohne selbst mit dem Leben zu bezahlen.»[59] Wir leben in einem Jahrhundert, das alle Grenzen niedergerissen hat, und das an diesem frevlerischen Tun unaufhaltsam zugrunde geht. Der Terrorismus ist zu einer Seuche geworden. Dieser Bazillus verursachte eine schwere geistige Erkrankung und wird noch die ganze Welt verpesten. Es sei nocheinmal an Bakunins «Lust der Zerstörung» erinnert, eine Proklamation, die die Zerstörung um der Zerstörung willen predigte. Dieser Trieb tauchte in der Menschheit immer wieder auf und tobte sich mit einer erschreckenden Gewalt aus. Mit der Bildung von Krisenstäben und dem Bau von ausbruchsicheren Zuchthäusern kommt man ihm nicht bei, sind dies doch nur Maßnahmen einer hilflosen Gesellschaft. Er muß geistig überwunden werden, ein Einsatz, der nur durch religiöse Kräfte, nicht durch bloße Ideen, geschehen kann. Dostojewskij hat dies zuerst ganz scharf gesehen und hat seine Gedanken hierüber in seinem unheimlichen Roman «Die Dämonen» dargelegt. Das Werk des russischen Dichters war eine prophetische Vision über die Besessenheit der Revolutionäre. Er hat in die tiefsten Abgründe der nihilistischen Anarchie hinabgeleuchtet, und sein Licht blendet in der gegenwärtigen Nacht unser Antlitz dermaßen, daß wir darob zunächst erschrocken zurückfahren. Aber der Dichter hilft uns auch, den anarchistisch-nihilistischen Virus auszumerzen, indem er auf Christus hinweist, der mit Vollmacht die Worte gesprochen hat: «Fahre aus, du unreiner Geist!»[60]

Charles Baudelaire

1821–1867

Der Albatros als Symbol

Oft kommt es vor, daß um sich zu vergnügen,
Das Schiffsvolk einen Albatros ergreift,
Den großen Vogel, der in lässigen Flügen
Dem Schiffe folgt, das durch die Wogen streift.

Doch, – kaum gefangen in des Fahrzeugs Engen
Der stolze König in der Lüfte Reich,
Läßt traurig seine mächtigen Flügel hängen,
Die, ungeschickten, langen Rudern gleich,

Nun matt und jämmerlich am Boden schleifen.
Wie ist der stolze Vogel nun so zahm!
Sie necken ihn mit ihren Tabakspfeifen,
Verspotten seinen Gang, der schwach und lahm.

Der Dichter gleicht dem Wolkenfürsten droben,
Er lacht des Schützen hoch im Sturmeswehn;
Doch unten in des Volkes frechem Toben
Verhindern mächt'ge Flügel ihn am Gehn.[1]

Das bekannte Gedicht «Der Albatros» ist eine unverkennbare Selbstdeutung Baudelaires. Er ist der König der Lüfte, der stolz in den Höhen schwebt. Das war sein ursprüngliches Lebensgefühl. Aber, gefangen in den Niederungen des Schiffsvolkes, hatte er den Eindruck, die

Menschen würden ihn nur verhöhnen. Dies war keine Selbsttäuschung – es war sein eigenes Schicksal. Wie es einem in die Flügel getroffenen Albatros an Bord eines Schiffes ergeht, hat er auf seiner ersten Reise selbst gesehen:[2]

François Porché schrieb vom «Leidensweg des Dichters Baudelaire», eine zutreffende Charakterisierung seiner Lebensgeschichte, denn bei Baudelaire ging aus frühem Leid eine Unordnung hervor, die er nie mehr ins Gleichgewicht brachte. Er selbst urteilte über sein Dasein: «Mein Leben war verflucht».[3] Jedenfalls war er ein leidender Mensch. Er hatte viel Unglück zu ertragen und nach einem Biographen war er «nicht so sehr Verführer als Verführter».[4] Wie unverstanden der Dichter geblieben ist, geht aus dem Buch «Baudelaire im Urteil seiner Zeitgenossen» erschreckend hervor. Verständnisloser kann man ihm gar nicht mehr gegenübertreten. Die Frage, ob Baudelaire den tragischen Lebensweg nicht selbst verschuldet hat, ist ein unentwirrbares Problem. Der vom Leiden heimgesuchte Mensch ist eine ehrfurchtgebietende Gestalt, für die man nur Mitleid empfinden kann. Wer dies nicht spürt, weiß nicht, was leiden heißt. Moralische Urteile oder Besserwisserei sind ganz unangebracht. Einer seiner Freunde sagte über ihn am Grabe, was von ihm zurückbleibt, ist «etwas Schattenhaftes, Sterbendes, dennoch Anbetungswürdiges, das Trostlosigkeit und Harmonie vereint, sich in Klage verströmt, entschwindet».[5]

Auch kann man wohl mit Julien Green nicht sagen, daß Baudelaire noch ein «liebenswertes Frankreich» vertrat, ein «Frankreich, das noch heil war».[6] Baudelaire war stets ein gefährdeter Mensch und war seelisch starken Schwankungen unterworfen. «Als Kind schon spürte ich in meinem Herzen zwei sich widerstreitende Empfindungen: Lebensangst und Lebensüberschwang.»[7] Baudelaires Werk war eine «Dichtung des Inferno». Er war der Dichter der Sünde und nicht des Lasters, was ein wesentlicher Unterschied ist. Sünde ist eine Beleidigung Gottes, aber den Sündern gilt das Gleichnis vom großen Abendmahl: «Geht auf die Straße und ladet zur Hochzeit ein.»[8] Den gleichen Eindruck vermitteln die Bildnisse von Baudelaire. Das Gemälde von Emil Deroy zeigt Baudelaires jugendliches Antlitz mit Bart, während schon jenes von Gustav Courbet «Das Atelier des Meisters», auf dem Baudelaire in einem Buch lesend dargestellt ist, einen Mann mit melancholischem Ausdruck verrät. Der Dichter sitzt auf dem Gemälde abseits, sozusagen als isolierter Mensch, der am Rande der Gesellschaft lebt. Der Maler bemerkte dazu: «Ich weiß nicht, wie man ein Bildnis Baudelaires zustande bringen soll, jeden Tag hat er ein anderes Gesicht»,[9] womit er das Rätselvolle dieses Mannes vorweggenommen hat. Bei den Photographien fällt sein ungewöhnlich kluges und tief unglückliches Antlitz auf. Man vergißt den Kopf nie mehr, wenn man ihn einmal gesehen hat. Die mannigfachen Karikaturen von Baudelaire bestätigen, daß er sein wahres Antlitz bewußt hinter einer Maske verbarg. Alle Bilder erzählen vom Schicksal eines menschlichen Albatros, der als Dichter wie ein König in den Lüften schwebte und als Mensch von seinen unverständigen Zeitgenossen verspottet wurde, als wäre er ein flügellahmer Vogel.

Schatten über der Jugendzeit

Im ersten Abschnitt von Baudelaires Leidensweg steht der Knabe, der «ein schwieriger Junge» war. Ohne Kenntnis der näheren Umstände bleibt er unverständlich.

Baudelaire verfaßte einmal in einem noblen, einfühlenden Ton einige Aufsätze über Delacroix, Poe usw. In der Weise müßte man über ihn schreiben können, wenn man ihm gerecht werden will. Vornehmheit bildet die unumgängliche Voraussetzung dazu.
Charles war kein leicht erziehbarer Knabe, zumal er überaus sensibel veranlagt war. Seine Eltern waren zwei ungleiche Menschen und hatten eine Vernunftehe geschlossen. Der Vater, ein ursprünglicher Priester, hatte sich laisieren lassen und stand schon tief in den Fünfzigerjahren, während die Mutter dreißig Jahre alt war, als Baudelaire geboren wurde. Man mag sich fragen, ob der beträchtliche Altersunterschied der beiden Gatten einen Einfluß auf das Kind gehabt hat. Der kleine Knabe durfte jeweilen an der Hand des alten Papa im Jardin de Luxembourg spazieren. Das Unglück wollte es jedoch, daß der Vater starb, als Charles sechs Jahre alt war.
Um so stärker schloß er sich seiner Mutter an. Frau Baudelaire war eine elegant gekleidete Französin, die von ihrem Söhnlein über alle Maßen geliebt wurde. Das Pelzwerk der Mutter hatte es ihm angetan, und nicht nur das: er hatte nun die Mutter für sich allein, er mußte sie nicht mit dem Vater teilen. Das Knäblein verliebte sich geradezu in seine schöne Mama, klammerte sich an sie und fühlte sich als der alleinige Besitzer. Er liebte ihre molligen Arme, fühlte sich selig, wenn sie abends an sein Bett trat und ihn herzte und liebkoste. Offenbar hatte sie dies auch gerne, ohne sich darüber nähere Gedanken zu machen. Charles bat um stets neue Zärtlichkeitsbezeugungen und forderte sie von ihr bis in sein reifes Mannesalter hinein, obwohl die gute Frau durchschnittlich begabt war und von ihrem großen Sohn nicht viel verstand. Die Psychiater würden natürlich von einem Ödipuskomplex sprechen, mit dem das Kind behaftet war,

eine Feststellung, die im Grunde nicht allzuviel erklärt. Wahrscheinlich litt das Kind an einer überstarken Mutterbindung und damit verbunden an einer zu frühen Ahnung des Weiblichen. Das Zärtlichkeitsverlangen war ein Wunsch nach Verständnis, das ihm die Mutter nicht zu geben fähig war, weil sein Wesen ihr fremd war. Deswegen entbehrte er zeitlebens eine gewisse Geborgenheit. Hugo von Hofmannsthal erwähnte einmal das Wort der alten Griechen: «Welches Kind sehnt sich nicht nach dem Brautbett seiner Mutter?»
Es war für den Knaben ein schwerer Schlag, als seine Mutter nach Jahresfrist öfters den Besuch eines jungen Offiziers empfing. Sie war für den tapferen Offizier entflammt und heiratete ihn. Es war eine ausgesprochene Liebesehe. Charles besaß nicht die Einsicht und konnte sie auch nicht haben, daß die noch junge Mutter auch ein Anrecht auf ihr eigenes Leben habe, sondern meinte in seiner egozentrischen Haltung, sie sei einzig und allein für ihn da. Er fühlte sich aus dem Bett verdrängt, in dem er zuweilen bei seiner Mutter liegen durfte, haßte demzufolge den Eindringling und verachtete auch die Mutter. Während seines ganzen Lebens hat er der Mutter die Wiederverheiratung nicht verziehen. Tief verletzt in seinem Selbstbewußtsein meinte er: «Wenn man einen Sohn wie mich hat, heiratet man nicht zum zweiten Mal!» Fortan war denn auch die Beziehung zu seiner Mutter belastet, trotzdem dauerte sie bis zu seinem Tode.
Charles hatte nun einen Stiefvater bekommen, aber das Verhältnis zu ihm war wegen der Eifersucht des Sohnes auf den neuen Papa getrübt. Es ist unnötig, mit dem Wort «Stiefvater» unangenehme Vorstellungen zu verbinden. Es gab Stiefväter, die sich durchaus ihrer Pflichten bewußt waren und sich der Kinder aus der ersten Ehe ihrer Frauen annahmen. Gerade von Aupick, dem zwei-

ten Gatten von Frau Baudelaire, muß dies gesagt werden. Er hatte nicht die geringste Abneigung gegen das kleine Söhnlein seiner Frau und war durchaus bereit und willens, ihm ein rechter Vater zu sein. Freilich war er ein Mann des Militärs, der auch in militärischen Vorstellungen lebte und darauf bedacht war, seinem angetretenen Sohn zu einer erfolgreichen Karriere zu verhelfen. Er selbst stieg in seiner Laufbahn von Stufe zu Stufe und wurde zuletzt General. Er hatte für die ganz andere Veranlagung des jungen Charles wenig oder gar kein Verständnis. Darum war es doppelt unmöglich, zwischen Stiefvater und Stiefsohn ein gutes Verhältnis zu schaffen. Die gegenseitigen Beziehungen waren daher schon früh gespannt. Kein Wunder, daß der heranwachsende Jüngling einmal explodierte, indem er ungeschickterweise seinen Stiefvater in einer Gesellschaft offen beleidigte.

Zunächst besuchte der empfindsame Knabe die Schule, trat hernach ins Gymnasium ein und wurde, weil er sich nicht willig der Schulordnung unterwarf und unbotmäßig aufführte, nach einiger Zeit wieder entlassen. Der Stiefvater brachte ihn in eine neue Schule nach Lyon, die er wenigstens ordnungsgemäß abschloß. Charles Baudelaire fühlte sich in Lyon todunglücklich. Die Stadt mit dem Nebel und der entstehenden Industrie bedrückte ihn schwer und entsprach in keiner Weise seinem poetischen Gemüt. Das Ende der Schulzeit war für ihn eine wahre Befreiung.

Nun aber tauchte die Berufsfrage auf. Nach Ansicht des Stiefvaters sollte er die diplomatische Laufbahn ergreifen. Von seinem Standpunkt aus gesehen war dies nicht übel gedacht, aber der Vorschlag entsprach keineswegs den Wünschen des jungen Baudelaire. Ihm graute vor einem Dasein inmitten der bürgerlichen Gesellschaft. Ganz

andere Pläne bewegten sein Inneres, Pläne, die dem Vater undurchführbar schienen, weshalb man die Entscheidung vorläufig hinausschob.
Um dem Sohn Zeit zur Überlegung zu geben, schickte der Vater ihn auf eine Reise. Man sprach von einer Indienreise, doch ist dies eine Fabel. Der junge Baudelaire ging an Bord eines gewöhnlichen Frachtschiffes und fuhr unter der Obhut des Kapitäns der Küste Afrikas entlang. Bei dieser Gelegenheit schaute er zu, wie ein Albatros abgeschossen wurde. Baudelaire wußte mit dem alten Kapitän nicht allzuviel zu reden und langweilte sich deshalb schrecklich auf dem Schiff. Er staunte kaum über das unendliche Meer und die untergehende Sonne, nahm nichts wahr von Freude und Streit an Bord, und selbst als das Schiff an der Südspitze Afrikas in einen starken Sturm geriet, in dem er sich tapfer benahm, langweilte er sich. Auf der Mauritius-Insel verließ er das Boot, weil er das ganze Unternehmen als Unfug betrachtete. Der junge Mann blieb während einiger Wochen im Hause des Gouverneurs und blickte mit verliebten Augen dessen schöne Gattin an. Hier entstanden auch die ersten Gedichte. Eine Erinnerung an die Insel Mauritius verfolgte und quälte ihn: er sah zu, wie eine Negerin öffentlich ausgepeitscht wurde. Er verließ nun die Insel und trat auf einem andern Schiff die Heimreise an. Des Vaters Gedanke war auf steinigen Boden gefallen: weder hatte die Reise seinen Horizont erweitert, noch hatte sie seine Pläne durchkreuzt. Er war nicht einmal von einer Abenteuerlust ergriffen worden.
Wenn man sich nicht damit begnügt, Baudelaires Jugend rein psychologisch zu erklären, müßte man sagen, er habe es in seinen jungen Jahren nicht leicht gehabt. Es fehlte ihm vor allem ein Leitbild, und vorläufig stand er sich selbst im Wege. Gleich unzähligen Jugendlichen

wurde er ohne «Führung und Geleit» ins Meer des Lebens hinausgestoßen. Baudelaire kannte keinen festen Anker und fühlte in sich nur einen dunklen Drang, den er selbst nicht zu deuten wußte. Es mußte deswegen schief gehen; man brauchte wahrhaftig kein Prophet zu sein, um den Schiffbruch vorauszusehen. Es ist bedauerlich, daß die Jugend in ihrem Suchen oft so wenig verstanden und sich selbst überlassen wird. Das ist ein düsteres Kapitel, das sich in der Zwischenzeit nicht aufgehellt hat. Nach wie vor müßte sich die ältere Generation die schwierige Pflicht auferlegen, die Jugend nicht zu gängeln, sondern ihr bleibende Werte zu zeigen und sie mit den wirklich Großen der Weltgeschichte bekannt zu machen, damit sie den Aufgaben ihrer Zeit gewachsen ist. Von all dem erlebte Baudelaire auch nicht eine Spur, und gerade darum ist es uns verwehrt, über den schwierigen Jüngling auch nur ein richtendes Wort zu sagen.

Wollust – ich bleibe dein Sklave

Nach der Rückkehr von seiner Reise ließ sich Baudelaire in Paris nieder. Es kam zur Trennung von seiner Familie und, da er inzwischen volljährig geworden war, zahlte man ihm sein ihm von seinem verstorbenen Vater zukommendes Vermögen aus. Es betrug fünfundsiebzigtausend Franken, was zu jener Zeit eine ansehnliche Summe war. Nun mietete er auf der Ile Saint-Louis eine Wohnung und richtete sie nach seinem Geschmack ein. Mit künstlerischem Sinn, verbunden mit Geist und Leidenschaft, schuf er eine unverkennbare Wohnkultur. Dann überließ sich Baudelaire dem Rausch der Stadt und bewertete sich als ein Schiff auf der Suche nach einer fernen Insel: «Wann fahren wir aus nach dem Glück?»[10]

Zu jener Zeit sah er bei einer Theateraufführung eine unglaublich schöne Mulattin auf der Bühne, die eine ganz nebensächliche Statistenrolle spielte. Baudelaire war vom Anblick der schwarzen Venus dermaßen fasziniert, daß er sie sofort nach der Vorstellung aufsuchte und sich Hals über Kopf in sie verliebte. Sie nannte sich Jeanne Duval – ob sie wirklich so hieß, weiß bis heute niemand. Baudelaire nahm sie zu sich und lebte während längerer Zeit mit ihr zusammen. Dieses Tun war für ihn von einschneidender Wirkung. Nicht daß er eine Mulattin liebte, gibt zu denken, denn dies wäre rassisch gedacht. Jeanne Duval war groß, hatte als Halbblütige aus Haiti einen eleganten Gang und besaß eine animalische Natur. Aber sie war keine ihm ebenbürtige Gefährtin. Die Straßendirne war völlig ungebildet, log und betrog ihn nach Noten und war dem Trunk und dem Nichtstun ergeben. Von einer seelisch-geistigen Gemeinschaft konnte überhaupt nicht die Rede sein. Baudelaire war von ihrem Körper und seinen Formen ungeheuer angezogen. Er biß in ihr krauses Haar, fand «eine Welt in deinem Haar»[11] und sog den Duft begierig ein. Er war ihrer ausstrahlenden Sinnlichkeit verfallen; sie wurde ihm zum Traum, und überaus gefühlvoll erlebte er den weiblichen Körper als das Unbegreifliche. Selbst der weiche Mousseline ihres Kleides und die mächtigen «Wolken von Stoffen» hatten es ihm angetan. Baudelaire wühlte förmlich in der Sinnlichkeit, und sie wühlte auch ihn auf. Mit einem frohgemuten Liebesglück hatte seine Beziehung zu Jeanne Duval nichts zu tun. Der Zwang der nackten Sinnlichkeit legte sich auf ihn, und er besaß nicht die Kraft, sich von ihm zu befreien. Es gibt da nichts zu bewundern und nichts zu tadeln, weil es ein dumpfes Verhängnis war. Diese Versklavung ist bei einem geistigen Menschen, wie Baudelaire einer war, schwer zu verstehen, zumal er zutiefst doch eine andere Auffassung von der Frau hegte: sie war sein Kind und seine Schwester. Es ist dies einer der Gründe, warum man ihn zu den unheiligen Menschen zählen muß – nicht weil er die Sinnlichkeit liebte, sondern weil er sie nicht zu ordnen vermochte. Nicht die Sinne sind falsch, sondern ihr Mißbrauch ist verwerflich. Nach den «Raketen» «liegt die einzige und höchste Wollust der Liebe in der Gewißheit, das Böse zu tun. Und Mann und Weib wissen von Geburt an, daß das Böse alle Wollust enthält».[12] Nach Baudelaire vollzieht sich der Liebesakt «im Höllenschein der ewigen Verdammnis»,[13] eine manichäische Auffassung reinster Art, der Baudelaire unbewußt mitten in aller Sinnlichkeit huldigte. Genau besehen müßte man Baudelaires Verbindung mit Jeanne Duval anders beurteilen: Die Mulattin an sich ist nicht wichtig, sondern nur das, was sie für Baudelaire bedeutete. Bei allem Verständnis für die Unwiderstehlichkeit des erotischen Triebes war sein Zusammenleben mit der seelenlosen Dirne eine Verkörperung der Unheiligkeit. Dabei war der Dichter keineswegs ein Frauenjäger, auf den Leporellos Worte über Don Juan anzuwenden sind: «Alle sind ihm einerlei». Freudenhaus-Szenen, wie sie Toulouse-Lautrec und Rouault gemalt haben, hätte er künstlerisch bewundert, aber sie nicht ihm entsprechend empfunden. Gleich den beiden Künstlern mißbilligte auch er die Ausbeutung der Dirnen. Baudelaire war der Wollust und allem, was sie in sich schloß, verfallen. Ihr vermochte er nicht zu widerstehen, weil sie ihm den Himmel auf Erden vortäuschte. Nie gelang ihm die Überholung des Sinnlichen durch das Übersinnliche, nie vermochte er die Wollust zu sublimieren.

Baudelaire war ein Gefangener seiner Sinnlichkeit. Er erlebte das erotische Verlangen als bloße Lustbefriedigung. Die Ansicht von der Unwiderstehlichkeit des sexuellen Triebes erfuhr bei ihm eine beweiskräftige Bestätigung. Ihn beherrschte durchaus nur der bloße Trieb. Bedauerlich bleibt, daß er deswegen nie die wahre Liebe erlebte, denn dafür war Jeanne Duval ein viel zu dumpfes Geschöpf. Sie war der feineren, seelischen Regungen gar nicht fähig. Es gehört zu den großen Traurigkeiten in Beaudelaires Leben, nie das seelisch-körperliche Zusammenklingen zweier Menschen erfahren zu haben. Auch als er später Madame Sabatier kennen lernte, bedeutete dies für ihn keine Wende. Sie fühlte sich von Baudelaires Werbung geschmeichelt und gab sich in einer Nacht ihm hin. Er aber erwachte am andern Morgen mit der bitteren Enttäuschung: Liebe ohne Liebe. Er hatte die Sinnenlust als Macht erlebt, die stärker war als er. Eros ist auch ein Dämon, der den Menschen überrennt und von ihm Besitz ergreift. Wer glaubt, in erotischer Beziehung ein wenig tändeln zu können, befindet sich in einem ahnungslosen Irrtum. Hier ist eine Macht im Spiele, der der Mensch oft wehrlos ausgeliefert ist. Auch diese Sicht gehört zum Eros. Wer nur um seine holde Süßigkeit weiß oder gar glaubt, bei der Jugend sei das Problem durch Aufklärung zu lösen, geht an den tiefsten Tiefen des Lebens vorbei. Baudelaire litt mehr, als er genoß, und darum darf man seine Existenz nicht von einem moralischen Standpunkt aus beurteilen.

Baudelaires Leben mit Jeanne Duval und die lockeren Sitten von Paris trugen dazu bei, daß er stark dem Alkohol zusprach, jedenfalls mehr, als ihm zuträglich war. Auch nahm er Zuflucht zu Rauschgiften. Er konsumierte Haschisch und Morphium, die ihn für einige Stunden seine unerfreuliche Lage vergessen machten. Die Drogen täuschten ihm ein Wonnegefühl von trügerischer Art vor. Er erfreute sich an den «künstlichen Paradiesen»

und schrieb unter diesem Titel sogar einen Aufsatz, der in einer seltsamen Logik «Trübsinn und Vergeistigung» zusammenfaßte. Aber er ruinierte damit auch seine Gesundheit, untergrub sie förmlich und mußte dies bald bitter büßen.
Baudelaire gebrauchte Jeanne Duval nicht nur für eine Woche und warf sie dann wie das Überbleibsel einer süßen Frucht wieder weg. Jahrelang kam er für ihren Unterhalt auf, obschon er sie, so wenig wie Van Gogh seine Freundin Sien, auf keine höhere Stufe zu heben vermochte. Er gab für Jeanne unverhältnismäßig viel Geld aus, weshalb sein Vermögen wie Schnee an der Sonne schmolz.
Diese völlig ungebundene Lebensweise entsprach nicht den Grundsätzen seiner Eltern. Bestürzt über seine Verschwendungssucht erhoben sie Einspruch. Baudelaire aber hörte nicht auf sie, und da offenbar alles nichts nützte, beantragten sie seine Bevormundung. Der junge Baudelaire, kaum flügge geworden, erhielt nun einen Vormund, der sein Vermögen verwaltete und ihm monatlich eine kleine Rente auszahlte. Baudelaire empfand dies als eine unendliche Demütigung und litt schwer darunter. Der von der Schiffsmannschaft verspottete Albatros wird sichtbar. Baudelaire schaffte es nicht, die Vormundschaft abzuschütteln und blieb sein ganzes Leben lang ein bevormundeter Mensch.
Trotzdem war er nicht bereit, sich einzuschränken. Er nahm bei Wucherern Geld auf, geriet schließlich in Schulden und besaß nicht die Kraft, den Teufelskreis zu durchbrechen. Der Schuldenberg wuchs an und wurde ihm zu einer bedrückenden Last. Es war ihm zuletzt nicht mehr möglich, die Rechnungen zu bezahlen, wechselte deshalb stets die Hotels, in denen er zu wohnen pflegte, und flüchtete schließlich außer Landes.

In dieser beinahe ausweglosen Situation – der Leidensweg kann gar nicht übersehen werden – mischte er sich in der Revolution von achtzehnhundertachtundvierzig unter die Revolutionäre, kaufte sich spontan ein Gewehr und rief: «Tod dem Aupick!» Er stellte sich für einen Augenblick auf die Seite der Linken und schrieb die unüberlegten Worte: «Jesus Christus ... war mit uns auf den Barrikaden, und durch ihn, durch ihn allein, haben wir gesiegt ... Jesus Christus, euer Meister, ist auch der unsere; er ist der Gründer aller modernen Republiken – wer daran zweifelt, der hat das Evangelium nicht verstanden.»[14] Seinem ganzen Wesen nach gehörte Baudelaire nicht zu den Revolutionären; er war denn auch nach kurzer Zeit von diesem Unsinn wieder geheilt. Hernach mißglückte ihm ein Selbstmordversuch. Beide Schritte waren reine Verzweiflungstaten, die seinen bitteren Leidensweg veranschaulichen. Wer dürfte über Baudelaire den Stab brechen?

Blumen des Bösen

Mit Sinnenlust und Schuldenmacherei darf jedoch nicht die Vorstellung verbunden werden, Baudelaire sei ein Müßiggänger und Taugenichts gewesen. Sein Stiefvater mochte so über ihn urteilen, aber diese Meinung entspricht bürgerlichem Unverständnis. Baudelaire war sich inzwischen klar geworden, wozu er sich bestimmt fühlte. Er wollte ein Dichter sein. Zwar war die Situation der Literatur im damaligen Frankreich verwirrend. Der Symbolismus stand in den allerersten Anfängen und ahnte mehr vom Symbol, als daß er es verstand. Seine Vertreter verfügten über ein dichterisches Können und waren in dieser Beziehung den späteren Naturalisten

Zola, Maupassant, France usw. überlegen. Nur besaßen die symbolistischen Dichter nicht die feste Grundlage eines Péguy, Bernanos und Julien Green, sondern waren «Dichter in dürftiger Zeit» und übten einen geringen Einfluß auf das öffentliche Leben aus. Ihre Kunst blieb auf einen kleinen Kreis beschränkt. An ihre Spitze stellte sich Baudelaire, dessen Dichtung der Musik Chopins glich, die er selbst «mit einem glänzenden Vogel vergleicht, der über den Schrecken des Abgrundes dahinflattert».[15]

Baudelaire war ein überaus begabter Schriftsteller. Zwar wird keine Entwicklung sichtbar, auch sind nicht alle Publikationen auf der gleichen Höhe. Aber auch die schwächeren Werke, wie beispielsweise «Pariser Spleen», lassen ein neues Licht aufleuchten, indem sie den Mythos der Großstadt enthüllen, der an sich kein Mythos sein kann. Baudelaire bezeugte sich in seinen Prosaschriften nicht als Philosoph – das wäre entschieden zuviel gesagt –, aber er war ein nachdenklicher Mensch. Er sann über das Leben nach, und am besten bezeichnete man ihn einen Träumer, das Wort nicht im geringschätzigen Sinn verstanden. Er träumte während der Nacht und während des Tages und wußte auch Ungewöhnliches über den Traum zu berichten: «Der Mensch hat zweierlei Träume. Die einen enthalten sein gewöhnliches Leben, seine Sorgen, seine Sehnsüchte, seine Laster, und verbinden sich auf mehr oder weniger bizarre Art mit den Gegenständen, die er während des Tages erblickt hat und die sich auf der großen Leinwand seines Gedächtnisses aufdringlich festklammern. Das ist der natürliche Traum; er ist der Mensch selbst. Und nun die andere Art des Traums! der unerwartete, absurde Traum, der völlig ohne Beziehung zum Charakter, zum Leben und zu den Leidenschaften des Schläfers ist – jener Traum, den ich hierogly-

phisch nennen möchte; er stellt offensichtlich die übernatürliche Seite des Lebens dar.»[16]
Vor allem jedoch war Baudelaire «immer Dichter, selbst in Prosa».[17] Keine Frage, der Dichter verstand das Wesen der Kunst, und seine Ausführungen über dieses Thema sind von bleibendem Wert. Für die Kunst lebte und kämpfte er; sie war für ihn etwas Brennendes und Trauriges. Die reine Kunst hat nach ihm keinen direkten Nutzwert, verfolgt sie doch ein Ziel außerhalb der Moral. Sie hat keinen andern Zweck als sich selbst, und wenn eine sittliche Absicht damit verfolgt wird, schwächt dies ihre Kraft. Sie darf weder mit der Wissenschaft noch mit der Moral verglichen werden. Nützlichkeit ist nicht ihr Wesen, sondern höchstens eine Zugabe. Baudelaires Definition der Kunst lautet: «Etwas zugleich voller Trauer und voll verhaltener Glut, etwas schwebend Ungenaues, das der Vermutung Spielraum läßt.»[18] Er hat dies noch schöner formuliert, indem er sagte: «Die Poesie ist das Wirklichste, sie ist das, was erst in einer anderen Welt vollkommen wahr wird.»[19] Niemals darf man Baudelaire verächtlich einen bloßen Schöngeist nennen, denn selbst, wo er von der Wollust schreibt, ist sie immer von Reue und Schmerzen gesättigt. Er war zu diesen Aussagen berechtigt, da er in seinem Wesen durch und durch ein Künstler war. Auch wenn er Prosa schrieb, war er ein Dichter, über dessen Existenz er klar nachdachte. «Dank der Poesie und zugleich vermittels der Poesie, dank und vermittels der Musik wird der Seele gestattet, ein Stückchen von dem Glanz zu schauen, der jenseits des Grabes liegt.»[20]
Vielleicht hat er sich manchmal etwas ungeschützt ausgedrückt, denn so wie seine Worte dastehen, könnten sie im Sinne des zuerst von Victor Cousin und dann namentlich von Theophil Gautier gebrauchten Ausdruckes «l'art

pour l'art» verstanden werden, eine Formulierung, die bald wie ein Dogma geglaubt wurde. An diesem Mißverständnis ist Baudelaire nicht ganz schuldlos, weil sie ihn auch zu Fehlurteilen verlockt hat. Er beteiligte sich auch am Rummel um Wagner, als dessen Kompositionen in Paris aufgeführt wurden. Sein Urteil darüber kann nicht übernommen werden. Wahrscheinlich hat die Angst, das Neue zu verkennen, ihn falsch beeinflußt.
Von seinen Dichtungen sind die «Blumen des Bösen» in die Weltliteratur eingegangen. Die Einstimmung in den Gedichtband bildet die «Aufschrift auf ein verpöntes Buch»;

Leser friedlich und ländlich
Brav und voll nüchternheit
Wirf dieses buch beiseit:
Trübselig ist es und schändlich.

Saßest du nicht auf der bank
Bei Satan, dem listigen pfaffen
So hast du mit mir nichts zu schaffen,
Du hältst vielleicht mich für krank.

Wenn aber – doch nicht übertrieben –
Dein aug an dem abgrund sich weidet
So lies mich und lerne mich lieben.

Neusüchtige seele die leidet
Und nach ihrem himmel sucht,
Beklag mich! wenn nicht – sei verflucht![21]

Nach Walter Benjamin, der als Marxist Baudelaire nur als «Lyriker im Zeitalter des Hochkapitalismus» zu würdigen versuchte, sind «Die Blumen des Bösen» «das letzte Gedichtbuch von gesamteuropäischer Wirkung gewesen».[22] Der Titel sagt genau aus, was darin enthalten ist. Baudelaire überreicht dem Leser besondere Blumen von fremdartiger Schönheit, nicht solche, die zum kitschigen Slogan «Laßt Blumen sprechen» geworden sind. Vielmehr bedeutet das Wort ‹Blumen› für Baudelaire ein schönes Gebilde, edel geformt, zauberhaft in der Farbe und von berückendem Duft. Blumen erfreuen das menschliche Herz, man schaut sie entzückt an, und man kann sich an ihnen nicht satt sehen. Im übertragenen Sinn sind Baudelaires Blumen wirkliche Dichtung. Für ihn war Sprache Geist und nicht bloß Grammatik. Er schrieb Verse von vollendeter Form, voller Charme, Spiel und Musik. Sooft man die «Fleurs du Mal» liest, ist man entzückt und beinahe entrückt. Diese Gedichte sind so leicht, schön und formvollendet, daß man immer wieder zu ihnen zurückkehrt. Baudelaires Verse zerfließen förmlich auf den Lippen, sie sind wie die Küsse einer temperamentvollen Frau. Man kann nicht satt werden, sie zu genießen. Wer von reiner Poesie ergriffen wird, muß Baudelaires Gedichte lieben. Zorn und Melancholie sind darin enthalten. Der Dichter gestand: «daß ich mein ganzes Herz, meine ganze Zärtlichkeit, meine ganze Religion (verschlüsselt) und meinen ganzen Haß in dieses gräßliche Buch gelegt habe.»[23] Er trug seine herrlichen Verse wie ein Psalmensänger vor, man ist versucht zu sagen: er zelebrierte sie. Sie sind wirklich in Worte gefaßte Musik, was ein ganz seltener Glücksfall ist, weil Worte sich an den Verstand wenden und Musik an das Gefühl. Baudelaires Dichter-Musik spricht beides zugleich aus, sie grenzt an Heiligkeit, sofern man Kunst als Abglanz des Göttlichen begreift. Wenn er doch nur immer auf diesem Weg geblieben wäre! Leider ließ er sich von anderen Tönen verlocken, die vieles verdunkelten.

Natürlich war Baudelaires Werk bei seinem Erscheinen umstritten. Es gab Stimmen, die sich gegen seine Gedichte aussprachen und beinahe monoton die nämlichen Worte wiederholten. «Hier findet man das Niedrige Seite an Seite mit dem Widrigen, das Abstoßende im Verein mit dem Ekelerregenden.»[24] Baudelaire wurde beschuldigt, die Gesetze zum Schutze der Religion und der Moral mit Füßen getreten und die teuersten Glaubensüberzeugungen der Christen vernichtet zu haben. Im gleichen Moment setzten sich auch Menschen leidenschaftlich für Baudelaire ein und versuchten zu erklären, daß seine Gedichte nicht für alle Leser bestimmt seien und daß die darin enthaltene Traurigkeit Grund genug sei, das Werk freizusprechen. Man verglich ihn mit Dante und betonte, Baudelaire habe, gleich dem Florentiner Dichter, wohl das Böse geschildert, ihm jedoch nie zugestimmt.
Die Erklärungen für und gegen Baudelaire sind nicht allzu bedeutsam, tauchen sie doch bei jeder wichtigen Neuerscheinung auf. Unerfreulich war vielmehr, daß sich der Staat mit seinen tappigen Händen in die Diskussion einschaltete, wie er dies auch bei G. Flauberts «Madame Bovary» getan hat. Es traten die Juristen auf den Plan, jene Menschen, die Daumier durchschaut und unvergänglich gezeichnet hat. Der Staatsanwalt klagte Baudelaire wegen seinen «Blumen des Bösen» ein. Zwar hatte er das peinliche Gefühl dabei, sich in eine heikle Angelegenheit eingemischt zu haben, bewertete aber doch Baudelaires Werk als eine Verletzung der öffentlichen Moral. Der Verteidiger dagegen rühmte die hohe Kunst Baudelaires, erklärte, das Werk könne nur als Ganzes verstanden werden und früher hätte es ebenfalls nicht der Sitte entsprechende Gedichte gegeben, die allerdings nie vom Staat verurteilt worden seien. Man kann

sich leicht vorstellen, wie hilflos die Richter mit ihren dürren Gesetzesparagraphen gegenüber einem solchen Kunstwerk waren. Sie vertraten die Justiz, nicht aber die Poesie, lag sie doch ganz außerhalb ihres Gesichtskreises. Die verführerischen Gedanken Baudelaires waren für den Staatsanwalt Beweis genug, um den Verteidiger schachmatt zu setzen. Die Richter verurteilten gemäß dem Antrag des Staatsanwaltes Baudelaire wegen Gotteslästerung und Verletzung der Moral, und weil er «zur Erregung der Sinne» verleitet habe, zu einer Buße. Man widerrief dieses Fehlurteil erst nach hundert Jahren, trotzdem erschienen die «Blumen des Bösen» immer wieder. Wir möchten lieber mit Baudelaire Unrecht als mit den Justizbeamten Recht haben. Der Prozeß mußte den Dichter in seinem Ehrgefühl tief verletzt haben, denn er empfand das Urteil neben der Bevormundung als eine zweite, schwere Demütigung. In den Augen der Gesellschaft war er nun gebrandmarkt. Das Buch hatte ihm statt unsterblichen Ruhm nur öffentliche Verachtung eingetragen. Es gehört offenbar zum Schicksal des echten Dichters, unverstanden zu bleiben in seiner Zeit; nur die beifallssüchtigen Schreiberlinge, die dem großen Haufen nachlaufen und einer abgeschmackten Zeitdienerei huldigen, werden zu ihren Lebzeiten kritiklos bejubelt.

Die «Blumen des Bösen» werden noch heute und auch in Zukunft gelesen. Warum? Weil Baudelaire «ein großer Sittenlehrer ist. Sein Gedicht ‹An den Leser› ist fast eine Predigt, und die ‹Frauen der Verdammnis›, ‹Das Geschmeide› enthalten Vermahnungen, die eines Bossuet würdig sind» meinte Hausenstein.[26] Ist diese Ansicht richtig? Es dürfte ein Fehlurteil dieses Kritikers sein. Baudelaire wird gelesen, weil er ein Dichter und nicht, weil er ein Sittenlehrer war. Zum Sittenlehrer war er gewiß nicht berufen, aber als Dichter steht er ganz groß da.

Alfred de Vigne deutet die andere Seite an, wenn er sagt, Baudelaires Gedichtband enthalte mitunter etwas «Vergiftetes, wie infolge Ausdünstungen aus dem Friedhof des Hamlet».[27] Die Vorliebe für das Krankhafte gehörte zu Baudelaires Werk; er selbst war das Gegenteil der durch und durch gesunden Dichtung von Jeremias Gotthelf. Diese Empfindung kann nicht bestritten werden, und deswegen ist es notwendig, frei und unabhängig von allen Vorurteilen auf die tieferen Probleme von Baudelaires Dichtung einzugehen. Dabei geht es nicht darum, Sprachstudien zu treiben, obwohl der Dichter dieses «Examen» glänzend bestehen würde. Damit aber bleibt man im Formalen hängen und dringt nicht zum Inhalt vor.

Baudelaire erlebte wirklich das Ereignis des Schönen. Hans Urs von Balthasar schrieb mit Recht von der Schönheit: «Wer bei ihrem Namen die Lippen schürzt, als sei sie das Zierstück einer bürgerlichen Vergangenheit, von dem kann man sicher sein, daß er – heimlich oder offen gestanden – schon nicht mehr beten und bald nicht mehr lieben kann.»[28] Schönheit ist etwas Hohes und Herrliches; Schönheit ist schwer zu beschreiben oder höchstens in Bildern anzudeuten. Sie ist unaussprechlich und schließt eine Verzauberung in sich. Man kann sie ansehen und betrachten, ohne vom Anblick satt zu werden. Baudelaire hat das Schöne erfahren und vermochte dieser Gewalt nicht zu widerstehen. Er wußte auch um den mit dem Schönen verbundenen Schrecken. Unmöglich ist es, sich diesem Erleben zu entziehen, wenn man vom Strahl der Schönheit getroffen ist. Allein, das Schöne muß, um wirklich schön zu sein, mehr als nur schön sein.

Etwas Hintergründiges steckt in Baudelaires Schönheitsbegriff. Seine Schönheit blickt gleich einer Sphinx den

Leser an, der die rätselvolle Frage nicht zu beantworten vermag. Baudelaire nannte seine wunderschönen Gedichte «Blumen des Bösen». Es ist nicht erlaubt, nur in der vollendeten Form zu schwelgen, man muß auch das Abgründige des Inhaltes sehen. Das Böse ist ein negatives Element. Ich denke dabei an Gedichte wie «Petrus verleugnete den Herrn mit Recht» oder gar an die «Satanlitanei». Sie sind schlimm, wenn man sie ernst nimmt. Nach Stefan George sind es «abschreckende und widrige Bilder, die den Meister eine Zeit lang verlockten», es sind sogar Lästerungen und Blasphemien.[29] Baudelaire drehte selbst die Wahrheit um, indem Kain dem Abel vorgezogen wird. Er verherrlichte in seiner Zweideutigkeit abwegige Dinge, besang Haltungen, die den Menschen auf falsche Wege leiteten. Das Böse mit seiner bläulich schimmernden Flamme lockte und verlockte ihn. Um ja nicht zu den braven, langweiligen Bürgern gezählt zu werden, warf er sich dem Verwerflichen in die Arme. Das Böse übte auf ihn eine magische Anziehung aus; er vermochte auch seinen Verführungskünsten nicht zu widerstehen. Sein herrlicher Gedichtband schließt eine Gefahr in sich, denn die Worte können namentlich für unreife Gemüter «süßer als Gift» (Sologub) schmecken. Wie aber ist das Schöne und das Böse zu vereinigen? Ist Poesie immer auch Sünde? Haben jene recht, die da sagen: Kein Werk, an dem der Dämon nicht mitgearbeitet hat? Oder hat man sich an die andere Auffassung zu halten: An jeder Schöpfung muß ein Engel mitwirken? Schreiben nur Unheilige Verse und Romane? Bei Baudelaire sind die beiden Pole eng verbunden, er hat sie sogar miteinander vermischt und hat dadurch dem Werk eine irritierende Wirkung verschafft. Die Verwirrung liegt auf der Hand: Baudelaires Werk ist Sünde, und zugleich ist in ihm hohe Poesie. Sein Wesen ist eine Vermischung von

Heiligem und Unheiligem, und darum wirkt es so verwirrend. Unmöglich ist es, den Inhalt seiner Gedichte sauber zu ordnen. Wie er in dieser geistigen Unordnung zu leben vermochte, bleibt sein Geheimnis, das nicht zu lösen ist durch den Nachweis, er habe Swedenborg gelesen. Dies ist gut möglich; auch die Anregungen aus dieser Lektüre lassen wir gelten. Das Geheimnis aber ist tiefer verborgen. Es liegt im Wesen des Geheimnisses, daß man es nicht erklären kann, – wie wäre es sonst ein Geheimnis?

Bei allem Kult des Bösen darf man nicht übersehen, daß Baudelaire darunter litt. Wenn ein Mensch wußte, was Leiden heißt, dann war es Baudelaire. Die Qualen verliehen seinem Dasein die tragische Note. Man nannte seine «Blumen des Bösen» schon Blumen der Gewissensbisse, der Buße und der Reue, was nicht ganz falsch ist. Nach Mauriac lastete auf Baudelaires Seele «der furchtbare Zugriff Gottes».[30] Er hatte den tiefen Wunsch, dem bloß Endlichen abzusagen, auch wußte er um die Realität der Erbsünde. Es geht bei der Erbsünde nicht um ein altmodisches Dogma. Sie ist eine Wahrheit, die sich unserem Verstehen entzieht und ohne die das Menschenleben doch unbegreiflich bleibt. Pascal kannte die Bestürzung über den Abgrund und so auch Baudelaire. Er schrieb die Worte: «Im Seelischen wie im Körperlichen habe ich immer die Empfindung des Abgrundes gehabt», womit er sein Innerstes bloßgelegt hat. Der Ausdruck ‹Abgrund› kommt bei Baudelaire mehrfach vor, ein unheimliches Gefühl, das nur metaphysisch veranlagte Menschen empfinden. Er bewegte sich am äußersten Rand des Abgrundes. «Nach den ‹Blumen des Bösen› bleiben für den Dichter, der sie erblühen ließ, nur zwei Entschlüsse zu fassen: sich eine Kugel vor den Kopf zu schießen ... oder Christ zu werden ...»[32]

Baudelaires «Blumen des Bösen» sind einmalig, verdienen höchstes Lob und zugleich leisen Tadel. Es wäre unrichtig, bei ihnen stehen zu bleiben, müßte man doch zuletzt auch ihnen gegenüber an das große Einfache erinnern. Der frühvollendete Karl Eugen Gaß schrieb im Gedenken an seine Braut in sein «Pisaner Tagebuch»: «Seit dem ersten Studienwinter in Heidelberg begleiten mich nun diese Gedichte, und als ich, im Lampenschein, die so vertrauten Verse lese, auf und ab gehend in dem abendlichen Zimmer, muß ich darüber nachdenken, welche Botschaft Baudelaire mir heute noch zu verkünden hat. Ist doch die Zeit vergangen, in der mir scheinen konnte, seine Welt sei auch die meine, als der fahle Herbst mir lieb war und der blasse Frühling, als ich nächtens durch die trüben Straßen wanderte und nach Farben und Düften verlangte, als das Verlorene mich lockte und die Verkommenheit, als ich das Schöne verehrte wie die Reinheit eines Gestirns – o schwere Zeit. All mein Streben ist seitdem gewesen, ins Klare und Rechte zu gelangen, wachen Sinnes die Ordnung des Tages zu erkennen, und dennoch liebe ich den toten Dichter wie zuvor. Wohl sehe ich deutlicher, was Schwäche in ihm ist und was Manie, wohl bin ich empfindlicher für die Vergötzung der eigenen Art, durch die er seinen Stil geschaffen, aber auch deutlicher denn je spüre ich die unverletzliche Geistigkeit und die Gewalt der durchdringenden Erfahrung. Wenn ich an Ilses Seite trat und damit für alle Zeit dem absagte, was Baudelaire besingt, der stechenden Lust und der anbetenden Minne, so ist mir doch, als hätte ich alle Kräfte der Liebe kennenlernen müssen, Höhen und Tiefen, um Ilse die Liebe der Ewigkeit schenken zu können.»[33]

Baudelaire schuf eine formvollendete, jedoch nicht im Dienste des Höchsten stehende Dichtung. Er war ein Fremdling auf dieser Welt und fragte sich selbst: «Was liebst du denn, seltsamer Fremdling? Ich liebe die Wolken ... die Wolken, die vorüberziehen dort ... dort ... die wunderbaren Wolken!»[34] Diese Dichtung enthält Ideen, Gedanken, Gedanken, so viele, daß sie nicht leicht zu übersehen sind. Baudelaire war ein ideenreicher Dichter, mochten auch seine mannigfachen Ausführungen oft widerspruchsvoll sein. Das gegensätzliche Empfinden lag in seiner Natur. In «Mein entblößtes Herz» schrieb er: «Jeder Mensch wird zu jeder Stunde gleichzeitig von zwei Forderungen bewegt: die eine führt ihn zu Gott, die andere zu Satan hin.»[35] Baudelaire gestand, schon als Kind habe er in seinem Herzen zwei sich widerstreitende Empfindungen gespürt: Lebensangst und Lebensüberschwang.[36] Diesen Widerspruch vermochte er nie zu überwinden. Er verachtete es, Orden zu erhalten, und bewarb sich zugleich um einen Sitz in der Akademie. «Man sagt von mir, ich sei nicht katholisch; man sagt, meine Dichtung sei teuflisch und dämonisch. Was für ein Widerspruch! Nichts ist doch katholischer als der Teufel!»[37] Baudelaire war der Widerspruch in Person. Er liebte die Gegensätze und das widerspruchsvolle Denken. Zunächst spürte er gar nicht, daß die Leser von ihm innerlich zerrieben wurden.

Wer hat Baudelaires Denken und Fühlen nachhaltig beeinflußt? Kein Mensch ist ein vom Himmel gefallenes Wunder, sondern er ist, ob er es weiß oder nicht weiß, von gewissen Vorfahren geprägt. Wir alle stehen auf den Schultern derer, die vor uns gelebt haben. Baudelaire bestritt dies keineswegs, sondern bekannte mit entwaffnender Ehrlichkeit: «De Maistre und Edgar Poe haben mich denken gelehrt.»[38] Dies sind nun freilich zwei sehr verschiedene Menschen, und sonderbarerweise hat er beide zu seinen Lehrmeistern gewählt.

De Maistre war ausgesprochen konservativ. Er hat die Französische Revolution und das damit verbundene Chaos erlebt, weshalb er sie entschieden ablehnte und eine theokratische Monarchie forderte. Er verachtete die Demokratie, hatte Sinn für Rang und Ordnung und war in seinem Denken auf Tradition und Kontinuität gerichtet. Der französische Denker war eine eindrucksvolle, heute übersehene Persönlichkeit, die sich in ihrem Leben bewährte, auch als er Gesandter des savoyischen Königs in Rußland war. De Maistre kämpfte gegen die bloße Vernunftsherrschaft und fühlte erstaunlich stark, was hinter und über den Dingen war. Nach ihm liegt die wahre Bestimmung des Menschen im Erkennen und Lieben, eine Auffassung, die allein dem paradoxen Leben mit all seinen Übeln gewachsen ist. In der Gefolgschaft von de Maistre verachtete auch Baudelaire alle Schlagworte und trat für eine Regierung durch die Aristokratie ein.

Der andere Lehrmeister war der tief unglückliche Edgar Poe. Der amerikanische Dichter verlor früh seine Eltern, die Schauspieler waren, worauf er von Allan Poe adoptiert wurde, der ihn in seinem Testament mit keinem Rappen bedachte. Poe hatte einen Hang zum Extravaganten, war aber ein Dichter mit einem Gespür für das Unheimliche, Undurchsichtige und Abgründige. Oberflächlich gelesen, schrieb er Gruselgeschichten, schaute man aber näher hin, gab er dem Metaphysischen starken Ausdruck. Poe hatte es unzweideutig mit den Mächten zu tun. Ihm war es gegeben, davon in beängstigender Weise zu schreiben. Durch Armut und Trunksucht richtete er sich zugrunde und starb mit den Worten auf den Lippen: «Gott sei meiner armen Seele gnädig.» Baudelaire entdeckte ihn und übersetzte verschiedene seiner Werke, in denen er sich selbst wiedererkannte. Er machte ihn in Europa bekannt, schrieb einen verständnisvollen Aufsatz über ihn, in dem er Poes Leben als ein Trauerspiel bewertete: «Man möchte fast meinen, der blinde Racheengel habe sich einiger ganz bestimmter Männer bemächtigt und peitsche sie mit aller Kraft zur Erbauung der übrigen Menschheit.»[39] Baudelaire war von Poes Werk so sehr begeistert, daß er es in seine eigenen Schöpfungen aufnahm.

Es ist unmöglich, De Maistre und Poe unter einen Hut zu bringen. Baudelaire liebte sie beide und hatte ihnen viel zu verdanken. Baudelaires Widerspruch zeigt sich auch in dieser Zuneigung und beweist nochmals, daß das gegensätzliche Denken und Fühlen zu seinem Wesen gehört. Gegen seine Zeit eingestellt, war er zugleich der modernste Dichter, den es damals gab. Man muß bei ihm zwischen dem Dauernden und dem Zeitgebundenen unterscheiden.

Baudelaire führte einen ganz bewußten Kampf gegen die Moderne. Er fürchtete, die zivilisierten Völker würden schon bald unter das Niveau von Götzendienern herabsinken. Fortschritt bedeutete für ihn Verkümmerung, die Mechanisierung bewertete er als Gefahr, die Welt schien ihm im Zustand äußerster Ratlosigkeit zu sein und einem Untergang entgegen zu gehen.[40] In der Demokratie sah er nur eine grausame Tyrannei der Masse, weil die Mehrheit niemals zugleich auch die Wahrheit ist. Er entschied sich gegen jene kleinen, eitlen Franzosen, die sich anmaßten, das Undiskutierbare zu diskutieren. Das Zeitungswesen war ihm von der ersten bis zur letzten Zeile ein einziges Gewebe von Greueln, Kriegen, Verbrechen,

Diebstählen, Sittlichkeitsdelikten und Folterungen. Baudelaire verachtete den Journalismus: «Ich begreife nicht, daß eine reine Hand eine Zeitung berühren kann, ohne Krämpfe von Ekel zu bekommen.»[41] Baudelaire schwamm offenbar nicht einfach mit dem Strom der Zeit, sondern gehörte zu den großen Unzeitgemäßen. Obwohl Baudelaire in einem inneren Gegensatz zum Zeitgeist stand, schuf er ein Idealbild, das nur allzu leicht und fugenlos zum Wesen der Moderne paßte. Es ist seltsam, daß Baudelaire dies nicht spürte. Aber es ist darüber kein ernsthafter Zweifel möglich, daß er ein neues Mannes-Ideal gestalten wollte. Er war auf der Suche nach einer neuen Form des Lebens, eine Bemühung, die ihn weit über das Niveau des Literaten hinaushebt. Allein, er hat sich dieses Problem zu leicht vorgestellt. In einem genialen Einfall gab er diesem Idealbild den seltsamen Namen: der Dandy. Er selbst verkörperte es in seinem Auftreten, indem er sich mit auserlesener Eleganz kleidete. Sein Gewand war nach seinen Vorschriften vom besten Schneider genäht, die Hosen weiteten sich nach unten, und auf dem Kopfe trug er einen tütenförmigen, nach oben breiter werdenden Zylinder. Die bevorzugte schwarze Farbe gab ihm ein beinahe priesterliches Aussehen. Die ganze kecke Aufmachung widersprach der damaligen Mode. Natürlich war er nicht immer gleich angezogen, stets aber war er mit raffiniertem Geschmack gekleidet. Der junge, exzentrische Mann fiel auf im Pariser Straßenbild, er zog die Blicke auf sich, und man konnte ihn nicht übersehen. Nach seiner Auffassung «muß das ganze Streben des Dandy darauf gerichtet sein, ohne Unterbrechung erhaben zu sein».[42] Der Dandy war für ihn der schöpferische Flaneur – ein etwas widersprüchliches Wesen in sich selbst. Daraus geht hervor, daß der Dandy für Baudelaire ein positiver

Begriff war. Er wollte seinen Mitmenschen als Rätsel erscheinen. «Der Dandysmus stellt vor allem das brennende Bedürfnis dar, sich innerhalb der äußeren Grenzen des Schicklichen eine Originalität zu schaffen. Es ist eine Art Ich-Kult, der die Suche nach dem Glück beim anderen – zum Beispiel bei der Frau – überdauern kann, – ja, der sogar alles, was Illusion genannt wird, überdauern kann.»[43] Es war das neue Vorbild, das nach Baudelaire bestimmt sei, das in der Französischen Revolution hochgekommene Bourgeois-Ideal abzulösen. Er setzte es bewußt der Masse entgegen, indem er urteilte: «Der ist nicht wie jedermann.»[44]

Keine Frage, er schuf mit seinem Dandy einen neuen Begriff. Wir können die Frage nicht unterdrücken: Ist das Ideal des Dandy haltbar, und enthält es die ihm von Baudelaire zugeschriebene Substanz? Diese Frage kann nur verneint werden, denn im besten Fall ist der Dandy «nur der letzte Schimmer des Heroischen in Zeiten der Dekadenz». Er ist eine «Sphinx ohne Geheimnis», ein «kaltes, unfruchtbares Ideal», wie Kemp schrieb, «das falsche Bild eines echten Strebens nach Selbstverwirklichung, ein ins Weltliche pervertierter Heiliger».[45] Baudelaire besaß nicht die Kraft und hatte auch nicht die Fähigkeit, ein Mannes-Ideal zu schaffen. Dies ist auch kaum möglich, nachdem die Menschen das Ideal des Weisen, des Ritters, des Heiligen leichtfertig weggeschoben haben. Man kann es auch nicht künstlich machen wollen, denn ein neues Leitbild muß entweder organisch wachsen, oder es wird dem Menschen geschenkt. Baudelaires Dandy-Ideal erschöpfte sich in einem Anti-Bürgertum; er wollte mit ihm der Bourgeoisie entrinnen und blieb doch in ihren Fangnetzen hängen. Der Dandy vermochte nicht einmal den Gentleman zu ersetzen. Mit der bloß äußerlichen Sauberkeit wollte er nach außen sichtbar machen, was er innerlich war. Man kann den Dichter nicht zur Schau tragen, jedenfalls sieht man ihn Cervantes, Shakespeare oder Goethe nicht an. Zwar glaubte nicht nur Baudelaire an dieses Ideal, auch der junge Jochen Klepper trug ein Monokel und gab sich als Bohemien. Diese Haltung fiel ab von ihm wie dürres Laub vom Baume, als seine Situation ernst zu werden begann und er sich ganz der Bibel unterstellte. Wer heute vom Dandy spricht, braucht das Wort im abfälligen Sinn – dermaßen rasch hat sich das Ideal in Nichts aufgelöst. Für Baudelaire war es ebenfalls nur eine Maske, hinter der er sich versteckte, und für uns ist der Dandy ein bloßer Stutzer in einer lächerlichen Pose geworden. Hatte es Baudelaire nötig, sich so auffallend gekleidet in der Gesellschaft zu zeigen, er, der doch ein wirklicher Dichter war? Dies tun gewöhnlich nur Leute, die mehr scheinen wollen, als sie sind. Baudelaires Dandy war bloß effektvoll nach außen gerichtet und verlieh dem inneren Wert einen durchaus ungenügenden Ausdruck.[46] Sein neues Ideal zerrann denn auch bald und wurde bedeutungslos.

Dem Tod entgegen

In den letzten Jahren seines Lebens schrieb Baudelaire «Mein entblößtes Herz». Wer es nicht kennt, dem bleibt der Dichter fremd. Es war eine Art intimes Tagebuch, ein erschütterndes, ergreifendes Dokument. Es ist nicht mehr Literatur; es überschreitet sie bei weitem. Paradox ausgedrückt, besteht es aus unkirchlichen Gebeten. Auf jeden Fall offenbart es Baudelaire in seiner letzten Phase. Das Ende von seinem Lied ist erschütternd. Er wurde das Opfer seiner ersten Periode, indem er ein tragisches Ende erlebte, das man nur mit aufgeschrecktem Antlitz verfolgen kann. Satan schleifte ihn buchstäblich durch die letzte Phase seines Daseins. Ist dies verwunderlich, wenn man bedenkt, daß er die Satanslitanei angestimmt hat: «Erbarme, Satan, dich auch meiner tiefen Qualen»?[47] Der Teufel erhört den Menschen, wenn er ihn herbeiruft. Niemand wußte dies besser als Baudelaire. Für den Dichter war Satan keine bloße mythologische, längst überholte Vorstellung, wie die Naiven unter den Theologen meinen. Als ein Mensch, der um den Abgrund wußte, war der Teufel für ihn eine unheimliche Realität. Der damals modische Satanismus war ein bloßes Getue einiger Ästheten, mit denen Baudelaire nichts zu tun hatte. Nie nahm er an schwarzen Messen teil, die ohnehin eine gefährliche Spielerei sind. Baudelaire wußte um die Tiefen des Satans: «Sich Satan verschreiben, was heißt das?»,[48] fragte er voller Entsetzen. Er erkannte ihn unter den getarnten Masken: «Der Handel ist, seinem Wesen nach, satanisch»[49] und ist sowohl in den unteren als auch in den oberen Gesellschaftsschichten vertreten. Er schrieb den bestürzenden Satz: «Liebe Brüder, vergeßt es niemals, wenn ihr den Fortschritt der Aufklärung rühmen hört: die schönste List des Teufels ist es, euch zu überreden, daß er gar nicht existiert!»,[50] eine der bedeutsamsten und scharfsichtigsten Erkenntnisse, die es überhaupt gibt. Eine ähnliche Erfassung des Teufels findet man nur noch bei Gogol. Baudelaire stellte damit uns Theologen weit in den Schatten, denn vielen von uns ist Diabolus meistens nur ein dogmatisches Problem ohne jede eigene Erfahrung. Nur ein von den Mächten heimgesuchter Mensch vermochte diese schwer erkennbare List des Teufels aufzudecken, der im Paradies das erste Elternpaar irreführte, der die mittelalterlichen Menschen mit einer allzu plumpen Vorstellung von einem Wesen mit Hörnern, Schwanz und Bocksfüßen erschreckte, und der am allermeisten den sich weiß wie aufgeklärt dünkenden modernen Menschen übertölpelte, indem er ihn glauben machte, er existiere gar nicht. Diese List ist Satan gelungen, und gerade darum sind ihm unzählig viele Menschen ahnungslos, sozusagen im soldatischen Taktschritt, in den Rachen gelaufen. Baudelaire dagegen hat Satan «den listigen Pfaffen» genannt und hat ihn mit scharfem Blick unter der mondänen Verkleidung erkannt. Mit einer erstaunlichen Einsicht in das Wesen Satans hat er tief in das Menschenleben hineingeblickt. Für ihn war Satan eine nicht definierbare Wirklichkeit, die die Menschen auf eine grausige Weise bei lebendigem Leib verschlingt.

«Indem man sich nicht sofort bekehrt, setzt man sich der Verdammnis aus» schrieb Baudelaire.[51] Bei all den erwähnten Gefahren nahm Baudelaire seine Zuflucht zum Gebet. So überraschend und ungewohnt es klingen mag: er war ein betender Mensch, was meistens übersehen wird. Er entschloß sich, «jeden Morgen mein Gebet zu verrichten»,[52] besaß er doch «seit seiner Kindheit Neigung zu allem mystischen Wesen» und flüsterte «seine Gespräche mit Gott».[53] Vielleicht war Baudelaire nicht immer ein Beter gewesen, aber er war es ganz gewiß in der letzten Phase seines Lebens: «Kenne die Freuden eines harten Lebens; und bete, bete ohne Unterlaß. Das Gebet ist ein Sammelbecken von Kraft.»[54] Sein Gebet war kein gedankenloses Plappern, sondern ein Schrei de profundis. Gewiß litt er zuweilen auch an jener Seelenkrankheit der Langeweile, doch ist in seinen Lästerungen noch ein Funke des Gebetes enthalten. Dieser Sünder erkannte in seiner Einsamkeit das Gebet als einzige Rettung. In «Mein entblößtes Herz» stehen die Worte: «Der Mensch, der des Abends sein Gebet verrichtet, ist ein Feldhauptmann, der Wachtposten aufstellt. Er kann schlafen.»[55] Man kennt Baudelaire kaum in seiner Tiefe, wenn man sich von seiner Kleidung blenden läßt. Hinter den Kulissen sieht es anders aus, denn dort entdeckt man den in der tiefsten Verborgenheit flehenden Beaudelaire. Der Dichter wußte zu genau, daß es letztlich immer um Sünde, Schuld und Erlösung geht, und daß alle anderen Probleme zweitrangig sind.

Nach dem Prozeß gegen «Die Blumen des Bösen» war für Baudelaire die Lage in Paris unhaltbar geworden. Seine Gläubiger verfolgten ihn wie ein gehetztes Wild, und die Bürger wichen einen Schritt vor ihm zurück. Er floh aus Frankreich und setzte sich nach Belgien ab. Es war die zweite Reise seines Lebens. Er hoffte, in Brüssel einem größeren Verständnis zu begegnen. Die Enttäuschung blieb nicht aus, denn die Belgier benahmen sich nicht anders als die Franzosen. In beinahe leeren Sälen hielt er Vorträge. Die Situation war gespenstisch, sagte doch Baudelaire schon nach zehn Minuten zu den bereits ermüdeten Zuhörern: «Lassen wir es dabei bewenden!»[56] Seine Flucht in die Öffentlichkeit brachte ihm nicht den geringsten Erfolg. Der ganze Belgienplan war ein niederschmetterndes Fiasko.

Zudem machten sich die ersten Zeichen seiner Krankheit bemerkbar. Die Rauschgifte hatten seine Gesundheit untergraben, und was Baudelaire in den folgenden Monaten erlebte, war ein geisterhafter Totentanz, der an Unheimlichkeit den Zeichnungen Holbeins in nichts nachstand. Er bekam Anfälle, verlor das Gleichgewicht, klammerte sich schließlich in seinem Zimmer an einen Schrank, der kippte und Baudelaire unter sich begrub. Qualvoll ist der Anblick dieses hilflosen Dichters im fremden Hotelzimmer. Schließlich brachte er es fertig, schleunigst nach Paris zurückzureisen. Kaum angekommen, erlitt er einen

Schlaganfall, der ihn einseitig lähmte und ihn der Sprache beraubte, jener Sprache, die ihm einst alles bedeutet hatte. Unendlich traurig lag er auf seinem Krankenlager. «Welch ein schmerzliches Schauspiel bietet der umnachtete Baudelaire, wie er durch das Fenster der Krankenstube auf den flammenden Abendhimmel weist, indes seinen Lippen sich ein stammelndes Fluchwort entringt. Der Sinn eines solchen Bildes entzieht sich menschlicher Deutung»,[57] schreibt F. Kemp in seiner vorzüglichen Einleitung zum «Entblößten Herzen». Baudelaire gab sich keiner Täuschung über seinen Zustand hin, hatte er doch stets Umgang gehabt mit dem Tod, der nach seinen eigenen Worten «den Armen und Nackten das Bett bereitet».[58] Die ihn pflegenden Nonnen nahmen Anstoß an den Fluchworten des halb umnachteten Mannes. Sie verstanden seine Worte nicht als Ausrufe eines Besinnungslosen, sondern verweigerten ihm in wenig christlicher Gesinnung jede weitere Hilfe, womit sie bewiesen, von Baudelaires Qual nichts begriffen zu haben. Die Schwestern ließen nachher das Zimmer durch einen Exorzisten reinigen. Der schwerkranke und ganz hilflos gewordene Baudelaire mußte in das Hotel du Grand Miroir zurückgebracht werden. Langsam dämmerte er dahin. Mit ungefähr fünfundvierzig Jahren sah er aus wie ein Greis. Der Tod erlöste am 21. August 1867 einen tief unglücklichen Menschen.

Über das Antlitz des Toten schrieb einer seiner Bekannten: «Man wollte mich ein letztesmal ihn sehen lassen. Als man den Schleier, welcher sein Gesicht bedeckte, hob, sah ich sein großes fragendes Auge auf mich gerichtet. Im Tod wie in der Krankheit hatte er diesen selben merkwürdigen und suchenden Blick bewahrt, den Blick eines Menschen, der in den Sphären des Phantastischen lebt und den unablässig eine Vision verfolgt.»[59]

An seiner Bestattung nahmen kaum hundert Personen teil. Das offizielle Frankreich und die Akademie française fehlten und verrieten damit, daß sie von der Größe des Dichters keine Ahnung hatten, den man zu Grabe trug. Als der Sarg in die Gruft gesenkt wurde, trat Banville hervor und hielt dem Verstorbenen eine Gedenkrede, die durch den menschlichen Ton auffiel. Er feierte in Baudelaire den Neuerer, «der die menschliche Natur nicht nach einem vorgefaßten Ideal umgestaltet, der vielmehr den ganzen modernen Menschen mit seinen Hinfälligkeiten, seinem krankhaften Zauber, seinem ohnmächtigen Wollen wiedergegeben hat».[60] Vor allem aber verdienen seine Worte festgehalten zu werden: «Dächte ich nur an mich, würde ich mich ganz und gar diesem Schmerz hingeben, dem ich schwer gebieten kann; aber ich muß einen Augenblick vergessen, daß Charles Baudelaire für mich ein unübertrefflicher, teurer Freund war: Ich habe eine höhere, heiligere Pflicht gegen ihn zu erfüllen als nur zu weinen.»[61]

Der verlorene Heiligenschein

Viele Menschen lesen Baudelaire, berauschen sich an der Schönheit der Sprache und sind sich doch nicht klar darüber, was sie über diesen Dichter denken sollen. Es bleibt bei einem undeutlichen, widersprüchlichen Eindruck. Doch darf man sich mit einem verschwommenen Gefühl nicht zufrieden geben. Der Leser sollte zur Einsicht gelangen, daß Baudelaire weder ein Bürgerschreck noch ein Märtyrer war, wohl aber das Opfer einer entleerten Zeit.
Wir müssen uns bei der religiösen Beurteilung eines Menschen vor zwei Fehldeutungen hüten: Es geht nicht

an, einem Menschen das Christentum abzusprechen, nur weil er eine andere Auffassung hat als wir. Es gibt nun einmal verschiedene Ansichten über das Christliche, dies beweisen allein schon die zahlreichen Konfessionen. Ferner ist es ebenso unrichtig, einen Menschen zu einem Christen zu machen, der es ausdrücklich nicht sein will. Beiden Fehlern verfallen zuweilen die Christen, weil sie oft das Christentum ihren eigenen Meinungen gleichsetzen, während es doch in Wirklichkeit alle menschlichen Auffassungen übersteigt.

Nach dem Erscheinen der «Blumen des Bösen» hatten viele rechtschaffene Leute das Gefühl, Baudelaire gehöre zu den Verführern der jungen Menschen. Die Befürchtung ist verständlich, denn er hatte einen negativen Einfluß auf jugendliche Gemüter. Als Beispiel sei nur Artur Rimbaud angeführt.[62] Die blamable Geschichte mit dem Prozeß bestätigt diese Annahme. Man sagte, ein betörendes Parfum gehe von seinen Worten aus und werde charakterlich noch nicht gefestigten Menschen zum Fallstrick. Baudelaire, als Verfasser «Der künstlichen Paradiese», war für sie ein Mann des Verderbens, der zu meiden war. In den Augen der frommen Christen war er ein Vertreter der Bohème, die in der Sünde lebt.

Diese Ablehnung Baudelaires beruhte offenkundig auf einer oberflächlichen Kenntnis des Dichters, weshalb sie auch nicht bestehen konnte. Der Gegenschlag blieb nicht aus. Stimmen erhoben sich und schilderten Baudelaire als gutmütigen Katholiken und unschuldigen Heiligen. Godoy zitierte nur fromme Worte von ihm, so daß ein unbefangener Leser auf den Gedanken kommen konnte, den Dichter einen halben Heiligen zu nennen. Mauriac meinte, die Lyrik Baudelaires komme ebenso vom Vater, wie die Gedanken Bossuets und Pascals.[63] Ähnlich argumentierte Wilhelm Hausenstein in seiner ausgezeichneten

Studie. Er verglich Baudelaires Verhältnis zum Katholizismus mit einer Krypta, deren Eingang zu Zeiten verschüttet war, und die doch immer mit der Kirche verbunden bleibt. «Es ist erlaubt zu glauben, daß die Seele Baudelaires im Himmel weilt.»[64] Auch Kassner nannte Baudelaire einen «poeta christianissimus».[65] Man müßte aber doch fragen, ob Baudelaire diese katholische Rehabilitierung nötig hatte? Ganz abgesehen davon, daß es nicht unser Amt ist, die Plätze im Himmel zu verteilen – Jesus lehnte dies schon der Mutter der Söhne des Zebedäus ab –, ist mit einer Apologie weder Baudelaire noch der katholischen Sache wirklich gedient. Man darf die komplizierte Persönlichkeit Baudelaires nicht übersehen und auch das Abwegige in seinen Anschauungen nicht einfach mit Stillschweigen übergehen.

Er ist auch nicht als Prophet zu verstehen. Er selbst gestand, «manchmal in mir die lächerlichen Anwandlungen eines Propheten zu verspüren».[66] Zuweilen machte der Dichter prophetische Aussagen: «Die Welt geht ihrem Untergang entgegen.»[67] Er empfand, die äußerste Ratlosigkeit breite sich immer mehr aus, und seine Zeit verfalle «dem possenhaften Durcheinander der südamerikanischen Republiken». Überhaupt nahm er schon damals die Gefahr des Amerikanismus und jene der Mechanisierung des Lebens wahr. Trotzdem ist an ihm nicht das Prophetische bedeutsam, es sei denn, es werde mit Vorbehalt erwähnt.

Obschon Baudelaire in seiner Hintergründigkeit ein gespaltener Mensch war, der die Wollust liebte und zu Gott betete, hat er doch irgendwo etwas mit der Kategorie des Heiligen zu tun. Beim Anblick eines Bildes von Baudelaire rief eine schlichte Frau aus: «Oh, der da ist ein Engel, nicht wahr? Ein Heiliger!»[68] Baudelaire wußte um den Heiligen, gerade weil er selbst bei den unheiligen

Menschen eingeordnet werden mußte: «Der wahre Heilige ist derjenige, der das Volk peitscht und tötet zum Wohl des Volkes.»[69] Freilich war Baudelaires Heiligen-Auffassung weit entfernt von den schiefäugigen Büchern, die man im neunzehnten Jahrhundert über die Heiligen schrieb. Baudelaire dagegen ahnte, was ein Heiliger ist, vielleicht wußte er es noch besser als die Hagiographen. Sein Gebet spricht das deutlich aus: «Gib mir die Kraft, alle Tage unverzüglich meine Pflicht zu erfüllen und so ein Held und Heiliger zu werden.»[70]

Vor allem ist sein Geständnis in den «Prosadichtungen» erwähnenswert: «Soeben, als ich in höchster Eile den Boulevard überquerte und im Schmutz hin und her sprang, da rutschte mir, mitten in diesem wüsten Durcheinander, wo der Tod im Galopp von allen Seiten zugleich herankommt, mein Heiligenschein vom Kopf und fiel in den Schlamm des Asphalts.»[71] Es wäre uneinsichtig zu fragen: Wann geschah dies, und wie ist das, genauer besehen, zugegangen? Baudelaires Aussage ist eine Metapher für einen metaphysischen Vorgang: Irgendwann in seinem Leben verlor er sein Heiligstes, es fiel in die Gosse, scheinbar unbemerkt, und doch kam es ihm schmerzlich zum Bewußtsein, daß aus solchen hintergründigen Ereignissen das menschliche Leben besteht. Mitten auf dem Boulevard hat ein innerer Unfall das Rätsel seiner Seele sichtbar gemacht: es ging in ihm das Kostbarste in die Brüche. War Baudelaire deswegen ein Verlorener? Wer behauptet denn schon so etwas Unmögliches? Kam nicht Christus in die Welt, um das Verlorene zu suchen? Als Dichter besaß Baudelaire eine Art Heiligenschein, dieser aber fiel ihm buchstäblich in den Straßenkot, als er die Satanslitanei dichtete und sich mit Jeanne Duval zusammentat. Dies sind unvereinbare Dinge, denn Weizen und Stroh reimen sich nun einmal nicht zusammen. Der Heiligenschein ist dem dandyhaft gekleideten Dichter auf dem Pariser Boulevard abhanden gekommen, und hernach vermochte er nur noch mit Orpheus zu klagen: «Ach, ich habe ihn verloren.» Der ohne Heiligenschein dastehende Baudelaire gehört in die Reihen der Sünder, das Wort im Sinne von Charles Péguy verstanden: «Der Sünder gehört zur Christenheit. Der Sünder kann das beste Gebet sprechen. Vielleicht gehört niemand so tief zur Christenheit wie er ... Man kann sagen, daß der Sünder und der Heilige zwei gleich integrierende Teile im Mechanismus der Christenheit sind.»[72] Diese Deutung nähert sich am ehesten der Wahrheit über Baudelaire.

Was ist noch weiter über den großen Dichter zu sagen? Es bleibt noch etwas Ungesagtes, etwas, das zwischen den Zeilen der «Blumen des Bösen» steht, ein alogischer Rest, den man nicht versuchen sollte, in Worte zu fassen. Die Lebensrechnung geht bei Baudelaire nicht auf. Man kann nur noch die letzten Worte des sterbenden Hamlet leise vor sich hinsagen: «Der Rest ist Schweigen».[73]

Friedrich Nietzsche

1844–1900

Wandlungen eines Bildes

«Ich habe eine erschreckliche Angst davor, daß man mich eines Tages heilig spricht ... Ich will kein Heiliger sein, lieber noch ein Hanswurst ... Vielleicht bin ich ein Hanswurst», schrieb Nietzsche in «Ecce homo».[1] Die Angst war unbegründet, denn niemand dachte im Ernste daran, Nietzsche zu kanonisieren. Zwar nannte Erwin Rohde ihn einst «einen verkappten Heiligen». Diese freundschaftliche Aussage ist angesichts Nietzsches vornehmer Zurückhaltung verständlich. Er selbst gebrauchte mehrfach, bald positiv, bald negativ, das Wort ‹Heiliger›, wenn ihm auch die großen Heiligen wie Teresa von Avila, Thomas Morus usw. nicht einmal dem Namen nach bekannt waren. In seiner dritten «Unzeitgemäßen Betrachtung» kam er auf die Gestalt des Heiligen zu sprechen und verstand darunter einen «heroischen Lebenslauf», was nicht völlig falsch war. Bald wandte er sich in seinem Denken ganz anderen Fragen zu, Fragen, die weit ab vom Heiligen lagen, und schließlich wollte er zuletzt doch «lieber noch ein Hanswurst» sein. War er wirklich ein Hanswurst? Diese Bezeichnung trifft keineswegs auf ihn zu. Er gelangte zum entgegengesetzten Pol des Heiligen, weshalb er, nolens volens, bei den Unheiligen eingereiht werden muß.

Reinhold Schneider besuchte einmal Nietzsches Grab in Röcken, das im allgemeinen wenig aufgesucht wird. Sehr

viele Touristen treten hingegen im Sommer in das Nietzsche-Haus in Sils-Maria ein, schauen sich verwundert die bescheidenen Zimmer an und setzten dann ihre Ferienwanderungen fort. Von Nietzsches einsamen Grab an der Mauer der Kirche von Röcken «könnte man wohl meinen, daß keine Stätte dem Denker fremder sein müßte als diese, wo er die letzte Ruhe fand».[2] Nach Reinhold Schneider ruht Nietzsche im Schatten der alten Kirche, mit der ihn nichts als Haß verbunden hatte. Dann schaute sich der geschichtsbewußte Dichter die Gegend an und fand, Nietzsches Grab liege «in der großen Schlachtenebene der Deutschen». Er stellte tiefsinnige Reflexionen an, wenn er auch verschwieg, was er letztlich über Nietzsche dachte. Wahrscheinlich empfand er ähnlich wie Leopold Ziegler: «Bei aller Einhelligkeit mit Nietzsches Tat, besteht doch zwischen ihm und mir eine tiefe, innerste Feindschaft, die zu leugnen von mir feig oder verlogen wäre. Von ihm trennt mich ein Katastrophismus, der meiner Art zuwiderläuft.»[3]
Nietzsche wurde zu seinen Lebzeiten mehr oder weniger totgeschwiegen. Er hat sich darüber bitter beklagt und hat deswegen, entgegen seinem tiefsten Wesen, immer lauter zu schreien begonnen. Unmittelbar nach seinem Tod erschienen einige unzulängliche Schriften über ihn, die von seiner Bedeutung keine richtige Vorstellung vermittelten. Seine geltungssüchtige Schwester schrieb eine sentimentale Biographie über ihren «armen Bruder» und schreckte bei der Herausgabe seiner Schriften nicht vor schweren Fälschungen zurück, die Podach und Schlechta aufgedeckt haben. Diese Dame erhielt für ihre fragwürdigen Machenschaften im Archiv den Ehrendoktor von einer deutschen Universität, während sie und alle andern deutschen Universitäten von Nietzsche zu seinen Lebzeiten keine Notiz nahmen.

Erst gegen Ende des Ersten Weltkrieges erschien Ernst Bertrams Buch «Nietzsche», das die neue Sicht eröffnete. Der junge Literaturhistoriker, selbst ein rätselhafter Mensch, verausgabte sich dermaßen in seinem Werk, daß er das von ihm erwartete Stifterbuch nicht mehr zustande brachte. Es ist das Buch über den Philosophen, an dem Nietzsche selbst Freude gehabt, und in dem er sich verstanden gefühlt hätte. Leider wurde Bertrams Buch wegen seines Untertitels «Versuch einer Mythologie» von der wissenschaftlichen Zunft nicht ernst genommen. Trotzdem ist es das schönste Buch, das über Nietzsche geschrieben worden ist. Er erkannte im Philosophen erstmals «den Typus des Zweiseelenmenschen: des gläubigen Zweiflers und des gottsuchenden Lästerers».[4] Wir aber können beim besten Willen den Autor des «Zarathustra» nicht mehr in Bertrams glanzvoller Beleuchtung sehen, haben sich doch die Probleme allzusehr verändert, und auch die geistige Situation ist viel bedrohlicher geworden. Bertrams Buch entsprach dem Nietzsche-Erlebnis seiner Zeit und leuchtet wie eine untergehende Sonne nach. Seine Höhe wurde in der Nietzsche-Literatur nie wieder erreicht, auch nicht von Justus Obenauer, Friedrich Georg Jünger und Edgar Salin, die alle beachtliche Werke über den Denker von Sils-Maria schrieben.

Interessant ist es, die Bewertung Nietzsches bei den deutschen Schriftstellern zu verfolgen.[5] Die verschiedensten Urteile haben sich gebildet; von blinder Begeisterung – «ich bin hingerissen» (Liliencron) – bis zu wütender Ablehnung – «vor allen Dingen Phrase, Phrase, dicke, geschwollene Phrase» (Paul Ernst). Sie verraten, daß sie «das große Säkularereignis jener Epoche» nicht zu meistern vermochten. Alle diese sich widersprechenden Äußerungen dokumentieren eine verbreitete Ratlosigkeit, denn im Grunde wußten diese Schriftsteller nicht,

was sie eigentlich sagen sollten, weshalb sie hilflos hin und her schwankten. Als Beispiel sei nur Thomas Mann angeführt, der sich zeitlebens mit Nietzsche beschäftigt und ihn sogar zur Hauptfigur in seinem «Doktor Faustus» gemacht hat. Anläßlich der Tagung der Nietzsche-Gesellschaft im Jahre 1924 flüsterte der Romancier geheimnisvoll, «daß tiefe Hemmungen uns das Wort im Munde stocken lassen bei dem Versuch, in gesellschaftlicher Öffentlichkeit einen Gegenstand rednerisch zu erörtern, formal zu bewältigen, der eines der Grunderlebnisse unseres Geistes, ein Erlebnis von unendlich bestimmender, von prägender Wirkung bildet».[6] Nach Beendigung des Zweiten Weltkrieges meldete Thomas Mann seine Rückkehr von Amerika nach Europa mit dem Vortrag «Nietzsches Philosophie im Lichte unserer Erfahrung» an, in dem er, ohne seine Liebe zu seinem früheren Gewährsmann zu erwähnen, sagte: «Dieser gesicht- und gestaltlose Unhold und Flügelmann Zarathustra mit der Rosenkrone des Lachens auf dem unkenntlichen Haupt, seinem ‹Werdet hart!› und seinen Tänzerbeinen ist keine Schöpfung, er ist Rhetorik, erregter Wortwitz, gequälte Stimme und zweifelhafte Prophetie, ein Schemen von hilfloser Grandezza, oft rührend und allermeist peinlich – eine an der Grenze des Lächerlichen schwankende Unfigur.»[7] Allzu verwunderlich ist Thomas Manns widerspruchsvolle Haltung nicht, da der manierierte Schriftsteller wenig Substanz in sich hatte. Von den «Buddenbrooks» bis hin zu den «Bekenntnissen des Hochstaplers Felix Krull» ist er nie auch nur einen Schritt über die ironische Einstellung hinaus gelangt, eine Haltung, die gegenüber dem Phänomen Nietzsche versagen mußte.
Auch die Universitätsphilosophen nahmen sich schließlich Nietzsches an. «Das eine bin ich, das andere sind meine Schriften», bemerkte Nietzsche in «Ecce homo»,

ein Ausspruch, nach dem Martin Heidegger sein Werk über Nietzsche schrieb. Als Person war Nietzsche ihm völlig gleichgültig; Heidegger benutzte lediglich Nietzsches Aussagen, um an ihnen die eigenen Gedanken zu entwicklen. Sein Buch sagt viel über Heidegger und wenig über Nietzsche aus, weshalb der Freiburger Existenzphilosoph wenig zur Klärung von Nietzsche beigetragen hat. Sachlicher hat sich Karl Jaspers in seinem Werk über Nietzsche verhalten, der methodisch sauber vorging, viel Kluges über den Denker sagte und sich auch nicht vor dem Eingeständnis scheute: «Nietzsche ist nicht zu erschöpfen. Er ist als Ganzes nicht ein Problem, das zu lösen wäre.»[8] Freilich weist Jaspers Arbeit die ihm eigene Kühle auf, schrieb er gerade nicht wie Nietzsche mit seinem Blut, sondern mit offensichtlicher Distanz. Dies darf man sagen, auch wenn man sich nicht auf der «philosophischen Hintertreppe» bewegt.

Während die Theologen zuerst einen großen Bogen um Nietzsche machten, obwohl doch gerade sie von ihm angesprochen worden waren, bequemten sie sich schließlich doch zu einer zaghaften Diskussion mit ihm. Die katholischen Arbeiten von Steinbüchel, Welte und Lotz zeugen von Vornehmheit, wenn sie auch allzu behutsam den Philosophen angingen. Die protestantischen Theologen dagegen setzten sich nicht mit Nietzsche auseinander, weil sie sich wieder einmal daneben gesetzt hatten. Damit ignorierten sie ein bedeutsames Geistes-Ereignis und wählten den vorsichtigen Abstand anstatt die ehrliche Auseinandersetzung.

Der Zweite Weltkrieg bildet die entscheidende Zäsur in der Beschäftigung mit Nietzsche. Es ist uns nach dem furchtbaren Geschehen nicht mehr möglich, einfach dort wieder weiterzufahren, wo wir neunzehnhundertneununddreißig in unserem Denken unterbrochen worden

sind. Dieser geistigen Bequemlichkeit haben sich viele schuldig gemacht, was sich rächen mußte. Es ist uns aufgetragen, ein Bild von Nietzsche zu entwerfen, wie es sich nach dem Zweiten Weltkrieg präsentiert hat. Dieser Krieg hat nicht nur die Landkarte Europas radikal verändert, sondern er nötigte uns auch, die geistigen Fragen neu durchzudenken. Auch Nietzsche muß neu befragt und neu gesehen werden, wobei wir keineswegs die wertvolle Sekundärliteratur seit dem Ersten Weltkrieg vergessen dürfen. Wir nehmen ihre Erkenntnisse auf, versuchen aber, uns über Nietzsches Auswirkung in unserer Zeit klar zu werden. Er kann nicht gleich bewertet werden wie beim Aufgang seines Ruhmes, und nie mehr wird es uns vergönnt sein, Nietzsche im Stil der Höhenluft der Engadiner Landschaft zu sehen.
Bei der neuen Beschäftigung mit Nietzsche erinnert man sich unwillkürlich an Franz Overbeck, weil er sein bester Freund war und demzufolge ohne ihn ein unvollkommenes Bild entstehen würde. Der Kirchenhistoriker Overbeck gehörte nicht zu den Professoren, die der bärbeißige Schopenhauer als «langbärtige Zwerge zwischen seinen Beinen» verspottete, sondern war in seiner Ehrlichkeit eine tragische und hintergründige Gestalt. Die Theologen sind ihm aus zünftlerischen Gründen stets aus dem Wege gegangen, obschon er das Tiefste über die Urgeschichte des Christentums geschrieben hat, Overbeck kann nicht mit der Bemerkung «seltsamer Kauz» abgetan werden, zumal seine Schrift «Über die Christlichkeit der Theologie» gleich einem Stachel im Fleisch der Theologie steckt und sich daraus nicht mehr entfernen läßt. Overbeck wohnte Zimmer an Zimmer mit seinem Freund Nietzsche in Basel; er hat sich nie von ihm zurückgezogen und blieb bis zuletzt unerschütterlich bei ihm. Er liebte Nietzsche aufrichtig, bezeugte, in seiner

Nähe am freiesten atmen zu können, und wurde trotzdem nie sein Schüler. Dazu war er ein viel zu selbständiger Geist. Nietzsche wußte um den Wert Overbecks und bekannte unumwunden: «Basel hat mir Dein Bild gegeben.» Er nannte ihn «noch den letzten Fußbreit sicheren Grundes». Mit großer Aufmerksamkeit begleitete Overbeck das Schaffen Nietzsches und blieb dabei doch kritisch. Overbeck verfügte über ein seltenes, tiefgründiges Wissen, aber über eine geringe Darstellungskraft. Aus diesem Grunde vermochte er seine «profane Kirchengeschichte» nicht zu schreiben und darum blieb er uns auch seine Nietzsche-Sicht schuldig. Dies gehört zu seiner Tragik. Trotzdem vermittelte er den richtigen Ansatzpunkt: Liebe zu Nietzsche verbunden mit einer sachlichen Kritik. Bei aller oft bezeugten Freundesliebe durchschaute er Nietzsches Verstiegenheiten: «Gescheitert ist er freilich, aber doch nur so, daß er gegen die unternommene Fahrt als Argument so gut und so schlecht dienen kann, wie die Schiffbrüchigen gegen das Beschiffen des Meeres.»[9] Overbecks Aussagen sind gerade wegen seiner kritischen Liebe zu Nietzsche die beste Anleitung zu einer ernsthaften Auseinandersetzung mit ihm. Er bewahrt den Leser sowohl vor einer vorschnellen Ablehnung als auch vor einer törichten Beweihräucherung. Overbeck lehrt uns, durch Nietzsche hindurchzugehen und schenkt uns den Geist der Unterscheidung.

Das neue Nietzsche-Bild, das sich uns enthüllt hat, geht von seinem widerspruchsvollen Wesen aus, das zwei unvereinbare Gegensätze in sich vereinigen wollte: die Verherrlichung des Nichts und die Überhöhung des Menschen. Nietzsche war in zwei Hälften gespalten. Es ist ein unmögliches Unterfangen, die beiden sich widersprechenden Teile zusammenzufügen. Wir gelangen nie mehr zu einem geschlossenen Bild. Stets bricht es auseinander. Diese geheime Doppelung Nietzsches macht seine Wertungen zwiefarbig, köstlich und zugleich gefährlich. Es geht um einen andern Nietzsche, denn fast alles, was er lautstark in die Welt hinausgeschrien hat, ist nicht sein Eigenstes, weil er sein Innerstes kaum jemandem geöffnet hat. Die verwirrende Magie seines Lebens schließt Opfer und Heroismus in sich, die jedoch in einem falschen Tempel dargebracht wurden. Nietzsche meinte einmal, vielleicht sollte der lange Satz seines Lebens rückwärts gelesen werden. Dabei ist nicht zu übersehen, daß er, obschon ein Kämpfer gegen seine Zeit, zugleich ein Sohn dieser unklaren Zeit war. In jungen Jahren hat er sogar leidenschaftlich für Preußen Partei genommen. Daraus erklärt sich die Modernität seines Denkens und die beständige Frage: «Wohin gehört unsere moderne Welt: in die Erschöpfung oder in den Aufgang?»[10] Auf Nietzsche sind die Worte anzuwenden, die er über Herder geschrieben hat: «Herder ist Alles das nicht, was er von sich wähnen machte: kein großer Denker und Erfinder, kein neuer treibender Fruchtboden mit einer urwaldfrischen unausgenutzten Kraft. Aber er besaß in höchstem Maße den Sinn der Witterung, er sah und pflückte die Erstlinge der Jahreszeiten früher als alle Anderen, welche dann glauben konnten, er habe sie wachsen lassen: sein Geist war zwischen Hellem und Dunklem, Alten und Jungen und überall dort wie ein Jäger auf der Lauer, wo es Übergänge, Senkungen, Erschütterungen, die Anzeichen inneren Quellens und Werdens gab: die Unruhe des Frühlings trieb ihn umher, aber er selber war der Frühling nicht!»[11] In der Bewertung Herders hat Nietzsche unbewußt sein Selbstporträt gezeichnet; er hat das Neue angekündigt, aber er selbst war es nicht.

Um Nietzsches Bedeutung zu erfassen, bedarf es noch eines weiteren Schrittes. Der Jüngling erlebte ein Gewitter mit Blitz, Sturm und Hagel und fand, es sei dies ein ihm verwandtes Geschehen. Später hoffte er sogar, dereinst im dunklen Gewitter entschwinden zu können. Bei aller geistigen Rebellion dachte er nicht an eine Revolution, die die bestehende Gesellschaftsordnung in die Luft sprengt. Er lehnte den Sozialismus als das Ideal der Geringsten und Dümmsten scharf ab. Nietzsche las nie Marx, geschweige denn, daß er sich mit dem Marxismus näher auseinandergesetzt hätte. Doch wünschte er, «es würde durch einige große Versuche bewiesen, daß in einer sozialistischen Gesellschaft das Leben sich selber verneint, sich selber die Wurzeln abschneidet». In «Ecce homo» deutete er sich selbst als Dynamit. In der Tat explodierte in Nietzsches Kraftfeld eine geistige Atombombe. Sein Werden zeigt die intensive denkerische Arbeit, deren es bedarf, um ein solches Höllengebilde zu bauen, und wenn es einmal zur Zündung kommt, dann wirkt es verheerend. Nietzsche hat die schrecklichsten Zerstörungsmöglichkeiten angedeutet. Er wußte ganz klar um die sich mit ihm vorbereitende Katastrophe, nannte sich deswegen selbst ein Verhängnis, was er auch im wörtlichen Sinne war. Seine Selbsterkenntnis verrät sein unheimliches Ahnungsvermögen. Was nach der Explosion seiner Sprengkraft übrig blieb, war ein unübersehbares Trümmerfeld, das aufzuräumen wir bis heute nicht geschafft, vielleicht kaum damit begonnen haben.

Bei der Auseinandersetzung mit Nietzsche geht es um die zentralen Fragen. Im akademischen Stil sind sie nicht zu lösen, und vor allem will er keine Nachbeter. Seine innere Spannung vibriert geradezu, und seine Probleme fallen gleich Brandbomben auf uns nieder, treffen den Kern unserer Person und stellen uns vor Fragen, auf die wir keine Antworten wissen.

Nietzsche war ein Pastorensohn. Aus dem evangelischen Pfarrhause sind im Laufe der Zeit viele berühmte Männer hervorgegangen und ebenso viele Apostaten. Die pfarrhäusliche Atmosphäre mit dem hohen Anspruch des Christentums und der gleichzeitigen biederen Bürgerlichkeit schlossen beide Möglichkeiten in sich. Nietzsche wußte um diese Problematik und kam sein ganzes Leben lang nicht von ihr los. Er war zunächst im Kreise seiner ihn behütenden Frauen ein frommes Kind, das mit zwölf Jahren glaubte, Gott in seinem Glanze gesehen zu haben. Auch kannte er die Bibel gut, und daher ist es ihm leicht gefallen, ihr Pathos nachzuahmen. Während der Pubertät verlor er durch die Lektüre von Straußens «Leben Jesu» seinen Kinderglauben, worauf er zwei Jahre nach seiner Konfirmation sich weigerte, mit seiner Mutter zum Abendmahl zu gehen.

Im humanistischen Gymnasium war er ein ausgezeichneter Schüler und als solcher ungefähr das Gegenteil von einem Schlingel, der sich übermütige Streiche ausdenkt. Früh stieß er auf Hölderlin und erwählte ihn zu seinem «Lieblingsdichter», dies zu einer Zeit, da er noch unentdeckt war. Zeitlebens huldigte er einer weitgespannten Lektüre; er las Novalis, Jean Paul, Don Quichotte, Hamann, Gogol, Poe, Leopardi usw. Er war ein fleißiger Student, obwohl seine Liebe nie der Philologie galt. Später äußerte er offen seine Geringschätzung über die «Fabrikarbeiter im Dienste der Wissenschaft». Sie fragen nicht nach dem Ganzen und sind mit einer kleinen Schraube beschäftigt. Vom ersten bis zum letzten Semester seines Studiums fand Nietzsche keinen großen, imponierenden Lehrer, der ihm hätte ein echtes, begeisterungswertes Ziel vor Augen rücken können. Führende

Lehrkräfte waren offenbar auch damals selten. Es war ihnen nur an einer Wissensvermittlung gelegen, was eine jugendliche Seele unbefriedigt läßt und sogar einen Abwehrwillen wecken kann. Der junge Nietzsche suchte sich seinen eigenen Weg und geriet dabei unmerklich auf einen Irrweg. «Ein Gewitter war in unserer Luft, die Natur, die wir sind, verfinsterte sich, denn wir hatten keinen Weg.»[13]

Ohne Habilitation wurde Nietzsche schon mit vierundzwanzig Jahren an die Universität Basel berufen. Es war ihm Ernst mit seinem Lehramt, und sein äußeres Benehmen blieb stets das eines akademischen Menschen, weit entfernt von Arroganz und Proletentum. Trotzdem blieb während der Jahre in Basel sein wahres Antlitz verborgen, war er doch in seinem Innern alles andere als der wohlbestallte Professor, der auf dem Katheder ein grenzenloses Wohlbehagen empfand.

Die Lehrtätigkeit löste bei ihm ein erstes, bedeutsames Erlebnis aus: Hellas gewann Macht über ihn. Er stand nie in einem bloß philologischen Verhältnis zu den alten Griechen, sondern erlebte eine innere Begegnung, für die der Name Dionysos das sichtbarste Zeichen ist und das ein Jasagen zum Leben in allen Formen bedeutete. Anstelle der objektiven Beurteilung trat eine persönliche Ergriffenheit, die ihn tief erschütterte. Die Schrift «Geburt der Tragödie» war der stammelnde Versuch, das griechische Erlebnis in Worte zu fassen. Er sah die Griechen mit neuen Augen und geriet dabei in einen unverkennbaren Enthusiasmus. Dem äußeren Anschein nach näherte er sich dem Thema noch mit der Miene eines Wissenschafters, doch hat das Dionysische selbst mit Wissenschaft nichts zu tun und wird deshalb vom Standpunkt des Gelehrten aus schwerlich erfaßt. Das hat Hölderin zuerst gesehen und nach Nietzsche wiederum Walter F. Otto, über dessen vortreffliche Arbeiten seine Kollegen den Kopf schüttelten. Nietzsche geriet über dem griechischen Erlebnis ins Staunen; Bewunderung und eine mächtige Daseinsfreude erfüllte ihn. Am liebsten hätte er von Dionysos gesungen, und gelegentlich sprach er auch von der «Musik des Sokrates». Eine ebenfalls echte Symbolschau des Altertums erlebte damals in Basel auch Johann Jakob Bachofen, aber die beiden Männer gingen seltsamerweise aneinander vorbei, ohne sich persönlich näher gekannt zu haben. Fragwürdig an Nietzsches Griechenerlebnis ist nur das Geständnis, er habe damals «Dionysos erfunden», weil man Götter wohl begegnen, sie aber niemals erfinden kann. Der Mythos ist nicht eine Schöpfung des Denkens, wohl aber kann er vom Menschen erschaut und erlebt werden. An sich ist das griechische Erlebnis im Dasein eines Menschen etwas ganz Großes, auf jeden Fall darf es von den Christen nie als eine bloße Vorhalle zum Christentum bewertet werden. Eine solche Auffassung würde Unkenntnis verraten und beginge, in umgekehrter Richtung, den gleichen Fehler, wie wenn man eine Erneuerung des Griechentums anstrebte, ohne die zweitausendjährige Geschichte des Christentums zu berücksichtigen. Homer, Heraklit, Sokrates, Plato, die Tragiker sind gewaltige Zeugen des Geistes. Hellas und das Christentum sind die tragenden Pfeiler des Abendlandes.

Während Nietzsche in Basel lebte, war er Zeitkritiker, eine Tätigkeit, die etwas von seinem verborgenen Antlitz offenbarte. Seine Publikationen sind überaus bedeutsam und um so höher einzuschätzen, als sie tatsächlich in eine Zeit des äußeren Aufstieges und des inneren Niederganges Deutschlands fielen. Nietzsche ließ sich nur kurze Zeit von der Reichsgründung blenden, dann erkannte er mit Scharfblick die Gefahren und die Brüchigkeit seiner

Zeit. In seinen «Unzeitgemäßen Betrachtungen» – schon der Titel verrät, wie weit entfernt er vom bloßen Mitläufer war – ging er temperamentvoll gegen die geistigen Verfallsanzeichen vor. Er geißelte das Bildungsphilistertum, das in D.F. Straußens Werk «Der alte und der neue Glaube» sich zu Worte meldete, freilich ohne das tragische Problem des jungen Verfassers des «Leben Jesu» zu sehen. Mit genialem Blick erkannte er auch die Gefahren des Historismus, der alles Geschehen im zeitlichen Abstand ruhig betrachtet, ohne sich auch nur einmal ernsthaft zu fragen, was von der Vergangenheit in uns noch lebendig ist und wo die schon abgestorbenen Zweige liegen. Die Schrift «Über Nutzen und Nachteile der Historie» signalisierte eine damalige Gefahr, die jedoch heute in keiner Weise mehr besteht. Der gegenwärtige Mensch erstickt nicht mehr unter dem Historismus, sondern er ist geschichtsgleichgültig, ja geschichtsfeindlich geworden. Die Situation hat sich völlig geändert. Man will heute von der abendländischen Vergangenheit nichts mehr wissen, man kennt sie gar nicht und ist ihr gegenüber blind.

Nietzsches Zeitkritik spielte sich in den Gründerjahren ab, da der «eiserne Kanzler» das Deutsche Reich schmiedete. Der Erfolg schwellte vielen Deutschen die Brust, glaubten sie doch, in einer aufsteigenden Epoche zu leben. Nietzsche fühlte sich berufen, diese Ahnungslosigkeit anzuprangern. Die Trugbilder, die Halbheiten, den falschen Glanz einer bloßen Zivilisation durchschaute er scharf und nahm mit einem wahren Ingrimm den Kampf gegen die hohlen Tagesgötzen auf. Nietzsche schreckte nicht davor zurück, den Fortschrittswahn des neunzehnten Jahrhunderts zu entlarven. Er leistete mit seiner Zeitkritik eine notwendige Arbeit, hinter der sich keineswegs ein Haß auf Deutschland verbarg, sondern im Gegenteil eine enttäuschte Liebe. Bedauerlicherweise wurde Nietzsches Zeitkritik damals gar nicht beachtet. Man fragte nicht, ob er recht habe oder nicht. Der Strom der Zeit ist immer eine schlammige Masse; wer in ihn eintaucht, wird von ihm fortgeschwemmt.

Das Amt des Zeitkritikers war Nietzsches erste Sendung, der er auch in seinen späteren Jahren treu geblieben ist. Er sah wahrhaftig die kommende Zeit voraus: «Es sind gewisse Kräfte da, ungeheure Kräfte, aber wilde, ursprüngliche und ganz und gar unbarmherzige. Man sieht mit banger Erwartung auf sie hin wie in den Braukessel einer Hexenküche: es kann jeden Augenblick zucken und blitzen, schreckliche Erscheinungen anzukündigen. Seit einem Jahrhundert sind wir auf lauter fundamentale Erschütterungen vorbereitet ... Wir leben die Periode der Atome, des atomistischen Chaos ... Jetzt wird fast alles auf Erden nur noch durch die gröbsten und bösesten Kräfte bestimmt, durch den Egoismus der Erwerbenden und die militärischen Gewaltherrscher ... Jedenfalls befinden wir uns auch jetzt noch im eistreibenden Strome des Mittelalters; es ist aufgetaut und in gewaltige verheerende Bewegung geraten. Scholle türmt sich auf Scholle, alle Ufer sind überschwemmt und gefährdet. Die Revolution ist gar nicht zu vermeiden ...»[14] Die intuitive Erfassung der kommenden Jahrzehnte war großartig und bleibt Nietzsches Verdienst. Er hat hierhin eine bedeutsame Arbeit geleistet. Allezeit ist der Mensch aufgefordert, sich über die religiösen, literarischen, wissenschaftlichen und politischen Tendenzen seiner Zeit Klarheit zu verschaffen; er muß wissen, wohin sie drängen, und ob er ihnen Einhalt gebieten soll oder nicht. Dieser Aufgabe ist Nietzsche nachgekommen und darum darf man auf die Beschäftigung mit diesem Denker nicht verzichten. Nietzsche bleibt zwar – wie Marx und Freud – dem

neunzehnten Jahrhundert verhaftet, aber das zwanzigste Jahrhundert ist dessen getreue Fortsetzung.
Zeitkritik ist immer wieder notwendig, und trotzdem kann man gegen sie manches einwenden. Sie ist heute zur Mode, ja sogar zu einer wahren Seuche geworden. Der dümmste Gassenjunge erlaubt sich gegenwärtig, alles herunterzureißen, obwohl er von der Sache überhaupt nichts versteht. Glaubt man im Ernste, mit Satire und Polemik die großen Fragen beantworten zu können? Es ist so leicht und es kostet so wenig, alles zu kritisieren, und es ist so schwer aufzubauen. Die Situation ist die gleiche wie damals, als Nietzsche gegen den Historismus kämpfte; zu seiner Zeit war dies notwendig, und heute ist es überholt. An die Stelle der Zeitkritik ist eine andere Aufgabe getreten: wir müssen neue Grundmauern errichten.
Heute anerkennt man allgemein Nietzsches Zeitkritik, selten aber wird die Frage, auf welche Wertmaßstäbe er sich stützte, gestellt. Waren seine Argumente tragfähig oder gehörten sie dem gleichen Bereich an, den er bekämpfte?
Nietzsche wandte sich Schopenhauer zu, dessen Ruhm damals am Horizont aufstieg. Eines Tages sah er in einem Antiquariat ein Buch liegen, in dem er ein wenig zu blättern begann. «Ich weiß nicht, welcher Dämon mir zuflüsterte: Nimm dir dies Buch mit nach Hause», schrieb Nietzsche. Entgegen seiner Vorsicht vor überstürzten Büchereinkäufen erwarb er sich das Werk, trug es nach Hause und begann, in seiner Sofaecke sitzend, sofort mit der Lektüre. Von da an war er ein überzeugter Anhänger von Schopenhauer. Viele kluge Menschen übernahmen Schopenhauers brummigen Pessimismus, der für sie ein Gegengift zum oberflächlichen Optimismus der Gründerjahre bedeutete. Schopenhauer erschloß

Nietzsche die Tragik des Lebens, die ihm schon in der antiken Dichtung begegnet war. Zugleich kam auch der lesbare Stil seinem künstlerischen Bedürfnis entgegen, doch fehlte ihm jedoch noch jede kritische Einstellung. Der Verfasser von «Die Welt als Wille und Vorstellung» ermangelte gerade die Einheit von Lehre und Leben, die Nietzsche so rühmend hervorhob. Seine frühere Feststellung, «niemand lebt philosophisch», trifft auch auf Schopenhauer zu.[15] Nietzsches Essay war ein reines Wunschbild, nach dem er sich sehnte, das aber nicht der Wirklichkeit entsprach. «Der Atheismus war Das, was mich zu Schopenhauer führte», gestand später Nietzsche, und an ihm hat er sich auch verschluckt.[16] In Schopenhauer tobte ein wahrer Gotteshaß, der den Philosophen selbst verbitterte und alle, die ihm zustimmten. Der Atheismus ist stets zerstörend und hatte auch bei Nietzsche tödliche Folgen. Er ist eine Verneinung – mit Negationen aber baut man keine neue Kultur auf. Die «Leichenbitter-Parfum»-Philosophie Schopenhauers war keine tragende Grundlage für den Kampf gegen die Mißstände der Zeit. Dies sah Nietzsche später selbst ein, obschon er zur Zeit der Abfassung seiner dritten «Unzeitgemäßen Betrachtung» behauptete, von dessen «dogmatischen Punkten fast nichts mehr festgehalten» zu haben.

Ebenso fatal wirkte sich seine Verbindung mit Richard Wagner aus. Nietzsche durchschaute in seiner Begeisterung Wagners Pose und Eitelkeit nicht. Bekanntlich begann Wagner als Revolutionär und endigte als würdevoller Kirchenrat. Nietzsche nahm die Wagner'sche Pseudo-Mythologie für bare Münze, was um so unbegreiflicher ist, als Nietzsche früher mehrfach mit tiefer Freude die Matthäuspassion des «göttlichen Bach» angehört hatte. Bachs Musik vermittelte ihm eine echte Frömmigkeit, aber sein Bachverständnis hörte auf, bevor es richtig begonnen hatte. Es verschwand aus seinem Gesichtskreis genau wie sein jugendliches Hölderlin-Erlebnis, das er ebenfalls nicht auszubauen verstand. Nietzsche war jedoch ein musikalischer Mensch, dem eine Umgebung ohne Musik tot zu sein schien und der in seiner Jugend viel komponierte. Unmerklich geriet er jedoch in die Fangnetze der aufgebauschten Bayreuther Bühnenwelt, die von der deutschen Bourgeoisie besucht wurde. Es dauerte noch eine geraume Zeit, bis er endlich Wagners Schauspielerei durchschaute und schließlich abrupt vom falschen Idol abrückte. «Die Begegnung mit Wagner ließ ihn einen Augenblick glauben, daß die große Zeit für die deutsche Musik jetzt anbreche, ja, daß die Geburt eines neuen Mythos unmittelbar bevorstehe. Aber heute sagen wir mit ihm selbst: was er als einen Anfang begrüßt hat, war ein Ende, das Ende der europäischen und der deutschen Musik.»[17] Wagner selbst war viel zu verwirrt und vorwiegend auf Huldigungen bedacht, als daß von ihm hätte eine Wegweisung ausgehen können. Weder in seinen Schriften noch in seinen Opern «sind Fingerzeige zu einem neuen Leben» enthalten.[18] Wagners Musik war ein getreuer Ausdruck seiner schwulstigen Zeit, niemals aber deren Überwindung, die Nietzsche erstrebte. Nachdem er dies erkannt hatte, vollzog er den offenen Bruch mit Wagner, obwohl die damit verbundene Lautstärke verriet, daß er innerlich doch nie ganz von ihm losgekommen war, weil er mehr mit ihm verwandt blieb, als er wahrhaben wollte.

Nietzsches Wegsuche war ehrlich, aber unglücklich. Sie machte ihn zum großen Frager, dem nie Antwort beschieden war, und der deswegen, wie sein ganzes Zeitalter, ratlos blieb. Fortan war er «Der Wanderer und sein Schatten», ein Buchtitel, der sein unruhiges Schicksal andeutete.

Nietzsche war ein leidender Mensch, was bei der Lektüre seiner Schriften nie übersehen werden darf. Früh litt er unter beständigem Kopfweh; wahrscheinlich war er erblich belastet. Schon in Basel klagte er auf seine Weise über die Gesundheit: «Abgerechnet nämlich, daß ich ein décadent bin, bin ich auch dessen Gegensatz.»[19] Nietzsche redete sich die große Gesundheit ein, obwohl er immer wieder psychisch-physische Anfälle zu bestehen hatte. Krank waren viele geniale Menschen, doch kommt es darauf an, was man aus seiner Krankheit macht. Gerade wegen seiner Krankheit war Nietzsche überaus sensibel und ahnte kommende Ereignisse voraus, die der gesunde Mensch nicht wahrnahm. Er war eine Art von «Föhnmensch», der die Berge näher sah als andere Leute. Jedenfalls muß man seine Krankheit einbeziehen, weil sie oft die überforcierte, an Größenwahn grenzende Note in seine Schriften hineinbrachte. Einige Aussagen aus seiner späteren Zeit mit der Überbewertung seiner Person können nur mit seinem sich ankündenden Krankheits-Ausbruch entschuldigt werden, der seine Schatten vorauswarf. Es ist falsch, alles aus seiner Krankheit zu erklären, und es ist ebenso falsch, diese Tatsache nicht zu beachten. Nietzsche hat viel gelitten, und deswegen bestimmt Ehrfurcht das Urteil über ihn.

Hinzu kam seine Einsamkeit. Er hat sie nicht freiwillig gewählt, wie ein Karthäusermönch es tut, sondern sie wurde ihm aufgezwungen. Er pries sie zuweilen, näher besehen aber stöhnte er unter ihr. Sie bekam ihm nicht gut, und er empfand es zuweilen bitter, keinen Gesprächspartner neben sich zu haben. Etliche Dinge sah er wegen seiner schicksalsbedingten Einsamkeit schief.

Mit dem Werk «Menschliches Allzumenschliches» begann eine neue Phase in Nietzsches Schaffen. Formal betrachtet, sind diese Werke durch den Aphorismus gekennzeichnet. Nietzsche war kein Systemdenker, denn ihn engte jedes System ein. Von allen seinen Masken ist die des freien Geistes die fragwürdigste. Später verbat er sich ausdrücklich, mit den Herren Freigeistern verwechselt zu werden. Vorläufig aber hatte das Wort ‹Freigeist› für ihn noch einen verlockenden Klang, und er beschritt unbedenklich die abwegige Fährte, die deutlich ins Unheilige führte. Diese Feststellung gilt in mehrfacher Beziehung, denn unwillkürlich spürt man die Auflösung seiner eigenen inneren Ordnung. Die Widersprüche wurden größer, indem einem «jasagenden Teil» eine «neinthuende Hälfte» gegenüberstand.[20]

Vor allem begann Nietzsche die Dinge psychologisch zu betrachten, wofür «Menschliches Allzumenschliches» den Auftakt bildet. Das dem Andenken Voltaires gewidmete Buch strömt eine spürbare Kälte aus. Nietzsche entdeckte und berauschte sich an der Psychologie. «Daß aus meinen Schriften ein Psychologe redet, der nicht seines Gleichen hat, das ist vielleicht die erste Einsicht, zu der ein guter Leser gelangt» meinte Nietzsche selbst.[21] In Tat und Wahrheit zählt er zu den ganz großen Psychologen, und ein Teil seines Ruhmes beruht denn auch auf dieser Feststellung. Er war der damaligen Schulpsychologie, die manchmal Psychologie mit Physiologie verwechselte, weit voraus. All jenen langweiligen, mit Statistiken, Tests und Experimenten arbeitenden Psychologen ist Nietzsche noch heute turmhoch überlegen. Die Psychologie war damals seine Leidenschaft. Er war der geborene Psychologe, was er sagte, hatte «Pfiff», und ihm ebenbürtig waren einzig die französischen und russischen Romanciers. Sowohl «jene Filigran-Kunst des Greifens und Begreifens überhaupt», jene Finger für nuances, jene Psychologie des «Um-die-Ecke-sehns», als die «Neugierde des Psychologen» waren ihm eigen.[22] Sein Psychologenauge vermochte eine Gestalt mit wenigen Sätzen auseinanderzunehmen oder die heimlichen Motive eines Gefühles bloßzulegen, bis es enthüllt und entseelt vor ihm lag. Es ist auch an seine Ausführungen über die Rolle des Ressentiments im Menschenleben zu erinnern. Nietzsche verdächtigte alle guten Eigenschaften; er zählte zu den Vätern der Entlarvungspsychologie, die den Schmutz aufdeckt, von dem sie zugleich lebt. Dieser entlarvende Psychologismus ist eine typische Haltung des spätbürgerlichen Zeitalters. Der freie Geist handhabte eine dämonische Psychologie, die ihren Gegenstand zu erwürgen drohte.

Dabei erging es dem geborenen Psychologen, wie es vielen leidenschaftlichen Psychologen ergeht: Der überragende Psychologe Nietzsche verstand die Psychologie im eigenen Dasein nicht anzuwenden. Er machte einer kaum näher bekannten Dame einen schriftlichen Heiratsantrag, der jedem Leser ein unwiderstehliches Lachen entlocken würde, was doch bei dem unglücklichen Menschen nicht angebracht ist. Sein psychologischer Instinkt vermochte ihn auch nicht davor zu bewahren, auf Leute hereinzufallen, die seiner nicht würdig waren.

Nietzsche durchschaute die Gefahr der Psychologie nicht und fiel ihr rettungslos zum Opfer. Mit Hilfe der psychologischen Betrachtung glaubte er, alles durchschauen zu können, und relativierte damit auch alles. Ein Beispiel dafür ist seine Lektüre von Augustins «Konfessionen». Nietzsche schrieb an Overbeck: «Ich las jetzt, zur Erholung, die Confessionen des hl. Augustin, mit großem Bedauern, daß Du nicht bei mir warst. Oh dieser alte Rhetor! Wie falsch und augenverdreherisch! Wie habe ich gelacht ... Übrigens sieht man bei diesem Buche dem

Christentum in den Bauch: ich stehe dabei mit der Neugierde eines radikalen Arztes und Physiologen.»[23] Nietzsche glaubte, bei seiner Lektüre Augustinus auf die Schliche gekommen zu sein, in Wirklichkeit aber hat er von diesem christlichen Denker nicht einmal die Anfänge begriffen. Nicht die leiseste Ahnung von Augustinus' hintergründiger und doch wiederum offener Seele ist ihm aufgegangen. Augustins «Konfessionen» erschließen sich nicht dem lachenden Leser, da sie unter zu vielen Tränen geschrieben worden sind. Die Geschichte seines äußeren Lebens diente dem Kirchenvater zur Deutung seiner seelischen Reifung, und das Eingeständnis seiner Schuld wurde zum Lob des Allmächtigen. Dadurch begann mit Augustin die christliche Psychologie, die später von Pascal, Kierkegaard und Dostojewskij fortgesetzt wurde. Sie reicht in größere Tiefen als die von Nietzsche. Augustin sprach über seine andauernden Versuchungen weder verschleiert, noch prahlte er damit. Seine Bekehrung war ein Damaskus-Erlebnis. Augustins «Konfessionen» sind ein Markstein in der Geschichte der Autobiographie, und Nietzsche schmäht sich selbst, wenn er überheblich über die Seelentiefe Augustins spottet. Ohne Nietzsche Unrecht zu tun, müßte man doch sagen, es habe ihm ein Gefühl für christliche Größe gefehlt.
Die Psychologie trug viel zur Erhellung des menschlichen Seelenlebens bei, aber sie ist eine Hilfswissenschaft und verfügt als solche über keine normativen Werte. Gerade wegen der glänzenden Begabung für die Psychologie übersah Nietzsche deren Nachteile völlig. In seiner Entdeckerfreude übersprang er leichtfüßig die Klippen der Psychologie. Sie kennt in der Regel nur Reuegefühle, nicht aber die Reue selbst. Nietzsche wurde mit seinem geübten psychologischen Blick nicht zu einem Herzenskünder, weil ihm die Liebe zu den verwirrten Menschen

fehlte. Die Psychologie führte ihn zu einer relativierenden Auffassung aller Dinge, und damit eröffnete er eine nivellierende Bahn, die unübersehbare Folgen nach sich zog. Die moderne Psychologie verbreitete sowohl Verständnis als auch Verwirrung unter den Menschen. Nietzsches untergrabende Psychologie trug ungewollt zur Ablehnung der Metaphysik bei. Diese Abwertung verursachte den Relativismus, der wiederum zur heutigen Sumpflandschaft führte. Wendet man dieses beständige Analysieren des Menschen auf sich selbst an, was bleibt dann übrig? Nietzsche selbst sprach es aus: «Selbstdenker, Selbsthenker!» Seine psychologischen Errungenschaften, die Ludwig Klages rühmte, bleiben, ungeachtet aller Verdienste, eine fragwürdige Angelegenheit.

Nietzsche besaß noch eine, über seine psychologische Zergliederungskunst hinausgehende Leidenschaft. Er stellte auch die Moral unter den Aspekt der Psychologie. Um kein Mißverständnis aufkommen zu lassen: Nietzsche war persönlich moralisch einwandfrei. Er führte kein Doppelleben, war nie in zweideutige Geschichten verwickelt und war auch kein geldgieriger Mensch. Er war stets kränklich, weshalb der noble Mann ein zurückgezogenes Leben in großer Einsamkeit führte. Der Rückschluß vom Werk auf den Verfasser ist durchaus nicht am Platze.

Im neunzehnten Jahrhundert verband sich eine unverkennbare Heuchelei mit der Moral. Das wilhelminische Zeitalter ist nicht umsonst in Verruf geraten. Man gab sich äußerlich den Anschein einer Anständigkeit, während sich hinter den Kulissen Abscheuliches zutrug. Das vergangene Jahrhundert war ein unmoralisches Jahrhundert, das überall Fassaden aufstellte, hinter die man nicht blicken durfte. Es ist unangebracht, die bürgerliche Scheinmoral zu verteidigen; Nietzsches Protest war durchaus berechtigt. Er leuchtete mit seiner grellen Lampe hinter die Attrappen, indem er den verheuchelten Moralismus zu entlarven begann. Es gehört zum Wesen der Moral, daß sie nicht ohne ihren Gegenpol, die Unmoral, existieren kann.

Soweit wäre alles recht und gut. Nietzsche aber begnügte sich nicht damit, das unmoralische Verhalten der Moralisten aufzuzeigen. Er ging einen Schritt weiter und stellte die Moral an sich in Frage. Die Moral erlog den «Geist», um den Leib zuschanden zu machen, und bewertete die Geschlechtlichkeit als etwas Unreines. Unter dem Vorwand, das Leben zu verbessern, saugt die Moral das Leben aus. Nietzsche scheute sich nicht, von der «Moral als Vampyrismus» zu reden.[24] Einmal schrieb er: «Wir verneinen, weil etwas in uns leben und sich bejahen will, das wir vielleicht noch nicht kennen, noch nicht sehen»,[25] ein Selbstverständnis, das ihn zum Vater der Lebensphilosophie machte, die eine Zeitlang die Gemüter stark beschäftigte. Sie könnte noch hingenommen werden, wäre das Wort ‹Lebensphilosophie› nicht zu unbestimmt und ließe es nicht alles in der Schwebe. Nietzsche bekämpfte vorwiegend den Moralismus des bürgerlichen Zeitalters. Er setzte ihn der Heuchelei gleich, was ein allzu summarisches Urteil war. Der Philosoph von Sils tat sich viel darauf zugute, in seinem «moralischen Bergwerk» auf unterirdische Gänge gestoßen zu sein. Er war der erste, der die Tabus der Menschen wahrnahm und sie zerstörte, ein Tun, dem sich heute sogar kirchlich gesinnte Leute mit Eifer zuwenden. Nietzsche fragte sich dabei nie, ob Tabus nicht auch eine notwenige Funktion haben, und ob der völlig enthemmte Mensch doch niemals ein wünschenswertes Ziel ist. Nie unterschied er zwischen echter und entarteter Moral. Das moralische Verhalten ist eine stillschweigende Voraussetzung des

menschlichen Lebens. Wenn darauf verzichtet wird, geraten die Wertmaßstäbe durcheinander. Es ist doch ein Unterschied, ob man es mit einem sauberen Menschen – was Nietzsche persönlich war – oder mit einer angefaulten Existenz zu tun hat. Trennt man Moral und Geschäft oder Moral und Politik, dann breitet sich die Verwirrung aus. Nietzsches Unwille über die moralinsäuerlichen Menschen ist gut verständlich, trotzdem gab er sich zu wenig Rechenschaft über die Folgen seiner Zertrümmerung der Moral. Die Ablehnung aller Moral bewirkt lediglich ein unsittliches Chaos, das heutzutage auf Schritt und Tritt festzustellen ist. Die Gegenwart erlebt eine moralisch völlig verlotterte Gesellschaft, in der alles einem reißenden Niedergang entgegen treibt.
Nicht genug damit. Nietzsche verkündete den Immoralismus, und damit begann er seine Drachensaat auszusäen, eine Tat, mit der er sich immer stärker als Unheiliger profilierte. Er fühlte sich «jenseits von Gut und Böse». Auf dem Papier riß er mit seinem Immoralismus alle Zäune nieder und verhöhnte alle sittlichen Anstrengungen. Dabei bildete er sich darauf nicht wenig ein: «Wir Immoralisten sind die Äußersten», schrieb er, als ob Nietzsche sich in seinem Leben auch nur ein einziges Mal als Immoralist betätigt hätte! Übermütig gab er die Lösung aus: «Nichts ist wahr, alles ist erlaubt!» Er war bei Iwan Karamasow angelangt, ohne von der Existenz dieses Mannes etwas zu wissen, den Dostojewskij im Nervenfieber untergehen ließ.
Wer Verantwortung fühlt, wird dem freien Geist ruhig antworten: Nie ist alles erlaubt, weil dem Menschen Grenzen gesetzt sind, die er nicht ungestraft überschreitet. Wir befinden uns nicht jenseits von Gut und Böse, es sei denn, wir wären wieder im Paradieseszustand. Gut und Böse sind bleibende Gegensätze; wer glaubt, sie

beliebig vertauschen zu können, betreibt eine ethische Begriffsverwirrung ohnegleichen. Nietzsche befand sich nur auf dem Papier jenseits von Gut und Böse – in seinem Leben machte er davon nie Gebrauch, aber er hat in dieser Beziehung eine Schleuse geöffnet, die man nur als Verhängnis bezeichnen kann. Sein Immoralismus wurde zur Losung eines verlotterten Europas. Er verdrehte nicht nur unreifen Jünglingen die Köpfe, so daß sie sich im Leben nicht mehr zurechtfanden und Schiffbruch erlitten, wir haben auch die entsetzlichen Verwüstungen erlebt, wenn immoralische Menschen die Herrschaft an sich reißen und nach dem Grundsatz handeln: Alles ist erlaubt. So wenig man, nach dem bekannten Wort, auf den gestirnten Himmel über uns, so wenig kann und darf man auf das Sittengesetz in uns verzichten. Wer trotzdem mutwillig darüber hinweg schreitet, geht unfehlbar zugrunde. Dafür ist Shakespeares «Macbeth» ein unwiderlegbares Beispiel. Die Gesetzestafeln von Sinai sind zeitlos gültig; Nietzsche kommt mit all seiner Rhetorik dagegen nicht auf. Man begreift durchaus, daß zu seiner Zertrümmerung der Gesetzestafel die Freunde Rohde, Burckhardt und Overbeck nicht beistimmen konnten. Der Mensch vermag ja nur in Übereinstimmung mit den Anordnungen Gottes und nicht im Widerspruch zu ihnen zu leben.

Jesus war ganz gewiß das Gegenteil eines Moralpredigers. Beim Menschensohn trat Gott an die Stelle der sittenrichterlichen Betrachtung, er, der seine Sonne aufgehen läßt über Gute und Böse. Christi Verhalten gegenüber der ertappten Ehebrecherin zeigt eindrucksvoll seine übermoralische Haltung. Eine solche Einstellung ist Nietzsche weit überlegen. Zuweilen wußte er dies beinahe traumartig, aber er vermochte diese vage Ahnung nicht aufzunehmen und auszubauen.

Nietzsches Philosophie war von starkem Einfluß und von beinahe magischer Wirkung. Dies läßt sich nicht bestreiten. Seine Ausstrahlung hängt mit dem prophetischen Element zusammen, das seinem Denken innewohnte. Zwar muß man mit dem Wort ‹Prophet› vorsichtig sein, denn allzu viele Menschen haben die Rolle des Propheten gespielt und waren dabei alles andere als echte Propheten. Nicht alle sind Propheten, die sich selbst den Prophetenmantel umwerfen. Pausieren wir ein wenig mit dem Begriff.

Auf Nietzsche aber darf das Wort angewendet werden, weil er das Kommende voraussah: «Das nächste Jahrtausend wird auf ein paar neue Einfälle kommen, über die einstweilen die Haare jedes Jetztlebenden zu Berge stehen möchten.»[26] Nietzsche besaß eine Katastrophen-Sicht, indem er die heranrollenden Gewitter wahrnahm. Hellsichtig schrieb er: «Es geht geisterhaft um uns zu, jeder Augenblick des Lebens will uns etwas sagen, aber wir wollen diese Geisterstimme nicht hören.» Er sah schon das Ende der Vormachtstellung Europas voraus, die nach dem Zweiten Weltkrieg evident wurde. Wer Nietzsche liest, staunt oft darüber, was er vor hundert Jahren gesagt hat und was sich von seiner Zukunftsschau in unserer Generation erfüllt hat. Damals weissagte er, «die Welt ist unregierbar geworden», was heute durchaus der Fall ist. Verbunden mit seinem prophetischen Sinn war Nietzsches dichterische Veranlagung. Er war ein Dichter und nicht bloß ein Artist. Es wäre verfehlt, von einem «Artisten-Evangelium Nietzsches» zu sprechen. Er war eine dichterische Natur, und wahrscheinlich ist dies sogar die beste Seite von ihm. Es sang in ihm; man würde ihm Unrecht tun, glaubte man, er sei ein bloßer Ästhet. Nein, er war ein echter Dichter. Der prophetische Mann schrieb einige zauberhafte Verse, die in keiner Anthologie fehlen dürften. Als einziges Beispiel sei nachstehendes Lied angeführt:

An der Brücke stand
jüngst ich in brauner Nacht.
Fernher kam Gesang;
goldener Tropfen quoll's
über die zitternde Fläche weg.
Gondeln, Lichter, Musik –
trunken schwamm's in die Dämmrung hinaus ...

Meine Seele, ein Saitenspiel,
sang sich, unsichtbar berührt,
heimlich ein Gondellied dazu,
zitternd vor bunter Seligkeit.
– Hörte Jemand ihr zu? ...[27]

Nietzsche erfaßte den «Dichter als Wegweiser für die Zukunft».[28]
Seine dichterische Begabung ist allein schon aus seiner Sprache spürbar. Wer seine philosophischen Bemühungen ablehnt, muß mindestens seine klare und bilderreiche Sprache anerkennen. Er handhabte sie mit einer Leichtigkeit ohnegleichen. Man nannte ihn schon «den größten Virtuosen der deutschen Sprache». Die Sprache macht seine Schriften zu «wunderbaren Büchern». Nietzsches Parole, «schreibe mit Blut», erfüllte er selbst, was man aus seinen Worten immer wieder herausspürt. Er war in sprachlicher Beziehung ein großer Künstler. Während es eine Unsitte der deutschen Philosophen ist, sich schwerfällig und verschnörkelt auszudrücken, ist Nietzsche neben Heine und Schopenhauer der einzige Autor, der

eine leicht lesbare deutsche Sprache schrieb, eine Sprache, die dem Leser eingeht wie Honigseim. Nietzsches Sprache ist nicht Grammatik-Unterricht, sondern sie ist Magie. Es steckt in ihr etwas Verführerisches; er spielt mit der Sprache, wie ein Jongleur mit den Bällen spielt, und läßt sich oft von den Wortspielen förmlich fortreißen. Kunst ist unstreitig in seiner Sprache enthalten, sagte er doch von sich selbst: «Mein Stil ist ein Tanz, ein Spiel der Symmetrie aller Dinge und ein Überspringen und Verspotten dieser Symmetrie.»[29]

Mit dieser fließenden Sprache schrieb Nietzsche seinen «Zarathustra», den er unter die «Symphonien» reihen wollte. Es hat seine eigene Bewandtnis mit diesem Buch. Er selbst war von «Zarathustra» über alle Maßen angetan, verlor er doch ihm gegenüber jede Selbstkritik. «Wenn ich einen Blick in meinen Zarathustra geworfen habe, gehe ich eine halbe Stunde im Zimmer auf und ab, unfähig, über einen unerträglichen Krampf von Schluchzen Herr zu werden», gestand er[30] und fühlte sich dabei «mit eigenen Flügeln im eigenen Himmel». Allen Ernstes glaubte er, mit diesem Buch «der Menschheit das größte Geschenk gemacht zu haben, das ihr bisher gemacht worden ist».[31] Diese extreme Selbstapotheose verrät die nahende Verzweiflung.

Viele junge Menschen trugen den «Zarathustra» früher stets wie ein Brevier bei sich, während er dem heutigen Leser einige Mühe bereitet. Zwar ist der «Zarathustra» von einem dichterischen Schwung getragen, Musik ist in ihm, und doch spricht diese geschraubte Poesie uns nicht mehr an. Offensichtlich ist der Stil der Bibel nachgeahmt, eine Imitation also, die einen unechten Ton in das Werk hineinträgt. Wir empfinden dieses Pathos als zu gekünstelt und manieriert, zu gespreizt und unnatürlich. Christian Morgenstern empfand den «Zarathustra» als «ein Mischmasch von Grandiosem und Banalem», und wir hören in ihm nicht mehr den «dunklen Tempelgesang», wie Edgar Salin schrieb.[32] Während der Epoche des freien Geistes hatte Nietzsche den Sinn für das Symbolische verloren und versuchte ihn im «Zarathustra» wieder zurückzugewinnen. Es ist ein einmaliges Buch in der Philosophiegeschichte, in dem einem blind gewordener Seher verschiedene blitzende Gedanken eingefallen sind. «Zarathustra» ist ein Monolog, weil Nietzsche der Gesprächspartner fehlte. Ein aristokratischer Individualismus liegt in seinen Ausführungen, Spittelers «Prometheus und Epimetheus» nicht unähnlich.

Nietzsche liebte es, mit prophetischem und dichterischem Sinn zu philosophieren, mit dem Hammer zu philosophieren, wie er sich ausdrückte. Dabei war er sich klar, daß man nicht nur zertrümmern und zerstören darf. Niemand lebt von bloßen Negationen. Der Mensch ist auf positive Werte angewiesen. Nietzsche beabsichtigte, neue Werttafeln an die Stelle der alten zu setzen. Freilich mußte auch er erfahren, daß dies leichter gesagt als getan ist. Doch hat er sich darum ehrlich bemüht. Ihm lag daran, eine neue Philosophie des Lebens hervorzubringen, eine Philosophie, die allerdings nichts mit einer Auslebe-Theorie zu tun hat. Er selbst war durchaus asketisch veranlagt, obwohl ihn eine gewisse Lebenssehnsucht plagte. Genau an dieser Stelle wurde sein Weg abermals zum Abweg. Nicht Moses hat die Gesetzestafeln des Alten Testamentes ersonnen, sondern Gott hat sie ihm auf dem Sinai in einer Wolke übergeben, damit er sie dem Volke mitteile. Nietzsche dagegen erfand auf künstliche Weise seine neuen Werttafeln, so wie er glaubte, den Gott Dionysos erfunden zu haben. Dieser Weg konnte nicht zum Ziele führen. Sein Versuch, «die Gewichte aller Dinge neu zu bestimmen»,[33] mußte fehl-

schlagen, mochte der Urheber noch so genial veranlagt sein.
Zarathustra verkündete in dithyrambischen Worten den Übermenschen. Die Idee ist nicht zum voraus abzulehnen, ist sie doch auf der Suche nach einem neuen Menschenbild entstanden. Nietzsche berauschte sich an der Vorstellung des Übermenschen und verdeckte damit, was er im Grunde wollte: das hohe Menschenbild. Das Bild vom Übermenschen verbleibt im Unbestimmten; Stephan George hat schon früh vor diesem Medusenhaupt gewarnt.[34] Der Philosoph von Sils-Maria stimmte in einer euphorischen Phase den Gesang von der «blonden Bestie» an, dem «frohlockenden Ungeheuer», das übermütig von den scheußlichen Taten wie Mord, Schändung, Folter, heimkehrte, als wäre es ein Studentenstreich gewesen. «Nicht Menschheit, sondern Übermensch ist das Ziel.»[35] Nietzsche war von der Idee des Übermenschen geradezu berauscht. Es ist schwer, ihm dies heutzutage nachzufühlen und in seine blinde Lobpreisung einzustimmen, da sich seither zuviel Schreckliches zugetragen hat, weshalb der Mensch sich ein viel kritischeres Wirklichkeits-Verständnis angeeignet hat. Zum Thema ‹Übermensch› hat Pascal geschrieben: «Der Mensch ist weder Engel noch Tier, und das Unglück will, daß wenn er den Engel spielen will, er zum Tier wird.» Man muß Mensch bleiben, das allein entspricht unserer Bestimmung; die wahre Stimme des Menschen aber ist in der Welt so selten zu hören. Das Kreaturgefühl darf dem Menschen nicht verloren gehen, weil der Verlust schwere Nachteile nach sich zieht.
Als Nietzsche einmal durch die Wälder am Ufer entlang des Silvaplanersees spazierte, überkam ihn plötzlich bei einem großen Felsblock der Gedanke von der ewigen Wiederkunft des Gleichen, der die Grundkonzeption des

«Zarathustra» bildet. Bei der Erleuchtung, was da ist, war schon immer da und wird immer wieder da sein und so in alle Ewigkeit, fühlte er sich gleich «sechstausend Fuß jenseits von Mensch und Zeit».[36] Dieser Gedanke versetzte ihn in eine namenlose Glückseligkeit, schien er ihm doch eine Offenbarung zu sein. Nietzsche hatte die Empfindung, noch nie habe ein Mensch eine größere Idee entfaltet.

Dabei hat er sich auch hierin getäuscht. Selbstverständlich gibt es Vergangenheitserlebnisse, die man nochmals zu erleben wünschte, dies aber meinte Nietzsche nicht. Seine doppeldeutige Wiederkunftslehre sollte ihn für die Sinnlosigkeit des Daseins entschädigen. Die Kraft der höchsten Steigerung aber schließt die Wiederkunftslehre nicht in sich. Die Idee ist fragwürdig und gar nicht originell, hat doch der Prediger Salomo schon den Kreislauf des Daseins verkündet: «Was ist's, das geschehen ist? Eben das hernach geschehen wird ... und geschieht nichts Neues unter der Sonne.»[37] Was ist an dem Gedanken, «die Sonne geht auf und geht unter und läuft an ihren Ort, daß sie wieder daselbst aufgehe», so begeisterungswert?[38] Liegt in diesem geschichtlichen Geschehen nicht eher ein Trübsinn verborgen? Ewig der gleiche Unsinn, nie ein Durchbruch oder ein Neuanfang? Ewige Wiederkehr aller Dinge ist möglich, solange diese Erde besteht – für alle Ewigkeit aber ist dieser endlose Kreislauf trostlos und niederdrückend.

Nietzsche erfand noch einen Wert: den Willen zur Macht. Der Machtgedanke war für ihn von magischer Gewalt. Er verherrlichte die Macht mit dem ganzen Zauber seiner verführerischen Sprache. Macht kann nur der Starke ausüben, der nach dem Grundsatz handelt: «Was fallen will, das soll man auch noch stoßen», eine Parole, die wahrscheinlich ganz bewußt gegen das Jesajawort geprägt worden ist: «Den glimmenden Docht nicht auslöschen». Man käme an kein Ende, wollte man all die übertriebenen Worte Nietzsches zur Glorifizierung der Macht zitieren. Dabei lassen uns seine Verherrlichungen des Renaissancemenschen und Napoleons völlig kalt. Kritisch betrachtet, sind seine Ausführungen über den Willen zur Macht ein bloßes, wenig hilfreiches Gedankenspiel.

An dieser Stelle läßt sich Nietzsches Psychologie auf ihn selbst anwenden: Es war eine Flucht in die Stärke; er dichtete den starken Menschen, weil er es selbst nicht war. Der kurzsichtige, ehemalige Basler Professor war nie und nimmer ein Machtmensch. Er lebte sein Leben meistens in kleinen Pensionen, störte niemanden und wollte auch nicht gestört werden. Kränklich und sensibel, wie er war, wich er den Menschen aus. Sein Machtgepolter stand in einem krassen Gegensatz zu seiner wahren Natur. Er las gerne Stifter und liebte die Gemälde von Claude Lorrain.[39] Dies alles übertönte er durch seine Machtanpreisung. Seine Kraftsprache über die Macht mutet wie die eines kleinen Knaben an, der seine Schwäche durch ein Großtun überspielen möchte. Dabei übersah dieser Kämpfer gegen seine Zeit, daß er mit seiner ungestümen Machtverherrlichung gerade eins war mit dem Machtwillen des geeinten Deutschlands. Die Gefahren des Machtdenkens überlegte sich Nietzsche nicht, und daher erkannte er auch nicht die in jeder Machtentfaltung verborgen liegende Dämonie. Wie vielfältig sind die Schrecken der Menschen wegen der um ihre Macht kämpfenden Staaten, und wie häßlich sind die Streitigkeiten in den Parteien, wenn es darum geht, welche Persönlichkeit an die Macht kommen soll. Zwar muß es Macht im Staate geben, aber, wer immer an die Macht gelangt, läuft Gefahr, ihr charakterlich nicht gewachsen zu sein. Von all diesen Wahrnehmungen schweigt Nietzsche wohl deshalb, weil er den Willen zur Macht blind verherrlichte.

Alle diese neuen Werttafeln, heißen sie nun «Übermensch», «Ewige Wiederkunft des Gleichen» oder «Wille zur Macht» sind, näher betrachtet, bloße Surrogate ohne tragende Kraft. Vom Ersatz kann der Mensch jedoch nicht leben. Nietzsche ahnte gelegentlich diese fatale Situation: «Es sieht aus, als ob alles chaotisch würde, das Alte verloren ginge, das Neue nichts taugte ...»[40] Bei allem Respekt vor Nietzsche muß die Untauglichkeit seiner neuen Werttafeln klar ausgesprochen werden. Nicht die leiseste Unklarheit darf darüber bestehen. Wir sind zu eindeutigen Aussagen verpflichtet und sehen in all seinen Ausführungen nur eine zu Mißverständnissen führende Pseudophilosophie. Verhängnisvoll und unerlaubt sind diese Gedanken des Unheiligen, weil sie den Pöbel enthemmten, ein Übel, dem wir mit aller Kraft entgegentreten müssen.

Der Exponent der Zeit

Nietzsche war keine singuläre Erscheinung, gehörte er doch in einen großen Zusammenhang. Er ist, neben Karl Marx, einer der stärksten Exponenten seiner Zeit. In jenen Jahren, da die Neuzeit ihren Abfall von Gott und Christus zu vollenden im Begriffe war, trat Nietzsche auf, um dieses ungeheure Ereignis aller Welt zu verkünden. Sein Sendungsbewußtsein war in dieser Sicht eine folgerichtig zu Ende gedachte Selbstverwirklichung, jedenfalls kann sie nicht als Größenwahnsinn erklärt werden. Gegen den Schluß seiner Schaffenszeit, in der sich seine Krankheit zunächst in einer euphorischen Stimmung bemerkbar machte, kam der Moment, da die Bombe platzte und ein geistiges Trümmerfeld von unübersehbarer Verwüstung anrichtete. Seine Lehre enthüllte sich als die personifizierte Unheiligkeit, die das Gesicht unserer Zeit prägte. Jetzt wurde sein Verhängnis offenbar: er ist zu einem der Urheber der Katastrophen des zwanzigsten Jahrhunderts geworden, zu einer Erscheinung, die einem Erdbeben glich.

In seiner letzten Phase offenbarte sich Nietzsches Atheismus geradezu unheimlich. Es war nicht etwa ein oberflächlicher Atheismus, der den ganzen religiösen «Ballast» über Nacht wegwarf, ohne sich Rechenschaft zu geben, was das heißt. Dieser sträflichen Gedankenlosigkeit machte sich Nietzsche nicht schuldig. Sein Atheismus reifte langsam, aber unaufhaltsam. Am eindrucksvollsten formulierte er ihn in der «Fröhlichen Wissenschaft»: «Der tolle Mensch sprang mitten unter sie und durchbohrte sie mit seinen Blicken. ‹Wohin ist Gott?› rief er, ‹ich will es euch sagen! Wir haben ihn getötet – ihr und ich! Wir alle sind seine Mörder! Aber wie haben wir dies gemacht? Wie vermochten wir das Meer auszutrinken? Wer gab uns den Schwamm, um den ganzen Horizont wegzuwischen? Was taten wir, als wir diese Erde von ihrer Sonne losketteten? Wohin bewegt sie sich nun? Wohin bewegen wir uns? Fort von allen Sonnen? Stürzen wir nicht fortwährend? Und rückwärts, seitwärts, vorwärts, nach allen Seiten? Gibt es noch ein Oben und ein Unten? Irren wir nicht wie durch ein unendliches Nichts? Haucht uns nicht der leere Raum an? Ist es nicht kälter geworden? Kommt nicht immerfort die Nacht und mehr Nacht?›»[41] Nietzsche begann mit den beklemmenden Worten: «Ich suche Gott.» Zweimal hat er dies gesagt und wurde dennoch zum Mörder Gottes. Seine beklemmenden Ausführungen rauben dem Leser den Atem.

Fassungslos steht man vor dieser Proklamation, die keine gelehrte Diskussion erträgt. Man schreckt unwillkürlich vor seinen Worten zurück. Er sprach von der kommenden, wenn auch uneingestandenen Entwicklung der Neuzeit: dem Abfall von Gott. Das Übel begann in der Aufklärungszeit, aber man glitt mit allzu leichtfertigen Gebärden darüber hinweg. Nietzsche war es vorbehalten, das Ungeheuerliche der Leugnung Gottes mit temperamentvollen Worten den Menschen zum Bewußtsein zu bringen. «Es ist nicht seine private Not oder seine private Verzweiflung, die in Nietzsche eine so große Gestalt gewinnt, er bringt vielmehr mit einem Schrei zur Welt, was Generationen in sich getragen und genährt haben, ohne daß sie den Mut fanden, es auszusprechen.»[42] Er war dazu auserkoren, dieses verdammungswürdige Tun aller Welt mitzuteilen: «Das größte neuere Ereignis – daß ‹Gott tot ist›, daß der Glaube an den christlichen Gott unglaubwürdig geworden ist – beginnt bereits seine ersten Schatten über Europa zu werfen.»[43] Es ist eine fragwürdige Interpretation, in dieser Gottlosigkeit die «steigende Unruhe eines sich vielleicht nicht mehr verstehenden Gottsuchens» zu sehen.[44] Man darf höchstens sagen, durch Nietzsche ist Gott außerhalb der Kirchenmauer noch einmal zu der entscheidenden Frage alles Lebens erhoben worden.
Verglichen mit Nietzsches Atheismus mutet alle Freigeisterei wie eine Versammlung von Kaninchenzüchtern an. Er bewertete die Freigeisterei der Herren Naturforscher als bloßen Spaß, dem jedes Leiden fehle. Ihm dagegen lag daran, die letzte Entscheidung in der Frage des Atheismus herbeizuführen. Mit einer bloßen Ablehnung Nietzsches ist nichts getan. Sein Atheismus hat Gewicht, zumal er selbst ein umgekehrter religiöser Mensch war. Trotz aller gegenteiligen Beteuerung war er ein Meta-

physiker. Gerade deswegen machen seine Ausführungen den Leser nachdenklich, weil seine Argumente in vielen modernen Menschen ebenso vorhanden sind wie die verdeckte Glaubenssehnsucht. Freilich hatte Nietzsche von dem Gott der Bibel, der ein verzehrendes Feuer und in dessen Hände zu fallen schrecklich ist, keine eigene Erfahrung. Ihm war nie ein Gott-Erlebnis zuteil geworden; es entsprach seiner kindlichen Phantasie, mit zwölf Jahren Gott in seinem Glanz gesehen zu haben. Nietzsche hat sich nie eingehender mit der Mystik und ihren Tiefen beschäftigt und war demzufolge hierin ganz ahnungslos. Nietzsches Atheismus läßt sich nicht mit einer liberalen Weltanschauung bekämpfen. Der bürgerliche Liberalismus kränkelt an einem Deismus und ist daher nicht fähig, dem Atheismus ein starkes Bollwerk entgegenzustellen. Einzig das Evangelium wäre ihm überlegen, was er selbst unbewußt gefühlt hat, weswegen sein letzter Kampf folgerichtig dem Christentum galt. Er hat diesen Kampf in seinem Buch «Der Antichrist» aufgenommen. Die Meinung, die Auseinandersetzung habe sich nicht gegen das Evangelium, sondern nur gegen die ausgelaugten Gemeinplätze der christlichen Lehre gerichtet, ist eine abschwächende Deutung.
Wiederum ist an dieser Stelle ein Vorbehalt anzubringen, den F.G. Jünger dahin formulierte: «Nietzsche, ein Typus des homo religiosus von großer Kraft, war einer der frömmsten Menschen seiner Zeit.»[45] Was das Religiöse betrifft, hat der Philosoph mehrfach verräterische Aussagen gemacht, jedenfalls ist sein unterdrücktes christliches Verlangen deutlich wahrnehmbar. Er versicherte, das Christentum sei das beste Stück idealen Daseins, das er im Leben kennengelernt habe. Nietzsche aber wollte bewußt ein Atheist sein, und gerade deswegen mußte er zum Kampf gegen das Christentum antreten.

Zunächst bekannte er: «Ich bin, auf griechisch und nicht nur auf griechisch, der Antichrist.»[46] Ein anderes Mal formulierte er sein antichristliches Symbol: «Dionysos gegen den Gekreuzigten: da habt ihr den Gegensatz.»[47] Ob er wirklich ein Antichrist war, oder ob er sich nur in dieser Rolle gefiel, ist wiederum eine andere Frage. Seine Schrift «Der Antichrist» liegt nun einmal vor und kann nicht ignoriert werden. Freilich macht sie uns nicht mehr den gleichen Eindruck wie ehemals. Nachgerade sind wir diese Töne gewohnt. Nietzsches «Antichrist» mit seiner Parole «Fluch auf das Christentum» ist ein Pamphlet und ist grobschlächtig, wie die meisten Pamphlete es sind. Davon kann auch Nietzsches Schrift nicht ausgenommen werden. Sie treffen, aber sie treffen gewöhnlich doch nicht ins Schwarze.

Auffallend ist, daß Nietzsche sich gegenüber der Gestalt Christi eine seltsame Zurückhaltung auferlegte. Er ging von der Verderbnis der textlichen Überlieferung aus und fand, Christus müsse befreit werden. Es schien ihm, Christus sei der reine Tor und der selige Narr, der die frohe Botschaft des Himmelreichs verkünde, das den Kindern gehört. Nietzsche hatte ein gewisses Gespür für die Einmaligkeit Christi: «Im Grunde gab es nur Einen Christen, und der starb am Kreuz.»[48] Dieses Sensorium für Jesus wurde bei ihm immer wieder durch eine Haßliebe durchkreuzt. Doch hatte er eine Sicht von Jesus, die in der damaligen Theologie zu kurz kam. Nach Nietzsche nahm dieser «große Symbolist» die inneren Realitäten als Wahrheit an, womit er in die Nähe von Overbecks Erfassung der «Urgeschichte» rückte. Nietzsche schrieb über die frohe Botschaft: «Die Seligkeit wird nicht verheißen, sie wird nicht an Bedingungen geknüpft: sie ist die einzige Realität – der Rest ist Zeichen, um von ihr zu reden» und fügte hinzu: «Nicht ein ‹Glaube› unterscheidet den Christen: der Christ handelt, er unterscheidet sich durch ein anderes Handeln.»[49] Dies läßt sich hören, umsomehr als Nietzsche ausdrücklich bemerkte: «Heute noch ist ein solches Leben möglich, für gewisse Menschen sogar notwendig: das echte, das ursprüngliche Christentum wird zu allen Zeiten möglich sein ... Nicht ein Glauben, sondern ein Tun, ein Vieles-nicht-tun vor allem, ein anderes Sein ...»[50] Es sind dies beachtenswerte Sätze, wenn sie auch nicht erschöpfend sind. Jedenfalls hat Nietzsche hier nicht gegen Christus gelästert, sondern hat sich weit eher vor ihm verneigt. Sein Angriff auf die Christenheit ist auf alle Fälle eine innerchristliche Angelegenheit.

Anders verhielt er sich gegen Paulus, den er geradezu beschimpfte: «Der ‹frohen Botschaft› folgte auf dem Fuß die allerschlimmste: die des Paulus. In Paulus verkörpert sich der Gegensatz-Typus zum ‹frohen Botschafter›, das Genie im Haß, in der Vision des Hasses, in der unerbittlichen Logik des Hasses.»[51] Man braucht sich über Nietzsches Schmähung nicht aufzuregen, zumal sie nicht neu ist. Schon vor ihm hat Fichte eine Abneigung gegen Paulus empfunden. Nietzsche sah hierin gewiß vieles in einer völlig verzerrten Perspektive, und deswegen ist er der Bedeutung des Apostels nicht gerecht geworden. Nietzsche erkannte nicht, daß das «ungeheure Wissen um die Liebe, welches das Leben Jesu verberge», durch Paulus im Hohenlied der Liebe eine Entfaltung ohnegleichen erfuhr. Er hat sich das Paulus-Problem viel zu leicht gemacht.

Nietzsche verlästerte auch völlig die Geschichte der Kirche. Er überschüttete sie mit Vorwürfen. Kein Ausdruck war ihm hiefür schlecht genug, und oft gewinnt man den Eindruck, er habe sich seine Worte gar nicht ernsthaft überlegt, sondern seiner Wut freien Lauf gelassen: «Das

Christentum war bisher das größte Unglück der Menschheit.»[52] Schon im vierten Teil des «Zarathustra» begannen die blasphemischen Aussagen und im «Antichristen» überschlugen sich die Anklagen: «Ich heiße das Christentum den Einen großen Fluch ... ich heiße es den Einen unsterblichen Schandfleck der Menschheit.»[53]
Vom «Antichrist» und von «Ecce-Homo» gewinnt man den Eindruck, Nietzsche sei zum nicht mehr aufzuhaltenden Amokläufer geworden. Er argumentiert viel zu erregt, um einer sachlichen Diskussion Raum zu bieten. Seine Schriften enthalten zu viel Selbstrühmendes und Hektisches. Nietzsche redete sich Stärke, Kraft und Kühnheit ein, weil sie ihm zu entschwinden drohten. Offenbar fühlte er schon damals unterirdisch den Ausbruch seiner Krankheit. Doch muß man Nietzsche ohne weiteres zugeben, daß sich im Laufe der Geschichte der Christenheit vieles ereignet hat, das dem wahrheitsliebenden Menschen wie eine Alb auf der Seele liegt. Zu oft hat die Christenheit ihren Herrn verraten. Auch ist es eine Frage, ob Nietzsche «das erste Christentum in solchen Verzerrungen der Perspektiven hätte sehen können, wenn ihm aus jener Zeit ein echteres und lebendigeres Christentum persönlich begegnet wäre».[54] Nietzsche hat die Verfinsterungen in der Geschichte der Christenheit einseitig betont und hat die lichtvollen Taten mit Schweigen übergangen. Man muß beides sehen, um ein gerechtes Urteil fällen zu können. Diese Gerechtigkeit besaß Nietzsche in seiner letzten Phase nicht mehr. Er ließ sich zu wütenden Worten hinreißen, die im Leeren verhallten. Er liebte Pascal, aber, statt über die «Pensées» nachzudenken, beklagte er ihn nur als das kostbarste Opfer des Christentums. Bedeutsame Gestalten wie Nikolaus Cusanus oder Sören Kierkegaard blieben ganz außerhalb seines Gesichtskreises. Die Geschichte des inneren Chri-

stentums blieb ihm unbekannt – er verharrte im äußeren Bezirk.

Mit seinem Atheismus und seinem Kampf gegen das Christentum signalisierte Nietzsche den Nihilismus. «Der Nihilismus steht vor der Tür: woher kommt uns dieser unheimlichste aller Gäste?»[55] Nietzsche hat ihn nicht erfunden, denn in Rußland breitete er sich um die Mitte des vergangenen Jahrhunderts aus. Turgenjew schuf in seinem Roman «Väter und Söhne» zuerst den Begriff ‹Nihilismus›, gebrauchte ihn aber mehr im psychologischen als im metaphysischen Sinn. Viele Studenten waren in Rußland dem Nihilismus leidenschaftlich zugetan, doch nur Dostojewskij erkannte die damit verbundene Gefahr. Im deutschen Sprachraum aber schrieb Nietzsche davon, ohne von den russischen Vorgängen Näheres zu wissen, und dies zu einer Zeit, da ihm noch niemand Beachtung schenkte. Nietzsches Nihilismus ist deutsch und gefiel sich besonders in der Leugnung der metaphysischen Welt. Das war seine eigentliche Drachensaat; sie ging zuerst bei den Intellektuellen und hernach in der Gesellschaft auf. «Es gehört zur Unheimlichkeit dieses unheimlichsten Gastes, daß er seine eigene Herkunft nicht nennen kann.»[56] Was ist Nihilismus? Die obersten Werte entwerten sich dabei, und das Nichts wird an die Stelle gesetzt. Der Nihilismus untergräbt Ziel und Sinn des Lebens, er kennt keine Antwort mehr auf die Fragen nach dem Warum. Nietzsche ist mit «seiner Philosophie der erste, vollkommene Nihilist Europas» und konzipierte den Nihilismus «als Ideal der höchsten Mächtigkeit des Geistes, des überreichsten Lebens, teils zerstörerisch, teils ironisch».[57] Nietzsche fand nach seinem Tode überraschend viele Nachfolger. Viele moderne Menschen sind Nihilisten, ihre Zahl ist Legion, ob sie es sich eingestehen oder nicht, das ändert nichts an der

Tatsache. Der Nihilismus prägt das Antlitz unserer Zeit, auch der in verschiedenen Landen regierende Kommunismus ist nichts anderes als eine neue Form seiner Verwirklichung. Nietzsche erkannte die verheerenden Folgen, aber er dachte, das Unglück des Abendlandes in ein Glück umzudrehen. Er glaubte auch, die Überwindung des Nihilismus vollbringen zu können, eine Auffassung, in der er sich fatal getäuscht hat. Was er vertrat, war Nihilismus, nichts als Nihilismus, womit er das Ende des geistigen Europas eingeleitet hat.

Der atheistische Nihilismus hat den Menschen den Boden unter den Füßen weggezogen, denn nachgerade befinden sie sich, summarisch geurteilt, in einem luftleeren Raum und leiden an der Sinnlosigkeit ihres Tuns. Fragen über Fragen melden sich: Ist Nietzsche nicht der Bahnbrecher des Nihilismus? Hat er ihm mit seinen Schriften nicht die Wege geebnet? Liebte er nicht, auf ästhetische Weise mit tänzerischer Leichtigkeit über die Abgründe der menschlichen Existenz hinwegzugleiten? Ist ihm die Beobachtung entgangen, wie nahe der Ästhetizismus der Barbarei steht? In das bloß gedankliche Spiel schleicht sich gerne ein verderbliches Element ein, was Kierkegaard im ersten Teil von «Entweder-Oder» überzeugend nachgewiesen hat. Es ist auch bei Nietzsche viel Spielerei, Gedankenspielerei, eine Freude am Paradox und an überspitzten Formulierungen, an Dingen, die nicht zum Spiel bestimmt sind. Wahrscheinlich ist die Freude am geistreichen, literatenhaften und utopischen Denken die große Sünde des entwurzelten Intellektuellen; im Augenblick wirkt es anregend und spritzig, aber die gedankliche Akrobatik hat ihre Folgen. Ebensowenig meisterte Nietzsche seine Haßliebe, eine unglückliche Veranlagung, die ihn nie losließ. Wer ernsthaft Nietzsche liest, sieht sich immer wieder vor die Frage gestellt:

Warum ist Nietzsche gescheitert? Welche unantastbaren Grenzen hat er überschritten? Wo liegt die Absturzstelle?

Die große Ernüchterung

Nietzsche war stets eine umstrittene Gestalt. Er fand blinde Anhänger und entschiedene Gegner. Dies ist bei einer dermaßen komplizierten Erscheinung der Geistesgeschichte nicht verwunderlich. Er kann nicht auf eine Formel gebracht werden und läßt sich auch nicht in ein Schema einordnen. Er hat auf die vielen Masken hingewiesen, die er in seinem Leben getragen hat, und selbst seine positiven Behauptungen sind voller Ironie. Nietzsche ist niemals ein in sich geschlossener Mensch, weil er zu mannigfache Wandlungen durchgemacht hat. Man muß eine Ahnung haben vom Geheimnis dieses widerspruchsvollen Philosophen und darf nicht nur seine Zitate aus dem Zusammenhang reißen, denn auf diese Weise ist alles und nichts bewiesen.

In der Gegenwart hat sich das Unbehagen um Nietzsche gesteigert. Sowohl die Zeit unmittelbar vor als auch nach dem Zweiten Weltkrieg ist von einer Konstellation beherrscht, die eindeutig gegen Nietzsche spricht. Anstelle der kritiklosen Verherrlichung seiner Worte ist eine unverkennbare Ernüchterung getreten, die mit dem Thema «Nietzsche und der Nationalsozialismus» zusammenhängt. Alfred Bäumler hat dies frühzeitig erkannt. Der begabte, unglückliche Mann meinte: «Wenn wir dieser Jugend zurufen: Heil Hitler! – so grüßen wir mit diesem Ruf zugleich Friedrich Nietzsche.»[58] Die Propagandisten des Dritten Reiches haben versucht, Nietzsche für sich zu vereinnahmen. Sie haben es mit Worten und Taten getan.

Der deutsche Diktator schenkte dem Duce zum sechzigsten Geburtstag eine luxuriöse Gesamtausgabe von Nietzsches Werken. Es wäre naiv, in diesem Tun ein vielsagendes Zeichen für die geistige Verbundenheit zu sehen, weil es, sachlich betrachtet, nur etwas über die beiden Diktatoren aussagt, nicht aber über Nietzsche. Ähnlich liegt der Fall mit dem oft erwähnten Spazierstock Nietzsches, den seine Schwester dem Archiv entnahm und dem «Führer» schenkte, jenem Nietzsche-Archiv, das damals als eine Art von Nationalheiligtum galt. Diese Schmeichlergebärde fügt sich in erster Linie in das sehr unsympathische Bild von Frau Elisabeth Förster-Nietzsche ein, die vom Geist ihres Bruders sehr wenig verstand.

Schwerwiegender ist, daß zahlreiche Waffen, mit denen der Nationalsozialismus kämpfte, unstreitig von Nietzsche stammen. Er hat den vitalen Werten den höchsten Rang zugesprochen und die Vernunft dem Leben untergeordnet. Nietzsche gab mit verführerischen Worten die Parole «gefährlich leben» aus, die auf abenteuerliche Hochstaplernaturen wie ein Narkotikum wirkte. Vor allem ging auf ihn die verhängnisvolle Lehre vom Herrenmenschen zurück, den er mit seinem Biologismus forderte. Er schätzte die Härte und die animalischen Triebe hoch ein, und seine letzte Phase ist durch eine Verherrlichung des brutalen Machtwillens gekennzeichnet, der in die Richtung des Imperialismus führte. Aus Nietzsches Feder stammen tatsächlich viele Schlagworte, die in der Weltanschauung des Faschismus eine Rolle spielten, wenn dieser sie auch bis zur Unerträglichkeit banalisiert, verfälscht und skrupellos mißbraucht hat.

Trotzdem ist er nicht der ihrige. Das ist jedem klar, der mit seiner Philosophie näher vertraut ist. Wiederum steht man vor einem Rätsel, das erst verständlich wird, wenn man weiß, daß Nietzsche selbst sich als Labyrinth bezeichnet hat. Es ist nicht schwer, seinen offenkundigen Gegensatz zum Nationalsozialismus nachzuweisen. Man braucht nur an seine leidenschaftliche Abneigung jeglicher Form von Antisemitismus zu erinnern, war doch seine Maxime: «Mit keinem Menschen umgehn, der an dem verlogenen Rassen-Schwindel Anteil hat.»[59] Für Nietzsche war jeglicher Antisemitismus ein Zeichen geistiger Beschränktheit. Nicht weniger heftig war sein Widerwille gegen jeden Nationalismus, den er die kulturwidrigste Krankheit Europas nannte. Mit grenzenloser Verachtung sprach er von der Vaterlandstölpelei und schonungslos brandmarkte er den Staat, indem er ihn den neuen Götzen nannte. Nietzsche fehlte jedes nationale Pathos, hat er doch «gut deutsch sein als sich entdeutschen verstanden».[60] Er fand harte Worte über sein eigenes Volk, statt vieler sei nur erwähnt: «Die Deutschen sind ein gefährliches Volk, sie verstehen sich auf das Berauschen.»[61] Dieser Individualist verstand jeden Sozialismus nur als eine ressentimenthafte Empörung des Pöbels gegen den vornehmen Menschen. Den Nationalisten aber hätte er geantwortet: «Diesen Menschen von Heute will ich nicht Licht sein, nicht Licht heißen. Die – will ich blenden: Blitz meiner Weisheit! stich ihnen die Augen aus!»[62] Die ganze Struktur seiner Persönlichkeit ist völlig anders gebaut als die grauenhafte Pöbelherrschaft, die sich schamlos «Drittes Reich» nannte. Dies beweist ein jeder Blick in Nietzsches Briefe, in denen er sich völlig ungezwungen gab und die deshalb für seine Beurteilung bedeutsam sind. Man muß nur eine geringe Fähigkeit besitzen, eine Gestalt in ihrer wahren Intention in sich aufzunehmen, um bei Nietzsche die total andere Atmosphäre zu fühlen, die diesen Philosophen vom Nationalsozialismus trennt. Nietzsche hätte beim Anhören einer brüllenden Rede des «Führers» sofort seine Melone aufgesetzt, den Schnurrbart zurechtgestrichen und wäre stracks von dannen gegangen. Daß er in seinen unheimlichen Visionen die nationalsozialistische Barbarei erschreckend deutlich vorausgeschaut und in einem satten und selbstzufriedenen Zeitalter ausgesprochen hat, ist öfters auch als Zustimmung interpretiert worden von allen jenen, die einen Propheten nicht von einem Wegbereiter unterscheiden können.

Warum aber konnten sich die Propagandisten des Dritten Reiches seiner Worte bedienen und sie zur häßlichen Fratze entstellen? Die nationalsozialistische Ideologie bediente sich eines vergröberten und verfälschten Nietzscheanismus. Nietzsche fürchtete auch, Unberechtigte und gänzlich Ungeeignete könnten sich einmal auf seine Autorität berufen. Er hat deswegen oft geradezu protestiert: «Man pflegt mich zu verwechseln: ich gestehe es ein; im gleichen daß mir ein großer Dienst geschehen würde, wenn jemand Anderer mich gegen diese Verwechslungen verteidigte und abgrenzte.»[63] Diese Warnungen aber erwiesen sich als zu schwach. Obwohl Nietzsche dem Mißverständnis und Mißbrauch vorzubeugen versuchte, konnte er sie doch nicht verhindern, weil er selbst zu einer Mißdeutung Anlaß gegeben hat. Der Nationalsozialismus interpretierte Nietzsches spielerische Formulierungen falsch und unstatthaft, indem er sie absurd verunstaltete und bis zum Verbrechen steigerte. Nietzsches Gedanken über die «blonde Bestie» und über den «Übermenschen» stehen zu ungeschützt da, weshalb sie für andere Zwecke umgedeutet werden konnten. Von jeher sind ihm unreife Jünglinge, unfähig das Ganze von Nietzsches Philosophie zu überblicken, zum Opfer gefallen. Alle jene werden dem ungeschicktesten Mißbrauch stets ausgesetzt bleiben, die die tiefere

Grundströmung dieses Denkers unter der allzu gleißenden Außenseite nicht zu erkennen vermögen. Deswegen konnte Nietzsche von den Nationalsozialisten mit unglaublicher Leichtigkeit geplündert werden. Daß er selbst diesem Mißverständnis bis zum einem gewissen Grade Vorschub geleistet hat, belastet ihn und macht das Kapitel «Nietzsche und die Folgen» zu einem schwierigen und schwerwiegenden Gespräch. Er dachte bei seinen Formulierungen zu wenig an die Verantwortung seiner Aussagen. Nietzsches Geschichte ist eine Geschichte der Mißverständnisse, an denen er nicht schuldlos ist. Ähnlich ist es Stefan George ergangen, der auch oft als Wegbereiter des Dritten Reiches mißverstanden wurde. Aber George verhielt sich ablehnend, indem er sofort bei der Übernahme der Macht durch den Nationalsozialismus in die Schweiz übersiedelte und sich durch keine noch so verlockende Versprechungen zurückrufen ließ. Diese unmißverständliche Abwehrgebärde war dem toten Nietzsche versagt.

All dies hat zur Ernüchterung beigetragen, trotzdem ist es angebracht, an die Worte Karl Pflegers zu denken: «Es ist wirklich der Mühe wert, diesem Zusammenhang von Schicksal und Selbstverwirklichung nachzugehen. Man versteht nicht nur die großen Heiligen, man versteht auch die großen Unheiligen besser. So ist Nietzsche ein Mensch, der mit erschütternder Willensenergie und äußerster Klarheit des Bewußtseins an der Selbstverwirklichung gearbeitet hat. Er darf mit gutem Gewissen sagen, daß er nie der ‹Welt› gedient, nie Reichtum, Ruhm und Wohlleben gesucht habe, daß er, wie einst die Einsiedler Gott in der Wüste gesucht hätten, in der Wüste seiner selbstgewollten Einsamkeit ‹sich›, sein Selbst gesucht habe. Ja, das ist wahr. Aber es ist auch wahr, daß er sein Selbst gesucht hat in einer selbstmörderischen

Weise. Hier liegt das eigentliche Geheimnis Nietzsches. Er hat sein Selbst losgerissen von einem metaphysischen Wurzelgrund.»[64] Nietzsche war ein Opfer; er ist an seiner Sicht der Dinge zugrunde gegangen. Er besaß «die Erkenntnis des Leidenden»[65] und versuchte sie durch «die Tyrannei des Stolzen» zu überbieten, was nicht gelingen konnte.[66]

Nietzsche glaubte, sein Mißlingen durch maßlosere und absurdere Behauptungen übertönen zu müssen. Er meinte, die «Magie des Extremen» würde ihn retten, und dabei stieß sie ihn noch vollends ins Leere. «Er hat den Bruch bis in seine letzten Konsequenzen durchdacht: auf diesem Wege ist kaum ein Schritt weiter zu tun möglich.»[67] Nietzsche warnte eindringlich, nicht alles nachzubeten, was er gesagt hat, sondern kritisch über ihn nachzudenken und sich allezeit zu fragen: Wohin führen diese Wege?

Der Sturz in den Abgrund

Es gibt wenig eindrucksvolle Begebenheiten im Leben Nietzsches. Weder sein jugendliches Verhalten während eines Platzregens, noch seine Trauer bei der Falschmeldung von der Vernichtung des Louvres im Deutsch-Französischen Krieg stellen eine große Gebärde dar. Nietzsches Dasein war nicht dazu angetan, Aufsehen zu erregen. Er lebte in seltener Zurückgezogenheit, beinahe lautlos: Reisen, Schreiben, Leiden. Einzig am Ende seiner schriftstellerischen Arbeit ist etwas Unvergeßliches geschehen, worüber Franz Overbeck erschütternd berichtete.

Nietzsche schritt durch die Straßen von Turin, der Stadt Don Boscos. Unterwegs sah er, wie ein gewalttätiger

Kutscher mit einer Peitsche auf seinen alten Gaul einschlug. Vom Anblick der rohen Mißhandlung überwältigt, wies Nietzsche nicht den Kutscher zurecht, sondern fiel schluchzend dem armen Tier um den Hals. Nietzsches ganze, künstlich aufgebaute Hammerphilosophie fiel angesichts des mißhandelten Pferdes wie ein Kartenhaus in sich zusammen, und es setzte sich jene Zartheit durch, die immer in Nietzsche gelebt hatte. Diese Tränen des Schmerzes rannen einem Manne über die Wangen, der alles Mitleid als Schwäche angeprangert hatte und dabei doch stets ein feinfühliger Mensch geblieben war. Die Polizei eilte herbei, hob den auf die Straße gestürzten Nietzsche auf, brachte ihn in seine Herberge und legte ihn auf den Diwan. Nun schrieb Nietzsche verwirrte Zeilen an einige Personen und einen längeren Wahnsinnsbrief an Jakob Burckhardt in Basel, der damit sofort zu Overbeck eilte. Den beiden Männern war klar, daß Nietzsche ein Unglück zugestoßen war, jedenfalls reiste Overbeck unverzüglich nach Turin. Von dort schrieb er an Peter Gast über den ‹fürchterlichen Moment› des Wiedersehens mit Nietzsche: «Ich erblickte Nietzsche in einer Sofaecke kauernd und lesend, entsetzlich verfallen aussehend, er mich und stürzt sich auf mich zu, umarmt mich heftig, mich erkennend, und bricht in einen Tränenstrom aus, sinkt dann in Zuckungen aufs Sofa zurück, ich bin auch vor Erschütterung nicht imstande, auf den Beinen zu bleiben. Hat ihm sich in diesem Augenblick der Abgrund aufgetan, an dem er steht oder in den er vielmehr gestürzt ist?»[68] Dabei gab Nietzsche «sublime, wunderbar hellsichtige und unsäglich schauerliche Dinge über sich als den Nachfolger des toten Gottes von sich» und schrieb sich den Beruf des «Possenreißers der neuen Ewigkeiten» zu.[69] Später erzählte Overbeck noch vom Anblick einer «orgiastischen Vorstellung der heiligen

Raserei, wie sie der antiken Tragödie zugrunde lag», die Nietzsche «auf grauenhafte Weise verkörperte».[70] Overbeck brachte den unheilvoll zerstörten Mann auf den Bahnhof, fuhr mit ihm durch den Gotthard nach Basel und übergab ihn der Irrenanstalt. Nietzsche wurde sich der Freiheitsberaubung gar nicht bewußt, «so weit ist es mit diesem Freiheitshelden gekommen, er denkt gar nicht mehr an die Freiheit».[71] Der seelisch stark mitgenommene Overbeck gestand: «Ich habe kein ebenso entsetzliches Bild der Zerstörung gesehen» und mußte feststellen: «Mit Nietzsche ist es aus!»[72] Nietzsches Hinabgleiten in die Wahnsinnsnacht kann man unmöglich in Worten wiedergeben – sie erschüttert ohnehin den Leser bis auf den Grund der Seele.

Da Nietzsche in seiner völligen Umnachtung nicht aggressiv war, übergab man ihn seiner Mutter nach Naumburg zur Pflege, die sich des kranken «Herzenskindes» rührend annahm. Sie schrieb regelmäßig über sein Befinden an Overbeck, auf den durch diese Briefe nochmals ein glänzendes Licht fällt. Die Frau Pastor schilderte, wie sie den Heiligen Abend vorbereitete und ihren Sohn gefragt habe, ob er einen kleinen oder einen großen Christbaum wünsche. «Natürlich einen recht großen», antwortete der in sich selbst verlorene Nietzsche. Nach einiger Zeit betraten sie dann das Zimmer mit dem geschmückten Baum. Nietzsche ließ sich unweit des Baumes in einen Sessel nieder und strahlte wie ein verzücktes Kind die glänzenden Kugeln und die brennenden Kerzen an. Dann sagte Nietzsche, der das Christentum als «den größten Schandfleck der Menschheit» geschmäht hatte, mehrfach zu seiner Mutter: «Das ist doch das Schönste im ganzen Haus.»[73]

Die weihnachtliche, beinahe gespenstische Szene verträgt keinen Kommentar; dem Leser läuft es ohnehin kalt über

den Rücken und jedes Wort über den «dornengekrönten Genius» (Benn) verstummt auf seinen Lippen.
Das menschliche Leben wurde zu allen Zeiten von der Unheiligkeit bedroht, ja überschwemmt. Nur der bewußte Entschluß, das Leben nach dem Göttlichen auszurichten, überwindet sie und führt den Menschen der Anderen Klarheit entgegen, die dem Chaos ein Ende bereitet.

Quellennachweis

Das Bild des Menschen

[1] Freya von Moltke, Michael Balfour, Julian Frisby: Helmut James von Moltke, 1975, S.185
[2] 1. Mos. 1, 27
[3] E. Cassirer: Kants Leben und Lehre, 1921, S.440
[4] Matthias Claudius: Werke, 1924, Bd. II. S.512
[5] J.G. Hamann: Briefwechsel, 1979, Bd. VII. S.XXII
[6] Augustinus: Bekenntnisse, IV, 4
[7] ibid., VIII, 9
[8] Bernanos: Das Haus der Lebenden und der Toten; 1951, S.111
[9] Jesus Sirach, 37, 3
[10] E. Troeltsch: Der Historismus und seine Probleme, 1922, S.101
[11] Jer. 10, 23
[12] Pred. Sal. 9, 12
[13] Dostojewskij: Rodion Raskolnikoff, 1964, S.35

König Saul

[1] 1. Sam. 3, 2
[2] 1. Sam. 3, 11
[3] Jesus Sirach, 46, 19
[4] 1. Sam 9, 2
[5] 1. Sam. 9, 21
[6] 1. Sam 9, 27
[7] 1. Sam. 9, 27–10, 1
[8] 1. Sam., 10, 6
[9] 1. Sam. 10, 9
[10] 1. Sam. 10, 11
[11] 1. Sam., 10, 11
[12] 1. Sam., 11, 5
[13] 5. Mos. 7, 2
[14] Die Sagen der Juden, ed. Ben Gorion, 1935, S.589
[15] 1. Sam. 15, 10
[16] 1. Sam. 15, 14
[17] 1. Sam. 15, 22–23
[18] D. Cooper: David, 1946, S.26
[19] M. Buber: Begegnung, 1960, S.44
[20] B. Pascal: Pensées, 1937, Nr.555

21 1. Sam. 15, 35
22 1. Sam. 16, 14
23 Jes. 45, 7
24 Jes. 45, 15
25 M. Susman: Deutung biblischer Gestalten, 1955, S.110/12
26 Shakespeare: Kaufmann von Venedig, V, 1
27 1. Sam. 18, 7
28 1. Sam. 18, 29
29 1. Sam. 28, 5
30 1. Sam. 28, 12
31 1. Sam. 28, 15–17
32 Die Sagen der Juden, 1935, S.591
33 1. Sam. 31, 4
34 1. Sam. 31, 10/13
35 1. Chron. 10, 13
36 J.F. Görres: Zwischen den Zeiten, 1960, S.27
37 G. von Rad: Theologie des Alten Testamentes, 1969, Bd. I, S.337
38 2. Sam. 1, 19 u. 23

Judas Ischarioth

1 Marie Noël: Erfahrungen mit Gott, 1961, S.65
2 Joh. 13, 21
3 Julien Green: Jeder Mensch in seiner Nacht, 1959, S.301
4 Kierkegaard: Die Krankheit zum Tode, 1954, S.86
5 Matth. 26, 10–11
6 Bernanos: Tagebuch eines Landpfarrers, 1936, S.78
7 Joh. 12, 4–5
8 Joh. 6, 60
9 Joh. 6, 66
10 Paul Claudels Werke: Bd. VI, S.661
11 Joh. 6, 70–71
12 Luk. 22, 3
13 Joh. 13, 2
14 Papini: Die Zeugen der Passion, 1952, S.7
15 Matth. 26, 15
16 Mark. 14, 11
17 Matth. 26, 16
18 Matth. 26, 20–35
19 Hiob, 3, 11
20 Matth. 18, 7
21 Matth. 26, 22
22 Matth. 26, 23
23 Joh. 13, 28
24 Joh. 13, 27
25 G. Tersteegen: Aufsätze und Abhandlungen, 1842, S.36
26 Joh. 13, 30
27 Kierkegaard: Christliche Reden, 1848, ersch. 1959, S.299
28 Bernanos: Die begnadete Angst, o.J. S.54
29 Pascal: Pensées, Nr.553
30 Matth. 26, 50
31 Jesus Sirach, 6, 14
32 Joh. 15, 15
33 Luk. 22, 48
34 Matth. 26, 49
35 Mk. 14, 44

[36] Matth. 27, 3
[37] Matth. 27, 4
[38] Matth. 27, 4
[39] Matth. 27, 5
[40] Apostelgesch. 1, 18
[41] Luk. 6, 16
[42] Dante: Göttliche Komödie, I, 34, 61–64
[45] Joh. 6, 70
[46] Guardini: Der Herr, 1944, S.436
[47] b/Carl Burckhardt: Memorabilien, 1977, S.88
[48] Joh. 17, 12
[49] Apostelgesch. 1, 16
[50] Ps. 41, 10
[51] K. Emmerick: Der Gotteskreis, ed. Brieger, 1960, S.373
[52] Gebhard: Friedrich von Bodelschwingh, 1958, Bd. II, S.651
[53] G. Bernanos: Tagebuch eines Landpfarrers, 1936, S. 94
[54] Bruchberger: Die Geschichte Jesu Christi, 1965, S.350

Heloise

[1] Wolfram von den Steinen: Vom Heiligen Geist des Mittelalters 1926, S.261
[2] E. Gilson: Heloise und Abälard, 1955, S.7
[3] ibid., S.6
[4] Kierkegaard: Buch des Richters, 1905, S.20
[5] Abälard: Die Leidensgeschichte und der Briefwechsel mit Heloisa, ed. Brost, 1954, S.491
[6] ibid., S.22
[7] José Orabuena: Das Liebespaar, S.85
[8] Abälard, a.a.O. S.164
[9] ibid. S.97
[10] ibid., S.90/1
[11] ibid., S.90
[12] Dante: Das neue Leben, ed. E. Thamm, S.2
[13] Abälard: a.a.O. S.94
[14] ibid., S.95
[15] Wolfram von den Steinen: Der Kosmos des Mittelalters, 1959, S.303
[16] Abälard, a.a.O. S.68
[17] ibid., S. 123
[18] ibid., S.124
[19] ibid., S.122
[20] ibid., S.123
[21] Gilson, a.a.O. S.94
[22] Abälard, a.a.O., S.125
[23] ibid., S.118/19
[24] ibid., S.117
[25] ibid., S.122
[26] ibid., S.85
[27] ibid., S.128
[28] Gertrud Bäumer: Gestalt und Wandel, 1939, S.16
[29] Reuter: Geschichte der religiösen Aufklärung im Mittelalter, 1875, Bd. I, S.259
[30] Abälard, a.a.O. S.127
[31] ibid., S.128
[32] ibid., S.128

Kaiser Friedrich II

[1] Kaiser Friedrich II. in Briefen und Berichten seiner Zeit, ed. K. Heinrich, 1968, S.211
[2] ibid., S.65
[3] ibid., S. 260/1
[4] ibid., S. 262
[5] 1. Mos. 3, 5
[6] Kaiser Friedrich II. a.a.O., S.86
[7] A. Borst: Reden über die Staufer, 1978, S.21
[8] Dante: Göttliche Komödie, I, IX, 118 ff. und X, S.13 ff
[9] R. Schneider: Gelebtes Wort, 1961, S.188
[10] Kaiser Friedrich II. a.a.O., S.84
[11] 1. Joh. 2, 18
[12] Nietzsches Werke, 1923, Bd. XV, S.91/2
[13] Kaiser Friedrich II., a.a.O. S.213
[14] ibid., S.208
[15] ibid., S.203/4 und S.209
[16] ibid., S.210
[17] Borst, a.a.O., S.156
[18] Ernst Kantorowicz: Kaiser Friedrich der Zweite, 1928, S.552
[19] ibid., S.552
[20] ibid., S.549
[21] Jacob Burckhardt: Die Kultur der Renaissance in Italien, 1922, S.4
[22] Kantorowicz, a.a.O., S.247
[23] R. Schneider: a.a.O., S. 197
[24] Kaiser Friedrich II., a.a.O., S.558
[25] Kantorowicz, a.a.O., S. 40
[26] ibid., S. 41
[27] R. Schneider: Innozenz der Dritte, 1959, S.69
[28] ibid., S.13
[29] G. Masson: Friedrich II. 1977, S.91
[30] E. Horst: Friedrich der Staufer, 1976, S.325
[31] Odilo Engels: Die Staufer, 1977, S.136
[32] Horst, a.a.O., S.335
[33] Weish. Sal. 6, 1
[34] Joh. 19, 11
[35] 2. Makk. 8, 33
[36] Kaiser Friedrich II., a.a.O., S.638
[37] Jes. 40, 6–7

Michael Bakunin

[1] Michael Bakunins Beichte, 1973, S.45
[2] W. Weidlé: Rußlands Weg und Abweg, 1956, S.230
[3] R. Huch: Bakunin und die Anarchie, 1928, S.130
[4] Bakunin: Frühschriften, 1973, S.67

[5] Beichte, S. 120
[6] ibid., S. 77
[7] M. Nettlau: Michael Bakunin, 1901, S. 17
[8] A. Herzen: Mein Leben, 1962, Bd. I S. 847
[9] Frühschriften, S. 49 u. 51
[10] ibid., S. 46 u. 57
[11] Beichte, S. 54
[12] J. Wittkop: Bakunin, 1974, S. 21
[13] Gottfried Keller: Sämtl. Werke, 1931, Bd. VI. S. 212
[14] Bakunin: Gott und der Staat, 1969, S. 69
[15] ibid., S. 117
[16] ibid., S. 177 u. 178
[17] Herzen, a.a.O., Bd. II, S. 398
[18] Huch: a.a.O. S. 110
[19] Math. 25, 36
[20] Beichte, S. 51
[21] ibid., S. 169
[22] ibid., S. 60
[23] ibid., S. 123
[24] ibid., S. 208
[25] ibid., S. 22
[26] ibid., S. 113
[27] Herzen, a.a.O., Bd. II, S. 450
[28] Beichte, S. 132;
[29] Herzen, a. a. O. Band III S. 452
[30] Gott und Staat, S. 183
[31] Weigert: Die Kunst am Ende der Neuzeit, 1956, S. 75
[32] Herzen, a.a.O., Bd. III, S. 459
[33] Huch, a.a.O., S. 228
[34] W. Görlitz: Russische Gestalten, 1940, S. 118
[35] Gal. 5, 1
[36] Huch, a.a.O., S. 165
[37] Richter 16, 28–30
[38] Huch, a.a.O., S. 261
[39] Wittkop, a.a.O., S. 115
[40] ibid., S. 43
[41] Herzen, a.a.O., Bd. III, S. 458
[42] Beichte, S. 40
[43] Dostojewskij: Literarische Schriften, 1920, S. 130
[44] Görlitz, a.a.O., S. 114
[45] Herzen, a.a.O., Bd. III, S. 471
[46] 1. Mos. 4, 12
[47] Beichte, S. 17
[48] Turgenjew: Gesammelte Werke, 1952, Bd. II S. 46
[49] ibid., S. 80
[50] ibid., S. 155
[51] ibid., S. 165
[52] Beichte, S. 24
[53] Staat und Gott, S. 57
[54] Huch, a.a.O., S. 241
[55] M. Susman: Gestalten und Kreise, 1954, S. 149
[56] Camus: Der Mensch in der Revolte, 1953, S. 157
[57] Masaryk: Zur russischen Geschichts- und Religionsphilosophie, 1913, Bd. II S. 408/23
[58] Camus, a.a.O., S. 173
[59] Camus: Dramen, 1959, S. 13
[60] Mk. 5, 8

Charles Baudelaire

[1] Baudelaire: Sämtl. Werke, 1975, Bd. IV S.221
[2] F. Porsché: Der Leidensweg des Dichters Baudelaire, 1930, S.52
[3] B. Pia: Baudelaire, 1958, S.22
[4] Baudelaire: Ausgewählte Gedichte, ed. Hausenstein, 1954, S.161
[5] Die Götter gehen dahin, ed. P. Schneider, 1961, S.98
[6] Julien Green: Tagebücher, 1954, Bd. I S.117
[7] Baudelaire: Mein entblößtes Herz, 1946, S.70
[8] Mt. 22, 9
[9] Gedichte, a.a.O., S.195
[10] Herz, a.a.O., S.11
[11] Baudelaire: Prosadichtungen, ed. Küchler, 1955 S.86
[12] Herz, a.a.O., S.7
[13] Baudelaire: ed. Luc Decaunes, 1960, S.37
[14] Gedichte, a.a.O., S.203
[15] Baudelaire: Aufsätze, ed. Charles Andres, 1960, S.101
[16] A. Péguin: Traumwelt und Romantik, 1972, S.455
[17] Herz, S.34
[18] ibid., S.14
[19] Pia, a.a.O., S.90
[20] Aufsätze, a.a.O., S.58
[21] Baudelaire: Die Blumen des Bösen, ed. St. George, 1922, S.155
[22] W. Benjamin: Baudelaire, 1974, S.177
[23] Pia, a.a.O., S.11
[24] Werke, a.a.O., Bd. IV, S.125
[25] ibid., S.130
[26] Gedichte, a.a.O., S.233
[27] ibid., S.221
[28] H.U. von Balthasar: Herrlichkeit, Bd. I. S.16
[29] Die Blumen des Bösen, a.a.O., S.5
[30] F. Mauriac: Religiöse Porträts, 1949, S.45
[31] Herz, a.a.O., S.32
[32] Gedichte, a.a.O. S. 173
[33] K.E. Gass: Pisaner Tagebuch, 1962, S.49
[34] Prosadichtungen a.a.O., S.57
[35] Herz, a.a.O., S.47
[36] ibid., S.70
[37] Baudelaire im Urteil der Zeitgenossen, 1969, S.146
[38] Herz, a.a.O., S.33
[39] Aufsätze, a.a.O., S.115
[40] Herz, a.a.O., S.27
[41] ibid., S.74
[42] ibid., S.41
[43] Baudelaire, ed. Luc Decaunes, S.21
[44] Baudelaire im Urteil der Zeitgenossen, S.22
[45] Herz, a.a.O., XXIV–XXVI
[46] ibid., S.XXV
[47] Werke, a.a.O., Bd.III S.315
[48] Herz, a.a.O., S.23
[49] ibid., S.71
[50] Prosaschriften a.a.O., S.120
[51] Herz, a.a.O., S.33
[52] ibid., S.38
[53] ibid., S.74

[54] ibid., S.9
[55] ibid., S.37
[56] Porché, a.a.O., S.248
[57] Herz, S. XLV
[58] Pia, a.a.O., S.125
[59] Baudelaire im Urteil der Zeitgenossen, S.24
[60] Die Götter gehen dahin, a.a.O., S.97
[61] ibid., S.95
[62] E. Starkie: Das trunkene Schiff, 1963, S.155 ff.
[63] Mauriac, a.a.O., S.41
[64] Gedichte, a.a.O., S.257
[65] Kassner: Werke, ed. Zinn, Bd.II S.148
[66] Herz, a.a.O., S.30
[67] ibid., S.27
[68] Gedichte, a.a.O., S.194
[69] Pia, a.a.O., S.68
[70] Herz, a.a.O., S.59
[71] Prosaschriften, a.a.O., S.152
[72] Mauriac, a.a.O., S.54
[73] Shakespeare: Hamlet, V, 2

Friedrich Nietzsche

[1] Nietzsches Werke, 1923, Bd.XV, S.116
[2] R. Schneider: Schicksal und Landschaft, 1960, S.295
[3] M. Schneider-Faßbender: Leopold Ziegler, 1978 S.86
[4] Ernst Bertram: Nietzsche, 1921, S.8
[5] Nietzsche und die Deutsche Literatur, ed. Hillebrand, 1978
[6] Ariadne (Jahrbuch der Nietzsche-Gesellschaft) 1925, S.122
[7] Thomas Mann: Neue Studien, 1948, S.116
[8] K. Jaspers: Nietzsche, 1936, S.492
[9] F. Overbeck: Christentum und Kultur, 1919, S.136
[10] Nietzsches Werke, Bd. XV, S.196
[11] ibid., Bd.III, S.260
[12] ibid., Bd.XV, S.233
[13] ibid., Bd.VIII, S.217
[14] ibid., Bd.I, S.422/3
[15] ibid., Bd.I, S.323
[16] ibid., Bd.XV, S.61
[17] Walter F. Otto: Mythos und Welt, 1963, S.177
[18] Nietzsches Werke, Bd.XII, S.424
[19] ibid., Bd.XV, S.11
[20] ibid., Bd. XV, S.102
[21] ibid., Bd.XV, S.57
[22] ibid., Bd.XV, S.11 u. 39
[23] Nietzsches Briefwechsel mit Overbeck, 1916, S.292
[24] Nietzsches Werke, Bd.XV, S.125
[25] ibid., Bd.V, S.236
[26] ibid., Bd.I, S.462
[27] ibid., Bd.XV, S.41
[28] ibid., Bd.XV, S.91
[29] Nietzsches Briefwechsel mit Erwin Rohde, 1923, S.184

[30] Nietzsches Werke, Bd. XV, S. 36
[31] ibid., Bd. XV, S. 3
[32] Edgar Salin: Vom deutschen Verhängnis, 1959, S. 123
[33] Nietzsches Briefwechsel mit Overbeck, S. 256
[34] Salin, a.a.O., S. 118
[35] Nietzsches Werke, Bd. XVI, S. 360
[36] ibid., Bd. XV, S. 85
[37] Pred. Salomo: 1, 9
[38] ibid., 1, 5
[39] Ariadne, a.a.O., S. 7
[40] Nietzsches Werke, Bd. II, S. 232
[41] ibid., Bd. V, S. 163
[42] B. Welte: Nietzsches Atheismus und das Christentum, 1958, S. 51
[43] Nietzsches Werke, Bd. V, S. 271
[44] Jaspers, a.a.O., S. 386
[45] Friedrich Georg Jünger: Nietzsche, 1949, S. 90
[46] Nietzsches Werke, Bd. XV, S. 53
[47] ibid., Bd. XVI, S. 391
[48] ibid., Bd. VIII, S. 265
[49] ibid., Bd. VIII, S. 258
[50] ibid., Bd. VIII, S. 265
[51] ibid., Bd. VIII, S. 270
[52] ibid., Bd. VIII, S. 289
[53] ibid., Bd. VIII, S. 313
[54] K. J. Obenauer: Nietzsche, der ekstatische Nihilist, 1924, S. 160
[55] Nietzsches Werke, Bd. XV, S. 137
[56] M. Heidegger: Holzwege, 1960, S. 202
[57] Nietzsches Werke, Bd. XV, S. 152
[58] A. Bäumler: Studien zur deutschen Geistesgeschichte, 1937, S. 294
[59] Nietzsches Werke, Bd. VIII, S. 356
[60] ibid., Bd. III, S. 159
[61] ibid., Bd. XIII, S. 344
[62] ibid., Bd. VI, S. 421
[63] ibid., Bd. XIV, S. 360
[64] K. Pfleger: Dialog mit Peter Wust, 1953, S. 353
[65] Nietzsches Werke, Bd. IV, S. 112
[66] ibid., Bd. V, S. 4
[67] Jaspers, a.a.O., S. 393
[68] C. A. Bernoulli: Overbeck und Nietzsche, 1908, Bd. II, S. 233
[69] ibid., S. 234
[70] ibid., S. 251
[71] ibid., S. 238
[72] ibid., S. 231 u. 238
[73] Der kranke Nietzsche, ed. Podach, 1937, S. 171.

Bitte beachten Sie auch
die folgenden Seiten

Walter Nigg im Diogenes Verlag

Große Heilige

Von Franz von Assisi bis
Therese von Lisieux

»Walter Niggs *Große Heilige* haben in Deutschland einen immer wachsenden Kreis von Menschen angezogen, der von den Mönchen des Klosters Maria-Laach bis zu den protestantischen Theologie-Studenten reicht und noch viel weiter reichen sollte. Denn in diesen Biographien wird dem Leser die volle Wirklichkeit eines Lebens vor Augen gestellt, dessen Inhalt ein unendliches Zwiegespräch der Seele mit dem transzendenten Du Gottes war. Die nüchtern-klare Diktion Niggs rückt die mystischen Gestalten der Heiligen in die geistige Reichweite des modernen Menschen.« *Die Zeit, Hamburg*

Das Buch der Ketzer

Von Simon Magus bis Leo Tolstoi

Walter Nigg beschreibt fromme, innerlich freie Gottes- und Wahrheitssucher, die sich von der Kirche getrennt haben oder von ihr ausgestoßen und als Ketzer verschrien worden sind: Er zeigt diese Häretiker als echt religiöse Menschen, die mit ihrer unabhängigen, nur Gott verpflichteten Haltung der Gegenwart Wesentliches zu sagen haben: Simon Magus, Origines, Kaiser Julian, Meister Eckhart, John Wycliff, Johannes Hus, Martin Luther, Thomas Müntzer, Giordano Bruno, Spinoza, Pascal, Lessing, Tolstoi u.a.

»Das in seiner Darstellung großartige und in seiner Problematik erregende *Buch der Ketzer* ist mehr als ein Kapitel Kirchen- und Geistesgeschichte.«
Welt und Wort

Vom Geheimnis der Mönche

Von Bernhard von Clairvaux bis Teresa von Avila

Walter Nigg geht dem Geheimnis der großen Ordensgründer nach, erzählt aus dem Leben von Augustinus, Benedikt, Franz von Assisi, Bernhard von Clairvaux, Teresa von Avila, Ignatius von Loyola und vielen anderen mehr. Dieses Werk macht uns bekannt mit den großen Ordensgründern, die dem ewig-gleichen Getümmel einer lärmenden Welt Andacht und Inbrunst gläubiger Herzen gegenüberstellen, der Zerstreuungssucht der Vielen das Gesammelte der Wenigen.

»Was uns bei diesem künstlerisch gestalteten und doch streng wissenschaftlichen Buche erstaunt und erfreut, ist das Talent dieses Schriftstellers, der den Leser von der ersten Zeile an gefangennimmt und sein Interesse selbst bei einem so umfangreichen Buch wachzuhalten versteht.« *Neue Zürcher Zeitung*

Das mystische Dreigestirn

Meister Eckhart, Johannes Tauler,
Heinrich Seuse

»Leben und Werk dreier Mystiker werden beschrieben, d.h. für den modernen Leser in packender Weise aktualisiert; der zu Unrecht von der Inquisition verdammte Eckhart, der herausragende Straßburger Prediger Tauler und der hochpoetische Seuse. Alle drei waren zutiefst beseelt von der Suche nach Gott, von der ›Gottesfreundschaft‹, der Sehnsucht nach immer mehr Innerlichkeit. Sie blieben von Enttäuschungen und Leiden nicht verschont, weil sie sich keinem theologischen System unterwarfen, sondern aphoristisch ›ihren Gott‹ bezeugten. Wie Nigg diese Männer immer wieder in Beziehung zur modernen Literatur bringt, beweist die unglaubliche Belesenheit und Gestaltungskraft dieses Verfassers.«
Die neue Bücherei, München

Heilige und Dichter

Von Augustinus bis
Reinhold Schneider

Walter Nigg veranschaulicht zunächst das Wesen der Heiligen an den konkreten Gestalten von Augustinus, Konrad von Konstanz, Heinrich und Kunigunde, Hildegard von Bingen, Albertus Magnus und Thomas von Aquin. Der zweite Teil ist den Dichtern gewidmet: Menschen, die dem Autor auf seinem Lebensweg persönlich begegnet sind, Menschen, die Dichtung noch als etwas Göttliches inmitten eines schweren Lebens erfuhren.

Des Pilgers Wiederkehr

Drei Variationen über ein Thema

Walter Nigg beleuchtet in diesem Werk das Thema der zeitlosen Wanderschaft am Beispiel dreier Pilgerleben: John Bunyan, Verfasser des Erbauungsbuches ›Des Pilgers Reise‹ lebte im 17. Jahrhundert in England und gehörte dem Protestantismus an, Benedikt Labre, ein französischer Heiliger des 18. Jahrhunderts und ein anonymer russischer Pilger des 19. Jahrhunderts. Nigg stellt den religiösen Wanderer als eine zeitlose Erscheinung dar, der eine genuin christliche Haltung verkörpert.

Heimliche Weisheit

Mystisches Leben in der evangelischen Christenheit

Mystik als »das Gebiet am Grenzrand des Glaubens, das Gebiet, in dem die Seele Atem holt zwischen Wort und Wort« (Martin Buber), spielte in der katholischen Tradition schon immer eine wichtige Rolle. Doch wie steht es mit dem Protestantismus? Kennt auch er, neben der aufs biblische Wort ausgerichteten Lehre, mystische Strömungen? Dieser Frage ist Walter Nigg als ein wahrer Entdecker nachgegangen. Dargestellt werden u. a. folgende Mystiker des 16. bis 19. Jahrhunderts: Martin Luther, Thomas Müntzer, Valentin Weigel, Johann Arndt, Jakob Böhme, Angelus Silesius, Peter Poiret, Gottfried Arnold, Gerhard Tersteegen, Michael Hahn, Novalis.

Der christliche Narr

Über Symeon von Edessa, Jacopone da Todi, Erasmus' *Lob der Torheit*, Philipp Neri, Cervantes' *Don Quijote*, Heinrich Pestalozzi und Dostojewskijs *Idiot*

Das Menschenbild der Antike war der Weise. Salomo, Lao Tse und Konfuzius, sie alle verherrlichten den weisen Menschen. Das Christentum entthronte die Weisheit und lobte den heiligen Narren. Der christliche Narr mit seinem Hinweis auf die Übervernunft taucht immer wieder auf. An ausgewählten Beispielen zeigt Walter Nigg das dramatische und zugleich beglückende Leben christlicher Narren: Symeon von Edessa, Jacopone da Todi, Philipp Neri und Heinrich Pestalozzi. Beispielhaft in der Literatur sind Erasmus' *Lob der Torheit,* Miguel de Cervantes' *Don Quijote* und Dostojewskijs *Idiot.*

Friedrich Nietzsche

Mit einem Nachwort von Max Schoch

»Nietzsche war eine religiöse Natur, die in einer unreligiösen Zeit nicht mehr den ihr entsprechenden Ausdruck finden konnte. Je mehr man in Nietzsche eindringt, um so stärker drängt sich die religiöse Interpretation auf.« *Walter Nigg*

»Es ist in der theologischen, vor allem in der historisch-biographischen Literatur heutzutage selten geworden, daß einem Autor noch ein wirklicher Fund gelingt. Bei Nigg begegnet man solchem auf Schritt und Tritt, das ist das Große an seinen Büchern.«
Süddeutscher Rundfunk

Buch der Büßer

Neun Lebensbilder

Walter Nigg spürt im *Buch der Büßer* die Wirren, Ängste und Probleme im Leben von neun berühmten Persönlichkeiten auf und zeigt in lebendiger Beschreibung, daß es die gleichen Wirren, Ängste und Probleme auch des heutigen Menschen sind. Er zeigt aber auch, wie sie überwunden werden können: durch Einsicht nämlich. Auf dem Gang durch die Jahrhunderte begegnen wir Maria Magdalena, dem Wüstenheiligen Makarius, Margareta von Cortona, Hieronymus Savonarola, dem Abbé de Rancé, Dostojewski, Albert von Polen, Charles de Foucauld und Simone Weil.

»Ein Buch voller Engagement – und voller Modernität; ein Buch, das auch für den Menschen von heute entscheidende Bedeutung hat.«
Kirchenzeitung, Köln

Große Unheilige

Auf der Suche nach dem »wahren Bild des Menschen« beschreibt und deutet Walter Nigg mit großem psychologischem Einfühlungsvermögen die Verfehlungen der »Gegenspieler der Heiligen«, ohne deren Größe zu negieren. Dargestellt werden die Lebensläufe der Großen Unheiligen König Saul, Judas Ischariot, Heloise, Kaiser Friedrich II., Michael Bakunin, Charles Baudelaire und Friedrich Nietzsche.

»Es ist in der theologischen, vor allem in der historisch-biographischen Literatur heutzutage selten geworden, daß einem Autor noch ein wirklicher Fund gelingt. Bei Nigg begegnet man solchem auf Schritt und Tritt, das ist das Große an seinen Büchern.«
Süddeutscher Rundfunk

● **Egon Friedell**
Ist die Erde bewohnt?
Gesammelte Essays 1919 bis 1931. Herausgegeben und mit einem Nachwort ›Der ganze Friedell?‹ von Heribert Illig

Steinbruch
Kleine Philosophie. Mit einem Vorwort des Autors und einem Nachwort von Wolfgang Lorenz

● **Nicolas Gfeller**
Eine kleine Geschichte der Ethik
von Buddha bis Ernst Bloch. Mit zahlreichen Abbildungen

● **Baltasar Gracián**
Hand-Orakel und Kunst der Weltklugheit
Aus dem Spanischen von Arthur Schopenhauer. Mit einem Nachwort von Hugo Loetscher

● **Lao Tse**
Tao-Te-King
Neu ins Deutsche übertragen von Hans Knospe und Odette Brändli. Mit einem Nachwort von Knut Walf

● **D.H. Lawrence**
Liebe, Sex und Emanzipation
Essays. Aus dem Englischen von E. Schnack

● **Ludwig Marcuse**
Philosophie des Glücks
Von Hiob bis Freud. Vom Autor revidierter und erweiterter Text nach der Erstausgabe von 1948. Mit Register

Philosophie des Un-Glücks
Pessimismus – ein Stadium der Reife

Meine Geschichte der Philosophie
Aus den Papieren eines bejahrten Philosophiestudenten

Der Philosoph und der Diktator
Plato und Dionys. Geschichte einer Demokratie und einer Diktatur

Wie alt kann Aktuelles sein?
Literarische Porträts und Kritiken. Herausgegeben, mit einem Nachwort und einer Auswahlbibliographie von Dieter Lamping

Amerikanisches Philosophieren
Pragmatisten, Polytheisten, Tragiker

● **Thomas Merton**
Im Einklang mit sich und der Welt
Contemplation in a World of Action. Aus dem Amerikanischen und mit einer Einführung von Georg Tepe

● **Mohammed**
Die Stimme des Propheten
Aus dem Koran ausgewählt, herausgegeben und mit einem Vorwort von Wolfgang Kraus

● **Michel de Montaigne**
Essais
nebst des Verfassers Leben nach der Ausgabe von Pierre Coste, ins Deutsche übersetzt von Johann Daniel Tietz. Mit Personen- und Sachregister. Nachwort von Winfried Stephan

Essais
Eine Auswahl vorgestellt von André Gide

● **Charles-Louis Secondat Montesquieu**
Vom glücklichen und weisen Leben
Aus dem Französischen von Erwein Freiherr von Aretin. Nachwort von Fritz Schalk

● **Thomas Morus**
Utopia
Roman. Aus dem Lateinischen von Alfred Hartmann. Mit einem Porträt des Autors von Erasmus von Rotterdam

● **George Orwell**
Im Innern des Wals
Erzählungen und Essays. Aus dem Englischen von Felix Gasbarra und Peter Naujack

Rache ist sauer
Essays. Deutsch von Felix Gasbarra, Peter Naujack und Claudia Schmölders

Gerechtigkeit und Freiheit
Gedanken über Selbstverwirklichung nebst dem Essay ›Kreativität und Lebensqualität‹. Zusammengestellt von Fritz Senn. Deutsch von Felix Gasbarra und Tina Richter. Mit 7 Zeichnungen von Tomi Ungerer

● **Hanspeter Padrutt**
Der epochale Winter
Zeitgemäße Betrachtungen

Und sie bewegt sich doch nicht
Parmenides im epochalen Winter. Mit einem ausführlichen Anhang

● Blaise Pascal
Größe und Nichtigkeit des Menschen
Aus dem Französischen von Ferdinand Bruckner. Mit einem Nachwort von Egon Friedell

● Erwin Schrödinger
Die Natur und die Griechen
Aus dem Englischen von Mira Koffka

Geist und Materie

Mein Leben, meine Weltansicht
Mit einem Vorwort von Auguste Dick

● Alexander Sinowjew
Ich bin für mich selbst ein Staat
Betrachtungen eines russischen Kosmopoliten. Aufgezeichnet von Adelbert Reif und Ruth Renée Reif. Mit einer vollständigen Bibliographie der Werke von Alexander Sinowjew

● Teresa von Avila
Die innere Burg
Herausgegeben und übersetzt von Fritz Vogelgsang

● Thomas a Kempis
Die Nachfolge Christi
Ein kernhafter Auszug aus ›De imitatione Christi‹. Nach dem lateinischen Urtext bearbeitet und mit Anmerkungen herausgegeben von E. A. Kernwart

● Henry David Thoreau
Über die Pflicht zum Ungehorsam gegen den Staat
und andere Essays. Herausgegeben, aus dem Amerikanischen und mit einem Nachwort von Walter E. Richartz

● Marquis de Vauvenargues
Große Gedanken entspringen im Herzen
Herausgegeben und mit einem Vorwort von Wolfgang Kraus. Aus dem Französischen und mit einem Nachwort von Candida Kraus. Frontispiz von Ch. Colin

● Voltaire
Gedanken regieren die Welt
Eine Auswahl. Herausgegeben und mit einem Vorwort von Wolfgang Kraus

● Gerhard Wehr
Carl Gustav Jung
Leben, Werk, Wirkung

C. G. Jung und Rudolf Steiner
Konfrontation und Synopse

Martin Buber
Leben, Werk, Wirkung

Rudolf Steiner
Leben, Erkenntnis, Kulturimpuls

● H. G. Wells
Die Geschichte unserer Welt
Vom Neanderthaler bis zum Zweiten Weltkrieg. Aus dem Englischen von Otto Mandl, Helene M. Reiff und Eva Redtenbacher

● Urs Widmer
Das Normale und die Sehnsucht
Essays und Geschichten

● Oscar Wilde
Der Sozialismus und die Seele des Menschen
Ein Essay. Aus dem Englischen von Gustav Landauer und Hedwig Lachmann. Frontispiz von Walter Crane

● Der französische Geist
Die Meister des Essays von Montaigne bis Giraudoux. Herausgegeben und mit einer Einführung von Gustav René Hocke. Zweisprachige Ausgabe. Aus dem Französischen von Peter M. Schon

● Ein Panorama europäischen Geistes
Texte aus drei Jahrtausenden, ausgewählt und vorgestellt von Ludwig Marcuse. Mit einem Vorwort von Gerhard Szczesny

Band I
Diogenes bis Plotin

Band II
Augustinus bis Hegel

Band III
Karl Marx bis Thomas Mann